Eine Mutter und eine Tochter
aus Karl Mays Leben
in Hohenstein – Ernstthal –
sind sie die beiden Aschtas?

Materialien zur Karl-May-Forschung

Band 6

Herausgegeben von Karl Serden, Ubstadt (Baden)
im Auftrag der Karl-May-Gesellschaft e. V.

Dieter Sudhoff

Karl Mays „Winnetou IV“

Studien zur Thematik und Struktur

1981

KMG-Presse · Ubstadt

Druck und Verlag: Karolus Bruchsal

Zu dieser Publikation

Nachdem wir die vorliegende Arbeit für unsere „Materialien zur Karl-May-Forschung“ ausgewählt hatten, verlieh die Universität-Gesamthochschule-Paderborn am 9. Dezember 1980 dem Verfasser Dieter Sudhoff

„in Anerkennung der besonderen Qualität seiner
Staatsexamensarbeit
Karl Mays Winnetou IV – Studie zur Thematik und Struktur
einen Preis.“

Wir führen diese Tatsache hier an, weil wir uns gefreut haben, daß damit unsere Wahl von berufener Seite bestätigt wurde.

Darüber hinaus braucht unsere Entscheidung, Sudhoffs Arbeit in der Reihe „Materialien zur Karl-May-Forschung“ zu veröffentlichen, nicht verteidigt zu werden. Jeder Leser wird sogleich erkennen, daß hier eine umfassende Monographie von Mays letzter Reiseerzählung vorliegt, die in absehbarer Zeit kaum wird ergänzt werden können.

Sudhoff hatte jedoch verdienstvolle Vorläufer. Wesentliche Vorarbeiten wurden bereits von Koch und Riedemann unternommen, deren Abhandlungen wir als Ergänzungslektüre nur empfehlen können:

Ekkehard Koch, Winnetou Band IV, Versuch einer Deutung
und Wertung,
Jb-KMG 1970, S. 134 ff. (1. Teil)
Jb-KMG 1971, S. 269 ff. (2. Teil)

Kai Riedemann, Aspekte zur Deutung der Winnetou-IV-Symbolik,
Sonderheft der KMG Nr. 17/1979

Sudhoffs Staatsexamensarbeit wird unverändert und ungekürzt als Reprint vorgelegt. Die Seitenkonkordanz, die wir beigegeben haben, berücksichtigt sowohl die Fehsenfeld- als auch die Pawlak-Ausgabe, ist also für jeden Besitzer eines Originaltextes brauchbar. Diese Tabelle findet sich auf den Seiten 175 und 176.

Hansotto Hatzig

Layout: Wolfgang Dörr / Wolfgang Hirsch

Gesamtherstellung: Karolus Bruchsal

Printed in Germany

Reprografischer Nachdruck für die Mitglieder der Karl-May-Gesellschaft,
Swebenbrunne 8c · 2000 Hamburg 72

ISBN 3-921983-07-X

K A R L   M A Y S   " W I N N E T O U   I V "

- Studien zur Thematik und Struktur -

Schriftliche Hausarbeit vorgelegt im Rahmen
der Ersten Staatsprüfung für das Lehramt
für die Sekundarstufe I

von Dieter Sudhoff

Paderborn, im März 1980

Gutachter: Prof. Dr. H. Steinecke
Fachbereich 3 - Gesamthochschule Paderborn

Ich widme diese Arbeit

meiner Frau Ursula.

sascha schneider - titelzeichnung zu "winnetou III"

someday our ocean
will find its shore...
nick drake

VORWORT

Ziel und Anspruch der vorliegenden Arbeit ist eine weitestgehende Werkanalyse von "Winnetou IV". Dabei steht die Thematik des Romans bei weitem im Vordergrund. Sie wird sichtbar gemacht auf dem Hintergrund der Romanstruktur, die sich aus verschiedenen Leseebenen ergibt. Von dieser Ebenenstruktur wird jeweils ausgegangen, sie bestimmte auch die Aufgliederung der Arbeit. Eine explizite Behandlung der Struktur wurde jedoch möglichst vermieden, zum einen, weil sie sich großenteils aus dem Unterbewußtsein Mays ergab, sich also nur mit psychoanalytischen Mitteln ganz erschließen ließe, zum anderen, weil sie ohnehin in der Behandlung der Thematik implizit sichtbar wird. Thematik und Struktur bedingen sich gegenseitig; Erkenntnisse über die Thematik lassen sich nur unter Beachtung der Ebenenstruktur gewinnen, diese aber wird im Detail erst deutlicher bei genauer Inhaltsanalyse. Diese Wechselseitigkeit macht eine Werkanalyse sehr diffizil. Ich hoffe, daß es mir dennoch mit dieser Arbeit gelungen ist, einen Beitrag zum Verständnis des Menschen und Schriftstellers Karl May zu leisten.

INHALTSVERZEICHNIS

Vorwort.....I
A. Einleitung.....1
I. Vorbemerkungen zur Reisedokumentation.....1
II. Dokumentation der Amerika-Reise und Autobiografische Ebene I.....5
1. Bremen - New York.....5
2. New York.....7
3. Albany.....8
4. Buffalo.....10
5. Niagara-Falls.....11
6. Lawrence.....17
7. Rückreise.....22
B. Werkanalyse.....24
I. Handlungsebene.....24
II. Autobiografische Ebene II.....25
1. Grundsätzliches.....25
2. Trinidad-Episode.....28
3. Aschta-Episode.....38
a) Der innere Mensch.....39
b) Der äußere Mensch.....45
4. Teufelskanzel I.....54
5. Exkurs zum Aufbau.....60
6. Nugget-tsil.....61
7. Gegner und Feinde.....66
a) Das Komitee.....67
b) Die feindlichen Häuptlinge.....79
c) Die Enters.....81
8. Weitere biografische Figuren.....83
9. Abschließendes zur Analyse der Autobiografischen Ebene II.....85
III. Abstrakte Ebene.....87
1. Grundsätzliches.....87
2. Das Märchen von Sitara.....92
3. Die Menschheitsspaltung.....96
4. Der rote Heiland.....100
5. Clan Winnetou.....105
6. Germanisch-indianische Rasse.....108
7. Der falsche Winnetou und seine Anhänger.....111
8. Die feindlichen Häuptlinge.....115
9. Medizinen.....118

10. Der Bewahrer der großen Medizin.................119
11. Die Szenerie am Mount Winnetou.................123
a) Mount Winnetou und Umgebung.................123
b) Passiflorenraum.................127
c) Oberstadt und Unterstadt.................128
d) Teufelskanzel II.................130
e) Berg der Königsgräber.................133
12. Der Junge Adler und das Fliegen.................134
13. Klara und Pappermann.................136
14. Frauen.................139
15. Die Enters und die Erbsünde.................142
C. Schluß.................149
D. Anhang - Werkgeschichte.................155

Anmerkungen.................157
Literaturverzeichnis.................171

A. EINLEITUNG

I. Vorbemerkungen zur Reisedokumentation

Zum Verständnis von Karl Mays "Winnetou IV", des "letzten Groß-mystikers" [1] letztem Roman, ist es wichtig, die Ursprünge dieses Werkes zu kennen. Das führt zum einen zur Frage nach den Intentionen Mays - bei der Analyse und Interpretation im Hauptteil dieser Arbeit wird darauf einzugehen sein - zum anderen aber auch auf den konkreten Anlaß des Romans hin, nämlich zu seiner einzigen Amerika-Reise im Jahre 1908, die einen Teil des autobiografischen Romanhintergrunds ausmacht.

Ähnlich wie "Et in terra pax" auf Mays große Orient-Reise (1899-1900) reflektiert, finden sich auch in "Winnetou IV", explizit im ersten Teil des Textes, bevor die "Realität ... wieder zwischen den Traumkulissen (versickert)" [2], nicht wenige Bezüge zur realen Reise.

Aufgabe der folgenden einleitenden Reisedokumentation, in der der reale Reiseverlauf, möglichst ausführlich und soweit er bis heute recherchiert werden konnte [3], mit den Textstellen aus "Winnetou IV" konfrontiert wird, die mehr oder auch weniger deutlich Erlebnisse und Eindrücke dieser Reise widerspiegeln, ist es, - im Hinblick auf die Darstellung der verschiedenen Leseebenen des Romans, der Romanstruktur - von vornherein eine der Ebenen, nämlich die unverschlüsselte autobiografische Ebene, hier der Amerika-Reise, isoliert darzustellen. Diese Ebene möchte ich als Autobiografische Ebene I bezeichnen; zu ihr gehören alle unverschlüsselten, unverstellten Aussagen des Autors May zu seiner subjektiven Wirklichkeit. Dabei beschränke ich mich im folgenden auf die Wirklichkeit der Amerika-Reise, wenngleich auch zahlreiche unverschlüsselte Aussagen über seine Frau Klara, die Handlungsfigur ist, seine schriftstellerischen Produktionsbedingungen, seine Gewohnheiten u.ä. in den Text eingebettet sind, die alle ebenfalls zur Autobiografischen Ebene I gehören, doch keine Besonderheit für "Winnetou IV" bilden - vielmehr lassen sie sich in allen in der Ich-Form geschriebenen Werken Mays nachweisen und würden gesammelt eine brauchbare Biografie des May`schen Selbstverständnisses ergeben.

Das Eigentümliche von "Et in terra pax" und "Winnetou IV" liegt darin, daß in beiden Fällen ein Groß-Erlebnis - nämlich

eine Reise - einen bestimmten Roman bewirkte und in seiner Entwicklung mehr oder weniger prägte, ohne aber dabei im Vordergrund zu stehen, ein Erlebnis also den Anstoß gab, während in den oben genannten Fällen Real-Autobiografisches lediglich beim Schreibprozeß miteinfloß.
Die Funktion dieser real-autobiografischen Elemente ist immer die gleiche: dem Leser soll die Identität von Ich-Figur und Autor suggeriert werden.
In den Reiseerzählungen bis zur Jahrhundertwende - der Wende auch für Karl May - , veranlaßten derartige Einschübe von Realität - die ja nachprüfbar waren - den Leser, auch die abenteuerlichen Erlebnisse der Ich-Figur, Old Shatterhands oder Kara Ben Nemsis, als vom Autor selbst Erlebtes zu verstehen; die Orient- und die Amerika-Reise dann, für deren Publizität May jeweils durch zahlreiche Kartengrüße an Bekannte und Freunde, aber auch und gerade an Zeitungen sorgte, sowie deren Ausbeuten, die Romane "Et in terra pax" und "Winnetou IV" , legten dem Leser später entsprechende Analogieschlüsse seine früheren Werke betreffend nahe.
Daß May an solcher Leser-Illusionierung auch noch in seinem Spätwerk interessiert war, wo er doch im Eigentlichen weit mehr und weit höheres beabsichtigte, mag befremden, läßt sich aber vor dem Hintergrund der Prozesse, der Pressehetze, der zahlreichen persönlichen Angriffe gegen ihn verstehen, denen gegenüber er sich immer wieder rechtfertigen zu müssen glaubte.
Diese Angriffe bestanden lange Zeit auch in dem Vorwurf, er habe in seinen Werken immer wieder gelogen, sei er doch in Wahrheit nie im Orient, nie in Amerika gewesen.
Dem begegnete May mit seinen beiden großen Reisen und auch dadurch, daß er nun das "Ich" in allen seinen Werken als Imagination der Menschheitsfrage verstanden wissen wollte - was aber realiter nur für das Spätwerk zutrifft -: Das "Ich ist keine Wirklichkeit, sondern dichterische Imagination. Doch, wenn dieses 'Ich' auch nicht selbst existiert, so soll doch alles, was von ihm erzählt wird, aus der Wirklichkeit geschöpft sein und zur Wirklichkeit werden." [4]

Nach Mays eigenen Worten war die Amerika-Reise schon lange geplant gewesen. In einem Brief an seinen Rechtsanwalt Rudolf Bernstein spricht er von "jene(r) Reise, die ich nun schon seit drei Jahren plane, aber nicht ausführen kann, weil der Prozeß mich hier in Dresden gefangen hält"[5].

Tatsächlich macht die Reise dann aber eher den Eindruck plötzlicher Flucht: ohnehin nur kurz - gerade drei Monate hält er sich in Amerika auf, die Orient-Reise dagegen dauerte sechzehn Monate -, scheint sie großenteils ziellos zu verlaufen, ohne Plan. Dabei bewegt er sich nur auf touristisch geebneten Bahnen und vermeidet geradezu ängstlich alle von ihm einst beschriebenen Gegenden. Nicht weiter westwärts führt die Reise als bis zu den Niagara-Fällen, im Roman erst eigentlicher Reisebeginn.

Die in "Winnetou IV" beschriebenen Stätten des Wiedersehens - Nugget-tsil, Deklil-to u.a. - hat May nicht ein einziges Mal anders gesehen als in seiner Vorstellung.

Vor der immer aggressiveren Pressehetze, der Prozeßumklammerung flieht Karl May in das Land, das er schon so oft mit der Seele suchte, um dann hier nur wieder vor seiner eigenen früher angelegten fiktionalen Wirklichkeit zu fliehen.

Was ihm in der Realität nicht möglich war, die Konfrontation seiner Traumlandschaften mit den Reallandschaften - nicht möglich, weil er sich wohl noch gut an die täglichen Desillusionierungen während seiner Orient-Reise erinnerte -, das kann er später beim Schreiben von "Winnetou IV" in seiner Vorstellung durchspielen, denn hier decken sich Traumlandschaften problemlos. Karl May schöpft neue Wirklichkeiten aus seiner Phantasie.

"Winnetou IV" ist <u>auch</u> die Kompensation seiner realen amerikanischen Fluchtbewegungen. Den Orten, denen er während seiner Amerika-Reise beharrlich auswich, strebt er im Roman ebenso beharrlich zu.

Um den Widerspruch zwischen Realität und Fiktionalität, den quälenden, auch für sich selbst nicht abgrundtief klaffen zu lassen, versucht May zu Anfang des Romans - hier vor allem in der Niagara-Episode -, vereinzelt auch noch später, neben seiner ihm eigentlich wichtigen, nämlich der fiktionalen

Reise zum Mount Winnetou, auch Teile seiner realen Reise in den Kontext einzubauen, sich und seinen Lesern auch die touristische Reise als im Sinnzusammenhang des Romans notwendige darzustellen.

Diese touristische Reise und ihre Spiegelung auf der Autobiografischen Ebene I ist im folgenden chronologisch dargestellt. Aus dem Roman wurden exemplarische Zitate ausgewählt, um diese Arbeit nicht zu sehr ausufern zu lassen. Weitere Textstellen werden aber genannt, sodaß man von annähernder Vollständigkeit sprechen kann.

Zitiert wird nach Karl May: Winnetou Band 4. Herrsching o.J. (PAWLAK-Ausgabe).

Diese Ausgabe entspricht bis auf orthografische Angleichungen der Fehsenfeld-Originalausgabe und dient daher dieser Arbeit als Textgrundlage.

II. Dokumentation der Amerika-Reise und Autobiografische Ebene I

"Ihr schifft von einem geistigen Erdteil zu einem anderen hinüber (Geistige Nautik unterwegs).
Und kommt ihr drüben an, so fragt ihr zunächst nicht nach den Unterschieden, sondern ihr freut euch vor allen Dingen darüber, daß ihr auch hier wieder einmal bei Menschen seid."
Karl May [6]

1. Bremen - New York

Am 5.9.1908 beginnt Karl May in Bremen zusammen mit seiner Frau Klara seine einzige Amerika-Reise.
Bei unruhiger See dauert die Überfahrt auf dem Dampfer "Großer Kurfürst" des Bremer Lloyd elf Tage. Karl May ist kein Unbekannter an Bord, man bemüht sich um seine Gesellschaft und läßt sich gern mit ihm zusammen fotografieren. [7] Einigen wenigen Mitreisenden schließt sich das Ehepaar May näher an. Wollschläger spricht von einer Mrs. E.C.Hendrickson, einer "reichen Amerikanerin aus Chikago", die "später noch in Radebeul Besuch (macht)", einem "Professor Stassny und Frau vom Musik-Konservatorium in Boston" [8], die später noch besucht werden sollen [9], und einem Anwalt Weil aus München.
Klara hat ihre Fotoausrüstung im Gepäck und macht erste Bilder, die später bezeugen können: er war da. Am 16.9. um 4 Uhr früh kann sie die Freiheitsstatue fotografieren, eines der späteren Modelle für die monumentale Winnetou-Statue. "Es war ein wundervoller Morgen, ohne Nebel stieg die Sonne empor." [10]
Man verabschiedet sich von den Mitreisenden und wird - laut Klara - am Pier schon von zahlreichen "lieben Freunden", "guten Menschen" mit Blumen in den Händen erwartet, die teils "von weither ... gekommen (waren)" und nur "auf Umwegen seine Ankunft erfahren hatten." [11] Immer wieder schreibt Klara in ihren Erinnerungen von solchen "lieben Freunden". Auch in diesem Fall ist aber eher anzunehmen - wenn der Vorgang überhaupt stimmt und nicht zu den zahllosen von Klara erfundenen Legenden gehört -, daß die New Yorker deutschen Zeitungen von der Ankunft des "berühmten Reiseschriftstellers" gezielt - möglicherweise sogar von ihr selbst und sicher ohne Wissen Karl Mays - von dessen baldiger Ankunft

in New York informiert wurden.
Karl May aber ist von der Reise erschöpft und zieht sich so bald als möglich ins luxuriöse Hotel Continental zurück, "in die synthetische Stille" [12].

Autobiografische Ebene I

Zur Reisemotivation:

> "... nur von seinem jung gebliebenen Herz dazu getrieben ..." (9)

> "Ich nahm an, daß dieser Grund sich nicht auf enge, rein persönliche Verhältnisse bezog, sondern eine allgemeinere Bedeutung hatte." (10)

> "Oder gab es da drüben jemand, etwa einen alten, früheren Gegner, der sich jetzt, in meinen alten Tagen, den Spaß machen wollte, mich zu foppen und zu einer Einfaltsreise nach Amerika zu bewegen?" (11)

> "Der Gedanke, hinüberzugehen, begann, mich lebhaft zu beschäftigen." (11)

Zur Mitreise Klaras:

> "Ich weiß, er (May) wird diese Reise nicht tun, ohne daß Du ihn begleitest." (15f.)

> "Wenn ich wirklich ging, so verstand es sich nun ganz von selbst, daß ich diese Reise nicht allein unternahm." (16)

> "... es stand nun fest, daß ich hinüberging ... Und ebenso bestimmt war es, daß das Herzle mich begleitete." (21)

> "Als Junggeselle Westmann sein, ist keine Kunst. Aber sich noch als Westmann gebärden, wenn man schon längst verheiratet ist, und seine Frau bei sich hat, das wird einem jeden vernünftigen Mann so fern wie möglich liegen!" (253)

> "Sie dachte an die Anstrengungen einer solchen Reise... Aber sie dachte, indem sie von diesen Anstrengungen und Gefahren sprach, nicht an sich selbst, sondern nur an mich. ...Was sie selbst betrifft, so war sie gesund, mutig, geschickt, ausdauernd und frugal genug, um mich begleiten zu können. Sie beherrschte die englische Sprache ... so war ihr unser letzter längerer Aufenthalt im Orient eine gute Lehrzeit gewesen. Sie hatte sich da ganz geschickt benommen..." (21f.) (Vgl. hier die ganze Textstelle)

Zum geplanten Reiseverlauf:

> "Meine Frau war noch niemals ... da drüben. Sie erwartet ganz besonders, den Niagarafall zu sehen. Wir werden also von New York aus mit dem Hudsondampfer nach Albany fahren und von da mit der Bahn

> nach Buffalo, von wo aus es bis zu den Fällen nur noch eine Stunde ist. In Niagara-Falls wohnen wir auf der kanadischen Seite, und zwar im Clifton-Hotel..." (32)
> (Vgl. 22f.,28)
>
> "... mit dem Norddeutschen Lloyd nach New York ..." (23)

Zu Klaras Fotografieren:

> "Sie photographiert so gern. Sie ist da stets bereit, zum Alten Neues hinzuzulernen." (376)
> (Vgl. 22)

2. New York

"Karl May liebte die großen Städte nicht, weshalb wir auf unsrer ersten Reise New York nur als Durchgangsstation benützten. Wir fuhren damals gleich weiter nach Albany." [13]
So war es nicht. Klara versucht hier wie so oft, die Legende vom abenteuernden Reisenden aufrechtzuerhalten, ein Bild, zu dem ein tagelanger New York-Aufenthalt so gar nicht passen würde. Einige Biografen haben diese (und so manche andere) Falschinformation Klaras nur zu gern übernommen. So heißt es bei Raddatz: "Er verläßt die große Stadt fast unverzüglich." [14]
Und E.A. Schmid spricht von einem "kurzen Aufenthalt" [15].
In Wahrheit bleiben Mays fast eine Woche in New York, besichtigen wie alle Touristen die Sehenswürdigkeiten der Stadt, besuchen Cony Island, machen Visiten - etwa beim Manager of the Indian Exhibits Co, Mr. C. Witte und aus geschäftlichen Gründen in der Pustet-Filiale - und lassen sich von Dr. Ralph Winfred Tower, dem Direktor des American Museum of Natural History, im Central Park gelegen, durch "das unglaublich reiche und schöne Museum" [16] führen. Tower schenkt May zum Abschied einige Indianistik-Fachwerke, aus denen dann "mancherlei kleinere Lesefrüchte" [17] in "Winnetou IV" eingehen werden.
Den größten Eindruck macht ein Gottesdienst im "herrlichen weißen Marmortempel der Christian Scientists" [18], Central Park West Av. 68, wo May "jene nebulöse Christlichkeit vor(findet), in der seine Metaphysik sich mit den Religionen einig ist ... Sonntag der weißen Nelken: alles ist mit den Blumen geschmückt, Altar, Vorleser, Sängerin, alle gläubigen Mitglieder. Den fensterlosen Raum überwölbt eine Glaskuppel; sie stellt eine riesige, leuchtende Sonne dar, 'in der das Eine Wort 'Love' glüht'.

Und May sitzt tief ergriffen darunter; die elektrischen Effekte stören ihn nicht: 'Viel feines Empfinden muß die Schöpfer dieses Tempels beseelt haben'; später berichtet er noch oft von dem Erlebnis; 'Love' heißt fortan der Leitstern der immer müderen Spätjahre; - im 'Passiflorenraum' von 'Winnetou' IV kommt die Stimmung des Blumentempels herauf." [19] [20]

Autobiografische Ebene I

Zum Blumentempel (Passiflorenraum):

> "Was sah ich? Einen sehr hohen, achteckigen, gemauerten Raum mit zwei Türen. Die Wände waren vollständig mit Passifloren überwachsen, deren Ranken bis hinauf an die Decke reichten, wo es rundum zahlreiche Öffnungen gab, das nötige Licht hereinzulassen. Die Ranken waren so dicht, daß man von der darunterliegenden Mauer nichts sehen konnte. Sie grünten und blühten, und zwar fast überreich. Daß dies noch jetzt in der ziemlich späten Jahreszeit geschah, war wohl eine Folge der Höhenlage und auch des Umstandes, daß die Vegetation nicht im Freien stattfand, sondern auf das Innere eines geschlossenen Raumes angewiesen war." (332) (Vgl. 332ff.)
>
> "Sie (Klara) brach beim Anblick der unzähligen Leidensblumen in einen Ausruf der Bewunderung aus." (333)
>
> "Hohe, aus dem Wachs wilder Bienen bereitete Kerzen brannten. Damit die köstliche Blütenluft nicht durch die vielen Lichterflammen verunreinigt werde, stand die in das Freie führende Treppentür offen. Für den Vorleser ... gab es einen erhöhten Sitz, zu dessen Seiten ... die Kerzen vervielfacht waren. ... Er erklärte den Zweck unserer heutigen Zusammenkunft und Vorlesung und forderte die Versammelten auf, ihre Augen nach innen zu richten, um die Ankunft dessen, dem dieser Abend gewidmet war, ja nicht zu übersehen." (363)

3. Albany

Von New York aus geht es mit dem Dampfer "New York", einem "schwimmenden Palast" [21], neun Stunden lang den Hudson River hinauf nach Albany (N.Y.). Das Luxuszimmer der Mays hat einen Balkon, der auf den Fluß hinausgeht und so "die herrliche Landschaft genießen läßt" [22].

"Wir fuhren damals auf einem der bequemen Hudsondampfer bis Albany. Karl May liebte die Stille, und Stille war über den Reisetag gebreitet. Wir hatten einen eigenen, abgeschlossenen Raum auf dem Schiff mit einem freien Ausblick auf den Strom. Eine wundervolle Einrichtung, die glauben ließ, man sei allein auf

dem Schiff. Dort saß er und träumte, während er die Größe der Natur an sich vorüberziehn ließ." [23]
"Der Hudson mit seinen Riesenausmaßen, der auf seinem breiten Rücken Schiffe bis Albany hinauf trägt, hat mit seinen von dunklen Wäldern und hohen Bergen umsäumten Ufern ein mehr großartig als lieblich anmutendes Gepräge." [24]
In Albany bleibt man zwei Tage, wohnt im Hotel New Kenmore [25] und verbringt - laut Klara - einen Abend mit "Freunden".
Im Washington Park von Albany fotografiert Klara das Moses-Denkmal, ein weiteres Vorbild für die Winnetou-Statue. [26]
Mit der Pferdekutsche wird ein kurzer Abstecher nach Pittsfield unternommen, "wo einst Longfellow lebte" [27] und dort im Appleton House sein berühmtes Gedicht "Old clock on the stairs" schrieb. "Wir waren da, wo das Gedicht entstanden." [28] Der Einfluß dieses amerikanischen Uhland auf May wird in "Winnetou IV" vor allem in den schwermütigen Landschaftsbeschreibungen deutlich, er ließe sich aber auch in einigen seiner früheren Werke nachweisen.
Ein weiterer Ausflug mit der Kutsche führt Mays durch die Berkshire Hills zum Mount Lebanon in New Hampshire, wo sie "alte Bekannte"aus der Heimat besuchen - laut Ostwald "Freunde aus Radebeul" [29] - , die ausgewandert waren und nun in einer Siedlung der Shaker-Sekte leben, das Ehepaar Otto und Rosalia Thümmel.
"Eine Wagenfahrt durch schöne, bewaldete Berge in tiefer Einsamkeit brachte uns zur Siedlung der Shakers. Dahin hatte sich einer der Freunde meines Mannes zurückgezogen - eine Lebensgeschichte fand dort ihren friedlichen Ausklang. Die Shakers sind eine Brüdergemeinde, einfach und gut und fromm." [30]
Es ist zur Zeit der Maisernte, Klara hält es im Bild fest.
"Es gelang mir, dort von ihm ein Bild aufzunehmen, wie er inmitten eines Maishaufens sitzt, umringt von Brüdern und Schwestern der Gemeinde." [31] Auf dem Bild ist auch Otto Thümmel zu sehen. [32]
Karl May ist hier "wieder einmal bei Menschen" [33].
Die Thümmels schreiben später noch öfters nach Radebeul, an die "lieben Menschenfreunde" [34].

<u>Autobiografische Ebene I</u>

Zu Albany:

> "... nahm vier quittierte Hotelrechnungen aus Leipzig, Bremerhaven, New York und Albany heraus ..." (269) (vgl. 32)

4. Buffalo

Von Albany aus geht es "auf breiten Chaussee-Straßen" [35] zum Erie-See, nach Buffalo.
Mays wohnen im Hotel Statler und machen - mit einem busähnlichen Automobil [36] - die übliche Stadtrundfahrt.
Glaubt man Klara May, so warten auch in Buffalo wieder Freunde, "die dann noch kurze Zeit mit uns reisten." [37]
Auf dem Forest Lawn Cemetary von Buffalo lernt May ein weiteres, vielleicht das entscheidende Modell für die Winnetou-Statue kennen, das Denkmal des Seneca (Senontowana)-Häuptlings Sa-go-ye-wat-ha ("Er-hält-sie-wach", auch Red Jacket genannt, 1752-1830), der auf diesem Friedhof mit seinen Angehörigen begraben liegt. Das Denkmal wurde nach einer Umbettung im Jahre 1890 von der Buffalo Historical Society errichtet. Dieser Irokesen-Häuptling gilt als bedeutende indianische Persönlichkeit. [38]
Hans Wollschläger spricht von einem "klugen Diplomaten, der sehr früh die endliche Überlegenheit der Weißen erkannte und mit zähen Friedensverhandlungen das Überleben seines Volkes zu sichern suchte, um am Ende doch nur einsam und verbittert im Alkohol zu enden", von einem "bedingungslosen Pazifisten" und "bedeutendem Redner" [39]. Da Karl May in keinem seiner Werke vor "Winnetou IV" den Häuptling auch nur erwähnt, ist anzunehmen, daß er ihn erst durch die aus New York mitgebrachten Fachbücher kennenlernte und sich dann kurzfristig entschloß, nicht direkt zu den Niagarafällen zu reisen - wie es nahegelegen hätte - sondern zunächst nach Buffalo. Das Grab Sa-go-ye-wat-has scheint der alleinige Anlaß dieses Umwegs gewesen zu sein. Im Roman wird der Abstecher erst später, vom Clifton-House, unternommen und auch Klara spricht von einem Ausflug von den Niagarafällen aus, was später von einigen Biografen ungeprüft übernommen wurde. [40]
Dieser These aber widerspricht allein schon, daß May nachgewiesenermaßen wenigstens eine Nacht im Hotel Statler verbrachte, es aber kaum sehr wahrscheinlich ist, daß er gleichzeitig auch noch eine Wohnung im Clifton-House gemietet hatte.
Der Grund für die Reisevariation Klaras scheint der zu sein, daß sie bemüht war, die reale Reise weitestgehend identisch mit der Reise in "Winnetou IV" erscheinen zu lassen.
Auf der untersten Kante des Denkmalsockels sitzend, läßt May sich von Klara fotografieren. [41] Über ihm, auf dem Sockel, stehen die Schlußworte der letzten großen Volksrede Sa-go-ye-wat-has, die May nicht wenig beeindrucken: "When I am gone and my warnings

are no longer heeded, the craft and the avarice of the white man will prefail. My heart fails me when I think of my people, so soon to be scattered and forgotten." [42]
Wie Rudolf W. Kipp feststellte, sind in unmittelbarer Nähe Sa-go-ye-wat-has weitere bedeutende Persönlichkeiten beigesetzt: der 1874 gestorbene 13. Präsident der USA, Millard Fillmore sowie der 1895 gestorbene Sachem Six Nations, Ely S. Parker (Do-ne-ho-geh-weh). Kipp vermutet in Ely S. Parker ein Urbild des Jungen Adlers, da in Parker "viel von dem steckt, was May an liberalem Mut und technischem Können seinem Jungen Adler mitgegeben hat." [43]
In Sa-go-ye-wat-ha sieht Wollschläger ein Modell für die Revision des Winnetou-Bildes. [44]

Autobiografische Ebene I

Zu Sa-go-ye-wat-ha:

> "Am Nachmittag fuhren wir nach Buffalo, um auf dem dortigen Forest Lawn Cemetary das Grab und die Statue des berühmten Häuptlings Sa-go-ye-wat-ha zu besuchen und ihm einige Blumen mitzubringen. Ich habe eine ganz besondere Zuneigung und Hochachtung grad für diesen großen Mann, den man noch heutigentags als den 'strong and peerless orator' aller Seneca-Indianer bezeichnet. Dieser 'Gottesacker' ist schön, fast einzig schön. ... Es war ein schöner, klarer, sonnenwarmer Tag. Als wir die Blumen an dem Häuptlingsstein niedergelegt hatten, setzten wir uns auf die unterste Kante des Postamentes, auf welchem sein Standbild bis hoch in die Wipfel der umstehenden Bäume ragt. Wir sprachen von ihm, und zwar fast leise, wie man an den Gräbern derer, die man besucht, zu sprechen pflegt, wenn man an die Auferstehung und an ein anderes Leben glaubt. ... Wir hatten die Blumen nicht ... mitgebracht, sondern sie waren von hier, und zwar ganz frisch geschnitten." (45f.) (Vgl. die ganze Textstelle bis 48)

> "'Wir waren an seinem Grab', antwortete sie (Klara). 'Gott segne Euch dafür! Ich meine nämlich, wenn Ihr ein Grab besucht, so tut Ihr das nicht aus Neugierde, sondern weil Euch das Herz dazu treibt. ..." (102)

> (Vgl. 119)

5. Niagara-Falls

Von Buffalo aus führt die Reise nach Niagara-Falls, auf die kanadische Seite der Niagarafälle. Mehrere Tage dauert der Aufenthalt, man wohnt im - wie gewohnt luxuriösem - Hotel, dem Clifton-House, in den nebeneinanderliegenden Zimmern 250 und 252.

Klara macht wieder zahlreiche Aufnahmen: das Clifton-House im Nebel, May auf dem rundumführendem Balkon des Hotels sitzend [45] oder auf den Steinterrassen am Wasserfall , wo auch ein Bild zusammen mit Klara - von wem auch immer - gemacht wird. [46]
Die Niagarafälle machen großen Eindruck auf May. Er schreibt in sein Notizbuch, das er immer bei sich führt:
"Die große gewaltige Natur stimmt mich ernst und feierlich. Das Land muß ein Tempel Gottes gewesen sein, als es noch nicht von der Kultur berührt war, die wir ihm brachten. Kinderseelen beteten hier im Geiste eines Winnetou. Von diesen Gebeten blieb nichts erhalten. Nur ahnen kann man den Inhalt, den sie hatten." [47]
Die Umgebung der Fälle wird erforscht, die "Flamme" besucht, eine Quelle, der brennbares Gas entströmt, das zur Touristenattraktion entzündet wird. "Man kann mit der Hand durchfahren. Sie gibt nicht allzu große Hitze. Die Quelle selbst schmeckt weder nach Rauch noch nach Schwefel." [48] May hat seiner Frau wohl selbst die Sage dieser "Flamme" erzählt: "Vor etwa 200 Jahren hatten die Indianer in dieser Gegend gejagt. Einem jungen Häuptling war es gelungen, einen ganz besonders großen Elk zu erlegen. Es wurde beschlossen, dort ein Fest zu begehen und das Tier zu verspeisen. Als man ihn braten wollte, sprang ein Funke ins Wasser über, und das Wasser brannte. Die Indianer flohen, kehrten aber später zurück und erklärten den Ort für heilig." [49] Und noch eine andere Sage erzählt May seiner Frau: "Jedes Jahr wurde von den Indianern das schönste und reichste Mädchen besonders geschmückt. Es bestieg ein Kanu, das oberhalb der Fälle ins Wasser gebracht wurde, und fuhr damit in den Wasserfall hinein, also dem sichern Ende entgegen. Zu diesem Opfer ausersehen zu werden, war eine besondere Ehre, und selbst Bräute haben diese Ehrenpflicht erfüllt." [50]

Verschiedentlich werden Ausflüge unternommen, so zum Seneca-See, wo in vereinzelten Reservationen noch etwa 3000 Seneca-Indianer unter ärmlichsten Verhältnissen leben.
"Die Eindrücke sind im Buch dann auf den Kanubi-See überschrieben." [51]
Auch eine Reservation der Tuskarora-Indianer wird besucht, mit dem Häuptling und dessen Kindern läßt er sich im Eingang von dessen ärmlichem Rindenzelt fotografieren.[52] Dieser Beweis, bei den Indianern gewesen zu sein, kann den Betrachter nur betroffen machen. So ganz anders sieht die Realität aus als die Wirklichkeit der Träume. Der Häuptling, bärtig, "unindianisch", trägt zer-

lumpte Arbeitskleidung.
Karl May entflieht dieser unverhofften Realität, seiner wohl einzigen wirklichen Begegnung mit einem Indianer auf der Reise; der Grund für die Kürze des Besuchs ist die Desillusionierung, nicht so sehr - wie Wollschläger meint - "einer der häufigen Waldbrände" [53], der den Mittagshimmel mit Hitze und Dunst erfüllt.
"Im übrigen aber umgibt sich May mit aller Distanz des Touristenluxus; ratloser von Tag zu Tag, fremd in seinem ureigensten Land, verzichtet er auf alle etwaigen Pläne, sein eigentliches Amerika noch zu bereisen und zieht sich in beschauliche Seßhaftigkeit zurück." [54] Von nun an wird er auch den Reservationen ausweichen. Dagegen unternimmt er eine Dampferfahrt über den Ontario-See nach Toronto sowie - laut Klara - Ausflüge zu den übrigen Seen, "die wir indes nur flüchtig besuchten" [55].
Wollschläger rechnet diese Reisen zu den Seen, besonders auch einen von Klara behaupteten Besuch von Detroit und Montreal zu den "mehreren Fabeln, die Klara später um die Reise spann." [56] Einen Beweis für die Unrichtigkeit dieser Angaben bleibt er aber schuldig. Dagegen spricht er wenig später von einem offenen Zeitraum ("zwischen dem 29.9., wo May noch im Clifton-House weilt, und der Ankunft in Lawrence am 5.10." [57]), zu dem es keine Anhaltspunkte für Mays Aufenthalt gibt. Nun ist es zumindest nicht ganz unwahrscheinlich, daß er in dieser Zeit in Detroit, Montreal oder am Huron-See weilte, zumal es nicht einsichtig ist, weshalb Klara derartig touristische Ausflüge erfinden sollte, die keineswegs zu einer Legendenbildung beitragen können.
Anders sieht es dagegen mit ihrer Behauptung aus, May habe sie im Clifton-House zurückgelassen und sei in den Wilden Westen zu den Apatschen gereist. "Er hatte sich entschlossen, mich im Clifton-House zurückzulassen und für einige Wochen allein weiterzureisen. Wohin? Zu den Apatschen! Und wohin sonst? Mit Kummer bekenne ich, daß ich es nicht mehr genau weiß. Wohl hat er mir von dieser Weiterreise mehrfach geschrieben und auch viel erzählt, aber alles das verwob sich später mit seinen Wunschträumen, die in seinem Roman "Winnetous Erben" Ausdruck fanden, und es ging mir schließlich wie ihm selber: ich wußte Wirklichkeit und Phantasie nicht mehr genügend zu trennen." [58]
Nun existieren weder Briefe Mays aus dem Westen, etwa aus Colorado, New Mexico, Arizona, noch wäre eine solche Reise, für die

nur der oben genannte offene Zeitraum in Frage käme - von einigen Wochen kann also überhaupt nicht die Rede sein -, zeitlich überhaupt möglich gewesen, bedenkt man das damalige Reisetempo der Union Pacific.

Bemerkenswert an Klaras Aussage, die zur Legendenbildung, zum Glauben auch an frühere Amerika-Reisen dienen sollte, ist bei aller Unwahrheit zweierlei: zum einen, daß sie ihre Behauptung durch vorgebliche Erinnerungsschwächen relativiert - wohl um bei einer Überprüfung nicht gleich als Lügnerin bezichtigt zu werden, womöglich auch zur eigenen Gewissensberuhigung -, zum anderen, daß sie nicht den Eindruck zu erwecken sucht, sie habe diese Reise in den Westen mit ihrem Mann zusammen unternommen, so wie May es in "Winnetou IV" beschreibt. Letzteres erspart ihr unangenehme Fragen, läßt ihr aber die Möglichkeit zu wilden Spekulationen: "Ich kann es nicht beweisen, denn ich bin damals nicht dabeigewesen, aber ich möchte darauf schwören, daß El Taos heute und La Frijoles gestern Karl May bei der Schilderung der Burg Tatellah-Satahs am Mount Winnetou als Vorlage dienten." [59]

Ende des Monats September verschickt May von Niagara-Falls aus zahlreiche Postkarten, darunter auch von Klara aufgenommene Fotografien, nach Deutschland, um damit seine Reise als Tatsache zu dokumentieren. Darunter sind auch Hinweise auf den Roman "Winnetou IV". So heißt es dann wenig später in der "Donau-Zeitung" vom 12. Oktober 1908 im Anschluß an einen Artikel "Der Schlüssel zu Schamah" von Heinrich Wagner: "Die 'Augsburger Postzeitung' teilt mit, daß Karl May mit seiner Gemahlin zurzeit in Amerika verweilt, um Vorstudien zu seinem 'Winnetou', Band IV, zu machen. Eine Ansichtskarte, die an unseren Chefredakteur gelangte, ist aus Canada mit englischer Briefmarke und trägt den Poststempel 'Niagara Falls, Ont(ario), 28. September 1908'." [60]

Spätestens jetzt muß May sich also entschlossen haben, einen Roman dieses Titels - der auf eine Weiterentwicklung des Winnetou-Bildes weist - zu schreiben, wahrscheinlich aber schon in Buffalo. Es ist denkbar, daß es die Eindrücke auf dem Friedhof von Buffalo und an den Niagarafällen waren, die ihn besonders motivierten. Dafür spricht die Tatsache, daß es gerade diese Erlebnisse sind, die im Roman auf der Autobiografischen Ebene I am ausführlichsten dargestellt sind und mit denen die eigentliche Reise dort erst beginnt. Beweisen läßt sich diese These schwerlich, es ist nicht auszuschließen - das Zitat aus der "Donau-Zeitung" legt es sogar nahe -, daß die Amerika-Reise überhaupt von daher motiviert war,

Vorstudien zu einem abschließenden Winnetou-Roman zu gewinnen, es also nicht allein die Fluchtmotivation war, die May nach Amerika trieb. Klarheit verschaffen würden möglicherweise die Skizzen und Aufzeichnungen Mays während der Reise, die im Besitz des Karl-May-Verlags sind, mithin also - wie seine Briefe oder die Studie über seine erste Frau Emma Pollmer und anderes eigentlich Unverzichtbare - der Forschung nicht zugänglich.
Mag die Frage, wann May seinen kommenden Roman als Abschluß des Winnetou-Zyklus zu schreiben dachte - schon vor oder erst während der Reise - ungeklärt bleiben, den grundsätzlichen Gedanken jedenfalls, auch Amerika in sein philosophisches Spätwerk einzugliedern, sogar den speziellen Gedanken des Mount Winnetou faßte er bereits sehr früh. Schon 1904, im Nachwort von "Winnetou III", spricht er vom Dschebel Marah Durimeh und dem äquivalenten Mount Winnetou, zu einem Zeitpunkt also, als auch "Ardistan und Dschinnistan" noch nicht geschrieben war.[61]
Man kann aber davon ausgehen, daß diese Gedanken 1904 noch äußerst unspezifisch waren.

Autobiografische Ebene I

Zum Aufenthalt an den Niagarafällen:

> "Und nun waren wir bei den Niagarafällen. Wir wohnten im Clifton-House, unweit der kanadischen Mündung der Hängebrücke. Man hat von diesem Hotel aus einen geradezu unvergleichlichen Blick auf das grandiose Schauspiel der stürzenden Wassermassen. Die besten Zimmer liegen in der ersten Etage und sind den Fällen zugewendet. Sie münden alle auf eine lange, vielleicht acht Schritte breite Plattform, die ein gemeinschaftliches Säulendach überragt. Wer vom Korridor aus seinen Raum betritt, ihn quer durchschreitet und sich durch die gegenüberliegende Tür hinaus auf die Plattform begibt, der hat beide Fälle, den geraden und den hufeisenförmigen, genau in eindrucksfähigster Perspektive vor seinen Augen. ...
> ... freute ich mich darüber, daß, als wir kamen, grad die den Fällen nächstgelegene Ecke dieser Zimmerreihe freigeworden war, so daß wir also anstatt zwei nur einen einzigen Nachbar haben konnten. ...
> ...Ein jeder neu eingetretene Gast des Clifton-Hotels hat sich sofort in der am Parlour liegenden Office einzutragen. Das ist die einzige Auskunft, die man von ihm verlangt." (37)

> "Unsere Wohnung bestand aus drei Räumen, die, wie bereits gesagt, eine Ecke ausfüllten. Das Zimmer meiner Frau lag nach dem Hufeisenfall, war größer als das meinige, hatte aber keinen Balkon. Das

meinige hatte die Aussicht nach dem Vereinigten-Staaten-Katarakt, war kleiner, öffnete sich dafür aber nach der großen Plattform, auf der ich mich so häuslich einrichten konnte, wie es mir nur immer beliebte. Zwischen diesen beiden Zimmern lag der Garderobe- und Toilettenraum, der sie in amerikanisch praktischer Weise vereinigte." (38)

"Wir waren am Nachmittag angekommen und machten gleich noch an diesem Tag die zwei bekannten Fahrten, welche jeder Besucher der Niagarafälle unbedingt gemacht haben muß. Es ist das eine Bahn- und eine Dampfbootfahrt. Das Gleis der Bahn geht hart am kanadischen Ufer des Niagara hinab und dann drüben am Vereinigten-Staaten-Ufer wieder herauf. Tief, tief unten kocht und brodelt der Strom; die Felsen steigen vollständig senkrecht in die Höhe, und die Schienen der Bahn liegen oft höchstens zwei Meter von der Kante des Abgrundes entfernt. An diesem letzteren rast man mit der Schnelligkeit des Fluges dahin, und man hat, da man nur den geöffneten Schlund und das jenseitige Ufer sieht, vom Anfang bis zum Ende dieser Fahrt das Gefühl, als ob man direkt in die Luft hinausfahre, um dann in die Tiefe hinabzuschmettern. Die Bootsfahrt macht man auf der wohlbekannten und beliebten Maid of the mist, welche kühn bis in die nächste Nähe der Fälle steuert und am geeigneten Ort diejenigen Touristen landet, welche daheim von sich rühmen wollen, daß sie sogar 'hinter dem Wasser' gewesen seien." (39)

"Wir befanden uns genau in derselben Lage, wie die Besucher des Niagarafalles, die sich hinter die herniederschmetternde Wogenwand bringen lassen, um dann später davon erzählen zu können." (330)

"Später aßen wir bei den Klängen eines ausgezeichnet spielenden doppelten Streichquartetts das Abendbrot in dem großen, im Parterre des Hotels liegenden Speisesaal und zogen uns dann in unsere Wohnung oder, richtiger gesagt, auf meinen freien Altan zurück, welcher uns den unbeschreiblichen Genuß gewährte, die Fälle von dem geheimnisvollsten Schimmer des Mondes besucht und verklärt zu sehen." (39)

"... Tisch, der draußen in unserer Ecke stand. Ich hatte mir ihn hinstellen lassen, um daran schreiben zu können." (40)

"Du weißt doch, daß der (May) täglich bis Punkt Mitternacht unten im Lesezimmer sitzt und dann noch bis ein Uhr hier oben in seiner Stube liest." (41)

"Morgen früh nach Toronto und erst übermorgen zurück." (41)

"Dieses erste Frühstück war splendid im höchsten Grade: Kaffee, Tee, Kakao, Schokolade, eine Menge Fleisch- und Eierspeisen, Trauben, Ananas, Melonen und andere Früchte, so viel man wollte. Bedient wurden wir von unserm Zimmerkellner." (42)

"Es gibt im Clifton-House nur Einzeltische, keine große gemeinschaftliche Tafel. Am besten sitzt und speist es sich in einer langen, an den großen Saal stoßenden Veranda, die so schmal ist, daß da nur zwei Reihen von Tischen Platz finden. Es gibt von da aus eine prächtige Aussicht nach den Fällen. Wir hatten uns einen dieser Tische gewählt und beschlossen, ihn für uns zu belegen." (42)

"Im Clifton-House wird nach jeder Mahlzeit, die man einnimmt, das Trinkgeld sofort bezahlt." (44)

"... dann machten wir einen kurzen Spaziergang längs des Stromes, um uns auf einer der am Ufer stehenden Bänke niederzulassen." (58)

"Die beiden Fälle lagen wie ein Märchenwunder vor unsern Augen, und ihr Brausen drang wie die Stimme eines ewigen Gesetzes zu uns herüber..." (50)

(Vgl. Gesamttext Niagara-Aufenthalt 37-66)

Eine nach Wollschläger mögliche Spiegelung des Seneca-Sees könnte der Kanubi-See sein. (Vgl. 101, 102)

6. Lawrence

Auf den offenen Zeitraum vom 29.9. bis 5.10. wurde bereits hingewiesen. Fest steht heute nur, daß Mays am 5.10. in Lawrence (Mass.) eingetroffen sind, um hier einen Schulfreund Karl Mays aus Hohenstein-Ernstthal, den 1859 in die USA eingewanderten Carl Ludwig Ferdinand Pfefferkorn (1841-1916) zu besuchen, der bereits 1895 zusammen mit seiner Frau das Ehepaar May und Emma Pollmer in Oberlößnitz besucht hatte, bei welcher Gelegenheit dann im Hause May - damals die Villa "Agnes" in der Nizzastraße[62] - spiritistische Sitzungen abgehalten wurden, zweifellos auf Initiative der Pfefferkorns.

Pfefferkorn hatte sich in Lawrence zunächst als Barbier niedergelassen. Nebenbei betätigte er sich vermutlich auch als Homöopath, ab 1883 jedenfalls ließ er sich dann im Adreßbuch als "physician" eintragen. Pfefferkorn gilt als das Vorbild für den Dicken Jemmy.[63]

In Lawrence ist man stolz auf den berühmten Gast. Ihm zu Ehren wird am Haus des Gastgebers - Mays wohnen bei Pfefferkorns - das Sternenbanner geflaggt und im deutschen Lokalblatt erscheint ein Willkommensgruß des "Lawrencer Deutschthums für den berühmten Schriftsteller Herrn Dr. Karl May".[64]

Nach Informationen Maschkes, die er aus Lawrence erhielt, soll dieser Artikel allerdings "in Zusammenarbeit Karl May`s mit

Pfefferkorn" [65] entstanden sein. Das ist nicht zu widerlegen, sehr wahrscheinlich ist es aber auch nicht. Im Artikel wird von einem Interview des Lokalredakteurs mit dem "seltenen Gast" gesprochen. Ein solches Interview halte ich für eher denkbar, auch, daß es von Pfefferkorn initiiert wurde.
Eine Fingierung des Artikels ist kaum denkbar, denn der späte May hätte sich wohl nicht mehr hergegeben für Wendungen wie die von dem "Mann, dessen Namen nicht nur in Deutschland mit Verehrung ausgesprochen wird, sondern in der ganzen zivilisierten Welt" [66]. May muß sich aber in dem Interview fälschlicherweise als Doktor bezeichnet haben, das zu einer Zeit, als ihm schon seit Jahren die Führung dieses Titels in Deutschland untersagt worden war. "Das Diplom hatte sich May von einer obskuren Institution in den USA beschafft." [67]
Im gleichen Artikel wird auch bereits auf den späteren Vortrag über die "Drei Menschheitsfragen" hingewiesen: "Obgleich er hier zur Erholung weilt, so konnte er doch nicht umhin, den Bitten des gesammten Deutschthums nachzugeben und versprach, am Sonntag in acht Tagen einen Vortrag über das interessante und tiefgreifende Thema zu geben 'Drei Menschheitsfragen: Wo kommen wir her? Wo sind wir? Wo gehen wir hin?'" [68] Tatsächlich geht der Vortrag dann über die Fragen "Wer sind wir? Woher kommen wir? Wohin gehen wir?". Entweder handelt es sich um ein Mißverständnis des interviewenden Redakteurs (die unbeholfene Ausdrucksweise deutet darauf hin)oder May hat später die Fragen noch umformuliert.
Der Vortrag geht zurück auf die Initiative Pfefferkorns, nicht etwa auf die "Bitten des gesammten Deutschthums".
Doch noch ist es nicht soweit.
Pfefferkorn genießt in Lawrence Ansehen und Reichtum. Er lebt "wie ein kleiner Fürst" [69], hat Diener, besitzt Haus und Garten, Pferde und sogar ein Automobil [70], mit dem die Paare May und Pfefferkorn nun mehrere gemeinsame Ausflüge in die nähere Umgebung unternehmen. So zum Canobie Lake, hinter der Staatsgrenze in New Hampshire gelegen, der dann wohl nicht nur den Namen für den Kanubi-See in "Winnetou IV" hergibt oder zum Den Rock, einer Indianer-Nugget-Fund-Höhle, ebenfalls in New Hampshire [71], die ansatzweise im Haus des Todes wiederkehrt.
Eine andere Autotour geht nach Manchester und von dort aus weiter zu einer der berühmten Devils pulpits, die dann im Roman eine ganz besondere Rolle spielen werden. Wie schon in der

Tuskarora-Reservation ist auch hier "die Landschaft ... dicht vom Rauch verhängt: Waldbrände soweit das Auge reicht." [72]
Auch ans Meer wird gefahren, zur Salisbury Beach. Mehrere Fotografien dokumentieren das Dagewesensein und wirken nicht wenig belächelnswert: einmal sind alle vier in einem Ruderboot zu sehen, unternehmungslustig, die beiden Männer verwegen ins Objektiv starrend, May ein Ruder wie eine Lanze in der Hand haltend - das Boot aber liegt auf dem Trockenen. [73]
"Die Attitüden abenteuerlichen Reisens verrunzeln sich zu ironischen Chiffren." [74]

Autobiografische Ebene I

Zum Canobie Lake (Kanubi-See):

> "... liegt im Staate Massachusetts. Ich bin von Lawrence aus dort gewesen. Dieser letztgenannte Kanubisee spielt in der Vergangenheit einiger Indianerstämme, besonders der Seneca, eine sehr wichtige Rolle. Seine im Sonnenschein funkelnden Wasser, seine weit und schön ausgebuchteten, mit sattem Grün geschmückten Inseln und Ufer waren so recht geeignet, der friedlichen Entwicklung des Stammeslebens als Unterlage zu dienen. Ich konnte mich von dem Anblick dieses Sees kaum trennen." (101)

> "Der Nachmittag führte uns immerwährend bergan, bis wir eine Höhe erreichten, von welcher aus wir über eine weite, unter uns liegende, sich nach Westen dehnende Hochebene blickten. Die Sonne war im Sinken. In ihrem Strahl leuchtete aus der Mitte der Ebene ein großer funkelnder Diamant herauf zu uns, der rundum von einem weiten Kranz grüner Smaragde eingefaßt schien, deren Konturen flimmerten und glühten." (102)

> "Rechts von uns lagen die Überreste der einstigen Senecahäuser, von dem ersten Gruß der Sonne überflutet. Vor uns die vom leisen Morgenhauch bewegte, durchsichtig grünblaue Wasserfläche, deren reich eingebuchtete Ufer sich wie Kulissen aus- und ineinander schoben, von üppigem Grün bewachsen, dessen Blätter wie eingetaucht in flüssiges Metall erschienen. (111f.)

> "... dieser Kanubisee war schön, sehr schön, aber seine Wasser hatten für uns keinen frohen, sondern einen mehr als elegischen Schimmer, und so blieb er in unserer Erinnerung nur als der Ort einer kurzen Rast ..." (121)

> (Vgl. Gesamttext Kanubi-See-Aufenthalt 100-121)

Zum Den Rock (Haus des Todes):

> "... da sahen wir plötzlich eine hohe, fast vollständig nackte Schutthalde vor uns liegen, die aber nicht aus gewöhnlichem, kleinem Schutt, sondern aus großen Felsstücken bestand, welche den Anschein hatten, als ob vor vielen Jahrhunderten hier ein ge-

> waltiger Bergsturz stattgefunden habe." (245)
>
> (Vgl. 245-249)

Zur Devils pulpit:

> "'Teufelskanzeln' gibt es in diesem Land ebenso viele, wie es drüben bei uns in Deutschland Orte mit dem Namen Breitenbach, Ebersbach oder Langenberg gibt." (56)
>
> (Vgl. Gesamttext Teufelskanzel I-Aufenthalt 123-158)

Besonderen Eindruck macht ein Besuch in Andover, wo Harriet Beecher-Stowe, die Autorin von "Uncle Tom`s cabin", bis zu ihrem Tod im Jahr 1894 lebte.
Das Haus, in dem sie wohnte, ist zum Teil ein Gasthaus, Phillips Inn. "Wir verlebten in ihrem Heim in Andover schöne Stunden." [75]
May empfindet ein Gefühl der Verwandtschaft mit dieser Frau, obgleich er selbst sich nie näher mit dem Problem der amerikanischen Neger auseinandersetzte und die Darstellung des Negers in seinen Reiseerzählungen auch nicht immer frei von Vorurteilen war. [76] Noch in "Winnetou IV" kommen diese Vorurteile in der Figur "Nigger" durch.
Auf dem Friedhof von Andover, am Grab Beecher-Stowes, hält May sich lange auf.
"Auf ihrem stillen, von leiser Poesie umwobenen Grab saßen wir lange. Karl May sprach mit Begeisterung von der Frau, die er höher bewertete als viele mehr oder weniger schimmernden Sterne am literarischen Himmel.

> 'Diese Frau', so sagte er,'war eine Erlöserin, eine Gottgesandte; ihr gebührt der Dank der ganzen Welt. Die Form, in die sie ihre Gedanken goß, stand nicht künstlerisch hoch, doch darauf kommt es nicht an: der kostbare Inhalt, das edle Wollen ist die Hauptsache und der unendliche Segen, der daraus erwächst... Sie erreichte, was ein ernst ringender Mensch zu erreichen vermag: Verbesserung, Veredelung. Sie hatte den Blick auf ein hohes Ziel gerichtet und es unentwegt verfolgt. Tausende segnen ihr Andenken.'

Mein Mann war tief bewegt und schwieg. Er nahm sein Notizbuch zur Hand und begann zu schreiben. Ich ließ ihn allein und gab mich still dem Zauber des Ortes hin, während Karl May emsig arbeitend auf dem Hügel saß und von Zeit zu Zeit in die Weite blickte. Ich hoffte, einen ganzen Roman zu hören, aber nichts von dem! Er stand auf, faltete das Geschriebene zusammen und steckte es in den Efeu, der den Hügel dicht überspann, nahm ein Blatt davon und legte es in sein Buch, dann nickte er mir freundlich zu, und still gingen wir von dannen. Am nächsten Morgen fragte ich ihn, was er am Grab geschrieben habe. Er entgegnete:'Ich sprach im Gedicht mit ihr. Was ich schrieb, war nur für sie.'" [77] [78]

Folgt man Wollschläger, so beschäftigt sich May erst in Lawrence mit "ersten flüchtigen Planungen des neuen Buches" [79].
Dagegen spricht die Ankündigung eines Romans "Winnetou", Bd.IV, in Mays Mitteilung vom 28. September (s.o.) und die Tatsache, daß die den Roman und dessen Gedankengänge bestimmenden Erlebnisse - Buffalo mit dem Grabmal Sa-go-ye-wat-has, die Niagarafälle, die Tuskarora-Reservation - bereits hinter ihm liegen. Aber wenn es auch nicht wahrscheinlich ist, daß erste Überlegungen erst in Lawrence stattfinden, so setzen sich doch die frühen Gedankensplitter erst hier zu einem Gedankengebäude zusammen, das schließlich gipfelt in der Theorie einer germanisch-indianischen Rasse. Auf diese Theorie wird im Hauptteil dieser Arbeit noch eingegangen.
Wenige Tage vor seinem Vortrag erreichen May beunruhigende Nachrichten aus Deutschland: Lebius verstärkt die Angriffe gegen ihn. [80]
"May telegrafiert in alter Atemlosigkeit, am 16.10. etwa ans Königliche Kammergericht und die Anwälte Bahn und Bertram in Berlin; - seine Ruhe ist dahin." [81]

Am 18.10., Sonntagabends, hält Karl May in der überfüllten Turnhalle von Lawrence seinen Vortrag über das Thema "Drei Menschheitsfragen: Wer sind wir? Woher kommen wir? Wohin gehen wir?". Die Veranstaltung, von Pfefferkorn arrangiert, sorgt für ein derartiges Aufsehen, daß die Halle nicht alle Besucher fassen kann. Die Menschenansammlung "war so arg, daß die Straßenbahn nicht weiterkonnte." [82]
Die fünf Gesangvereine der Stadt haben sich zu einem Massenchor zusammengeschlossen und singen vor dem Vortrag "Das ist der Tag des Herrn", in der Pause - der Vortrag besteht aus zwei Teilen - ein weiteres Lied. Der Councilman (Stadtrat) der Stadt, Hermann Grundwald [83], stellt den Redner "in passenden Worten" [84] vor und überreicht May nach dem Vortrag "eine hübsche goldene Turnernadel, worauf dieser in gefühlvoller Weise" [85] dankt.

Über den Inhalt des Vortrags gibt es nur relativ nebulöse Informationen, die auf Artikel der beiden deutschen Zeitungen von Lawrence basieren. [86] Manuskriptfragmente Mays zum Vortrag sind im Archiv des Karl-May-Verlags der Forschung unzugänglich gemacht. Man wird sich vorerst also mit den genannten "trüben Quellen" [87] begnügen müssen.
Im ersten Teil des Vortrags, den Wollschläger analog den "Geographischen Predigten" als "Historische Predigt" [88] bezeichnet, sucht May die drei Fragen für den Menschen, im zweiten Teil für den Deutschen zu beantworten.
In der Einleitung erklärt er, "daß es sein ganzes Lebenswerk sei, für den Gedanken der wahren Humanität zu arbeiten und diese drei hochwichtigen Menschheitsfragen aufzuwerfen und zu beantworten." [89] Im Mittelpunkt des Vortrags steht dann das berühmte Droschkengleichnis, das Mays Menschenbild am sinnfälligsten vorstellt. Die drei Fragen beantwortet May seiner Altersphilosophie entsprechend: "1) Ein werdender Geist, der umso menschlicher denkt und handelt, je mehr er sich der göttlichen Liebe wieder nähert; 2) Von Gott; 3) Zu Gott zurück." [90]

Mays halten sich noch einige Wochen in Lawrence auf, doch "praktisch ist die Reise zu Ende. Was May in Lawrence noch erlebt, ist ein transformiertes Radebeul: häusliche Gemütlichkeit bei Pfefferkorns, müde Erinnerungen, Gespräche, Spiritismen." [91]

7. Rückreise

Mitte November verabschiedet man sich von Pfefferkorns und Lawrence. Mit der Bahn geht es über Boston die Ostküste entlang, wo May - laut Klara - noch in mehreren deutschen Klubs spricht.
In New York begibt man sich an Bord des Bremer Dampfers "Kronprinzessin Cecilie", Cabine No.258, um zunächst nach England zu reisen. [92] Für diese Rückreise gibt es wieder eine nicht sehr glaubhafte Legende Klaras, die aber zitierenswert ist, weil sie den alten May in die Nähe des listenreichen Odysseus rückt: "Es war auf dem Dampfer 'Kronprinzessin Cecilie', als wir einen Seegang hatten, der die Wellen bis zu vier Stock Höhe trieb. Die eisernen Luken mußten geschlossen werden, und alle Fahrgäste zogen sich bescheiden und kleinlaut unter Deck zurück. Nicht so Karl May. Je toller der Seegang wurde, desto lieber war es ihm,

und als das Wüten der Naturgewalten gar zu arg wurde, ließ er sich und seinen Stuhl anbinden und blieb dennoch an Deck; die durchnäßten Kleider störten ihn nicht." [93]

Über Mays Aufenthalt in England ist wenig bekannt. Fotografien scheinen nicht zu existieren. [94]

Etwa 14 Tage bleibt man in England, hält sich fast ausschließlich in London auf, besucht einige wenige andere größere Städte, so Manchester.

Ein letztes Mal auf dieser Reise schreibt May Postkartengrüße nach Deutschland und Österreich, bevor er in der ersten Dezemberwoche zusammen mit seiner Frau wieder in Radebeul eintrifft.

Das Gedankengerüst für "Winnetou IV" steht jetzt fest:

"Bin wieder daheim. Habe Stoff zu 'Winnetou', Band IV mitgebracht. Sein wirkliches Testament gefunden. Es wird hochinteressant!" [95]

B. WERKANALYSE

I. Handlungsebene

Von einer Handlungsebene im engeren Sinn, d.h. einer Darstellung äußerer Geschehensabläufe, deren Bedeutung vornehmlich in ihrer Spannungswirkung liegt, läßt sich bei "Winnetou IV" nur sehr bedingt sprechen. Die Reduzierung des Werkes - primär des ersten Teils - auf eine übliche spannend-unterhaltsame Abenteuer-Erzählung, in der Weise, wie man es von Mays früheren Reiseerzählungen gewohnt ist, ist nur einem Leser möglich, dem es an detaillierten Kenntnissen über die Biografie Karl Mays fehlt. Ein solcher Leser mag dann "Winnetou IV" zunächst tatsächlich als Fortsetzung und Abschluß der Romane "Winnetou", "Old Surehand" und "Satan und Ischariot" verstehen, wozu May ihn ja auch auffordert, durch den Titel und explizit: "Wer sie ("Winnetou" und "Old Surehand") noch nicht gelesen hat, den muß ich bitten, dies nachzuholen, um den vorliegenden Band, der zu gleicher Zeit auch der vierte Band von 'Old Surehand' und 'Satan und Ischariot' ist, verstehen zu können." (13f.)
Inhaltlich ist diese Kontinuität nicht zwingend, auch nicht dadurch, daß in "Winnetou IV" altbekannte Figuren wie Old Surehand, Apanatschka u.a. auftreten. Mays Kontinuitätsbehauptung ist der nachträgliche Versuch, auch den früheren Amerika-Romanen einen Platz in seinem späten literarischen und philosophischen Weltbild einzuräumen, ist ein Überhöhungsversuch, dem diese Werke bei näherem Besehen nicht standhalten können.
Diesen Gedanken wird sich ein abenteuergewohnter und abenteuererwartender Leser aber sicher nicht aussetzen, er wird sich an die nach außen hin bunte Erlebnishandlung halten, philosophische Reflexionen in der ersten Hälfte des Romans kopfschüttelnd überspringen und wohl erst bei Einsetzen der Mount Winnetou-Geschehnisse, der eklatanten Zuspitzung auf Mays Weltanschauung, das Buch verunsichert beiseite legen.
Denn in "Winnetou IV" gibt es - neben einer Entwicklung von der Statik zur Katastrophe - eine von der Realität zur Irrealität, von der autobiografischen Wirklichkeit der häuslichen Verhältnisse Mays in Radebeul auf den ersten Seiten und danach der seiner Reise bis hin zur Traumkulisse des Mount Winnetou, wo innere Wahrheiten in irrealen gleichnishaften Bildern dargestellt werden, Seelenlandschaften gleichsam.

Die langsame Entwicklung seiner Gedankenwelt, die es dem Leser gestattet, "Winnetou IV" zunächst als üblichen Abenteuerroman zu lesen, ist von May konzipiert, um den Leser durch Handlung zu verführen und dann hinzuführen zu seinem eigentlichen Anliegen.

Während er "Ardistan und Dschinnistan" von Anfang an in einer Traum- und Märchen-, einer Gleichnislandschaft ansiedeln konnte, mit orientalischer Einfärbung - denn vorher waren ja bereits die beiden letzten "Silberlöwen"-Bände erschienen, der Orient mithin bereits weitestgehend im May`schen Sinn mythologisiert und die Leseerwartungen korrigiert - war die ebensolche Mythologisierung des Westens - bei den üblichen Wild-West-Assoziationen, an deren Entstehen May selbst erheblichen Anteil hat, ohnehin schwieriger als beim seit je märchenhaften Morgenland - bis jetzt ausgeblieben. So galt es, in <u>einem</u> Roman die Verbindung zu schaffen von der letzten, noch fast ausschließlich handlungsbezogenen Amerikaerzählung "Weihnacht", die bereits gut zwölf Jahre zurücklag, bis zu den Geschehnissen am Mount Winnetou, die Gleichnisse sind. Daß dieses Unternehmen zu formalen Schwächen im Werk führen mußte, ist verständlich.

In "Winnetou IV" wird also ein Erziehungsprozeß angeboten.

Aus dieser Absicht - die May vermutlich erst später entwickelte - folgt die nach außen hin relativ bunte Abenteuerhandlung zu Anfang.

Gibt es also doch eine eindeutige Handlungsebene, die Aktion zum Selbstzweck gibt, wenn auch nicht durchgängig? Indirekt ist diese Frage bereits beantwortet. Im Blick auf einen unerfahrenen Leser gibt es sie, und im Blick auf diesen hat May sie abenteuerlich gehalten. Doch hat es mit dieser Ebene auch eine ganz besondere Bewandnis, denn sie ist weitgehend identisch mit den autobiografischen Ebenen, dergestalt, daß sie bei einer Betrachtung der letzteren fast zur Gänze verschwindet, von der Handlungsdarstellung zum Lebensabbild wird.

II. Autobiografische Ebene II

1. Grundsätzliches

Bei der vorangestellten Darstellung der Autobiografischen Ebene I in der Beschränkung auf die Amerika-Reise fällt auf, daß die meisten Zitate aus den ersten 70 Seiten des Romans stammen. Bis dahin handelt es sich um eine relativ kontinuierliche Be-

schreibung der Reise, explizit des Niagara- und Buffalo-Aufenthalts. Diese auf realen Erlebnissen des Autors beruhenden Beschreibungen können je nach Disposition des Lesers als einfache Handlungsebene oder als autobiografische Ebene verstanden werden, beides hat Berechtigung, nur das Augenmerk richtet sich auf anderes. Jede Darstellung einer Reise ist auch Handlungsbeschreibung, dabei ist es irrelevant, ob es sich um eine reale oder eine fiktive Reise handelt.
Nach dem Abbruch der kontinuierlichen Reisebeschreibung finden sich im wesentlichen nur noch Anklänge, etwa beim Passiflorenraum oder dem Haus des Todes. Doch bricht mit der Reisebeschreibung nicht auch die Autobiografische Ebene I ab. Deren Weiterführung wird schon durch die Figur Klara gewährleistet, von der wir so manches erfahren, durch sie auch einiges über May, das Zusammenleben der beiden u.ä. Dabei handelt es sich natürlich immer um Mitteilungen aus der Subjektivität Karl Mays.
Auffällig ist nebenbei, daß gerade die Stellen, wo Klara in den Vordergrund tritt, in eine Komik geraten, die zum Ernst des sonstigen Geschehens kontrastiert. Nicht jede Szene mit Klara ist komisch oder doch humorvoll, aber in jeder komischen oder humorvollen Szene hat Klara ihre Hauptrolle, fast jede Aussage Mays zu seiner Frau ist voll Humor. Dieses Phänomen sollte einmal psychoanalytisch untersucht werden, ein gutes Textbeispiel wäre der vermeintliche Ehebruch Klaras und Pappermanns Eifersucht.(238-245)
Wo genau nun bricht die kontinuierliche Reisebeschreibung auf der Autobiografischen Ebene I ab? Bei der Erstnennung des Namens Pappermann. Und hier, nirgends sonst, beginnt dann auch die Autobiografische Ebene II, die verschlüsselte Biografie des Karl May.
Man kann fragen, warum May überhaupt danach strebte, in seinem Spätwerk seine Biografie verschlüsselt darzustellen. Sicher nicht, um seinen Lesern die Möglichkeit zu geben, sein Leben kennenzulernen. Es wird auch damals schon nur wenige gegeben haben, die einen dieser letzten Romane als Schlüsselwerk auffaßten; wenigere noch werden den Schlüssel gehabt haben, der eben bereits in der Kenntnis der May`schen Biografie liegt. Alle diese Romane liegen zeitlich vor der Selbstbiografie "Mein Leben und Streben", der offenen Lebensbeichte

und alle diese Romane sind Schritte dorthin, Schritte zum offenen Bekenntnis also, das ihm zuvor - so scheint es - nicht möglich war.
"Winnetou IV" kann - wie auch die anderen Altersromane - als ganz persönliche Selbsthinterfragung Mays gesehen werden, als Selbstbekenntnis, das ihm notwendig wurde, als sein ganzes Dasein in der Verzerrung und Verzeichnung von seinen Gegnern an die Öffentlichkeit gezogen wurde. Mit all seinen frühen Verfehlungen, die er in den Jahren des größten Erfolgs, bis 1900, hinter sich gelassen zu haben glaubte, mußte er sich nun erneut innerlich auseinandersetzen. Alte Schuld wurde ihm von außen wieder bewußt gemacht und er sah nun als einzige Möglichkeit der Befreiung das Niederschreiben, er betrieb nun gleichsam Selbsttherapie, suchte auch immer wieder nach neuen Entschuldigungen seiner selbst. Seine Vergangenheit offen niederzuschreiben, für jeden sichtbar, das konnte er nicht wagen, hätte er doch damit seinen Gegnern nur neues Material gegen ihn geliefert. Aus dem Konflikt, auf der einen Seite schreiben zu müssen, um sich innerlich zu rechtfertigen und sich über sich klarzuwerden, und auf der anderen Seite sich schützen zu müssen, fand er den Kompromiß der verschlüsselten Selbstdarstellung.
Diese gilt es nun weitestgehend zu entschlüsseln. Legitimation dafür ist das Bestreben, ein literarisches Kunstwerk - und ein solches ist "Winnetou IV" - in all seinen Dimensionen offenbar zu machen. Es handelt sich also hier in der Regel nicht um den Versuch, vom Text ausgehend die Biografie Karl Mays zu erschliessen, vielmehr bildet das Wissen um diese Biografie die Folie für die Interpretation der Autobiografischen Ebene II, an der es sich zu beweisen hat. Endgültige und sichere Ergebnisse sind nicht zu erwarten, da es unmöglich ist, sich in die ureigene Psyche Mays zu versetzen. Es ist auch nicht möglich, zu entscheiden, welche Verschlüsselungen von May bewußt vorgenommen wurden und welche unbewußt einflossen.
Wahrscheinlich wird eine These nur dadurch, daß sie sich durch mehr als einen Beleg stützen läßt, durch deren Zusammensicht ein sinnvolles Gesamtbild entsteht.

2. Trinidad-Episode

Die Autobiografische Ebene II beginnt mit der Ersterwähnung Max Peppermanns, zu Beginn der Trinidad-Episode.
Obwohl der Westmann Peppermann eine ganz neue Figur im May`schen Ouevre ist, wird er als "alter, guter Bekannter" (62) eingeführt, mit dem Shatterhand "einige Male", wenn auch "für nur kurze Zeit zusammengetroffen war" (62). Auch mit Winnetou ist Peppermann schon zusammen gewesen: "Ich hatte ... im Verein mit Winnetou Gelegenheit gefunden, ihm bei einem Überfall durch die Sioux helfend beizustehen." (62) "Er war einer von den Westmännern, die ich wirklich und herzlich liebgewonnen hatte." (62)
All das verwundert zunächst bei einer völlig neuen Figur.
Und wirklich ist der Name Peppermann auch gar nicht neu, sondern taucht bereits in der ganz frühen Humoreske "Auf den Nußbäumen" (1876) und in dem Schwank "Husarenstreiche" (1878) auf. Es handelt sich hier allerdings nur um eine Namensgleichheit.
Tatsache ist, daß May durch die Wiederverwendung des Namens Peppermann - immerhin 30 Jahre später - auf seine ersten schriftstellerischen Versuche zurückweist und zwar ganz bewußt, wie man bei der großen Zeitdifferenz der Verwendung annehmen muß.
Es ist unwahrscheinlich, daß May über Jahrzehnte diesen Namen mit sich trug, ohne ihn zu benutzen, um es dann gerade in "Winnetou IV" zu tun.
Es handelt sich also wirklich um einen alten, guten bekannten - Namen. Es ist bekannt, daß May im Spätwerk Namen mit besonderer Sorgfalt wählte, sei es, daß ein Name das Prinzip nennt, für das eine Figur steht (Merhameh = Barmherzigkeit ; Schakara = Güte ; Tifl = Kind etc.), sei es, daß ein Name biografischen Hintergrund hat. Unterstellen wir dem Namen Peppermann keine andere Bedeutung als den Hinweis auf die Anfänge Karl Mays (die Deutung Peppermann = Paper-man = Papiermann = Schriftsteller oder Redakteur kann angesichts der frühen Verwendung des Namens, zu einer Zeit, als Mays Namen noch relativ bedeutungslos waren, fallengelassen werden) und betrachten den Vornamen Max. Peppermann kann kein "x" aussprechen, verballhornt seinen Namen daher ständig zu "Maksch" und ist hierüber "tief, tief unglücklich" (62). Dennoch gibt er ihn"bei jeder Gelegenheit zu hören" (62), handelt also zwanghaft, vom Unterbewußten bestimmt. Ekkehard Koch: "Was 'verdrängt' dieser Laut? Vielleicht gar kein 'x' sondern - ein 'y'?" [96]

Mays Eitelkeit ließ ihn immer wieder seinen Namen heraushebend nennen, auch und gerade in seinen Werken, hier im Bestreben, den Eindruck der Identität mit seinem Protagonisten zu erwecken, bis hin zu "Winnetou IV", wo er gleich zu Anfang einen Brief des Schoschonen-Häuptlings Wagare-Tey erhält, der an "May. Radebeul. Germany." adressiert ist und der beginnt mit der Anrede "An Old Shatterhand." (8) Seine Eitelkeit wird May als Charakterfehler empfunden haben, als anima-haft; hier liegt ein Grund für Shatterhands und Kara Ben Nemsis häufiges Inkognito-Auftreten: es soll diesen Fehler sublimieren, Überhöhung soll durch - scheinbare - Bescheidenheit, Erniedrigung aufgewogen werden. So noch in "Winnetou IV", wo May-Shatterhand lange unter dem Namen "Burton" reist.
May litt im Alter aber auch - wie Pappermann - unter seinem Namen, genauer: darunter, May zu <u>sein</u>, denn der Name ist Ausdruck der Identität eines Menschen.(nebenbei: von den meisten Menschen bleibt nur der Name auf dem Grabstein)
"Karl May, Karl May, immer wieder Karl May und nur und nur Karl May! Wo sieht und liest man jemals einen andern Namen, als nur diesen einen?" [97] So schreibt May in seiner Selbstbiografie, im Zusammenhang mit den Vorwürfen, Schundautor zu sein. "Tief, tief unglücklich" (62) muß er sich in solchen Momenten gefühlt haben, Karl May zu heißen, Karl May zu sein. "Ja, wenn ich anders hieße!" (98), sagt Pappermann, dachte sicher auch May des öfteren.
Ist Pappermann also eine Selbstspiegelung Karl Mays? Beschränkt auf den <u>Menschen</u> Karl May, wie Ekkehard Koch annimmt? Oder sogar beschränkt auf den frühen Menschen May, wie es die Wiederverwendung des alten Namens nahelegt? Diese Fragen lassen sich am ehesten bei der Interpretation der Aschta-Episode klären, in der der entscheidende Lebensabschnitt Pappermanns erzählt wird.
In der Trinidad-Episode wird Pappermann nicht viel mehr als vorgestellt. Doch gibt es auch hier schon einige Hinweise für die Richtigkeit der These, daß Pappermann eine May-Spiegelung ist. Sie seien vorwegnehmend genannt.
Es hat den Anschein, daß Trinidad der Ursprungsort Pappermanns ist. Beim Namen Trinidad - das allerdings tatsächlich im Bundesstaat Colorado existiert - mag man an die Ernstthaler Kirche St. Trinitatis denken, in deren unmittelbarer Nähe May seit 1845 aufwuchs; bedenkt man, daß May bis zum 4. Lebensjahr blind war, wird diese Kirche zum Erstgesehenem überhaupt gehören. Hier wurde er auch am 26.2.1842 getauft.

Diese Deutung Trinidads als Ernstthal ist noch mehr als spekulativ, sie ist geradezu abenteuerlich, vor allem, wenn man bedenkt, daß es sich bei Trinidad um einen real geografisch bestimmbaren Ort handelt. Die These läßt sich nur durch weitere Indizien aufrechterhalten.
May spricht davon, daß "Trinidad die Hauptstadt der Grafschaft Las Animas im nordamerikanischen Staat Colorado ist" (62).
Nun gab es aber in Colorado nie eine Grafschaft Las Animas, sondern nur eine Stadt dieses Namens. Ernstthal dagegen gehörte bis 1898 zu der Grafschaft Schönburg-Hinterglauchau. Der Name "Las Animas" verweist auf die Anima-Vorstellung Karl Mays. Vom niedrigen Anima- d.h. Triebmenschen soll sich der Mensch zum Edelmenschen entwickeln. Ausgesprochener Triebmensch ist aber das Kleinkind und so schließt sich der Kreis: Trinidad kann als Spiegelung der Geburtsstadt Karl Mays, Ernstthal, aufgefaßt werden. Ein weiterer Beleg für diese Gleichung ist die Beschreibung von Hotel und Garten, vor allem der Garten erinnert an den zum Selbmann-Haus gehörenden Gartenfleck, den May in der Selbstbiografie beschreibt. [98]
Daß Pappermann in Trinidad-Ernstthal zum ersten Mal auftritt, also gewissermaßen geboren wird, spricht dafür, daß er für den Menschen May steht.
Shatterhand, der Trinidad von Besuchen bei Pappermann kennt, antwortet trotzdem auf die Frage, ob er "schon einmal da oben in Trinidad gewesen" (63) sei, "ausweichend" (63). Schämt May sich seiner Herkunft? Da Shatterhand - wie noch zu zeigen ist - für den <u>Schriftsteller</u> May steht, paßt auch seine Kenntnis Trinidads ins Bild: erste Texte schrieb May in Ernstthal, u.a. "Die Rose von Ernstthal" (1880).
Wenn Trinidad Ernstthal ist, so ist es auf der weltanschaulichen, der abstrakten Ebene gleichzeitig auch Ardistan, schreibt May in seiner Biografie doch: "Ich bin im niedrigsten, tiefsten Ardistan geboren." [99]
Es wurde bereits gesagt, daß Pappermann in Trinidad keine handelnde Figur ist. Setzen wir voraus, daß er den Menschen May meint, dann ist es der frühe Mensch, der seine ursprüngliche Aufgabe (Pappermanns Hotel) verloren hat, nämlich die, Lehrer zu sein, ohne bereits wieder eine neue Aufgabe gefunden zu haben. Pappermann bereut, das Hotel verkauft zu haben, so wie May bereute, durch seine kriminellen Vergehen sich um ein erhofftes Lehrer-

dasein gebracht zu haben. Am Verlust des Hotels ist Pappermanns "unglückseliger Name" (66) Schuld, an Mays Berufskatastrophe dessen Vorstrafen. Es gab eine Zeit, in der Mays Name auf Steckbriefen stand.
Pappermann lebt noch im Hotel - May konnte sich lange Zeit nicht von der Vergangenheit trennen und lebte auch noch nach seiner Haftzeit für wenige Jahre, von 1880 bis 1883, zusammen mit seiner Frau Emma im mit Ernstthal verbundenen Hohenstein. Hier begann er dann auch mit der Niederschrift von "Giölgeda Padishanün", seiner ersten umfangreicheren schriftstellerischen Arbeit nach vielen kleineren Erzählungen, vor allem Humoresken und Dorfgeschichten.
Diese schriftstellerischen Anfänge werden in der Trinidad-Episode verschlüsselt dargestellt. Pappermann, der Mensch Karl May, der ohne Aufgabe - nach der Haftzeit - keinen Sinn mehr im Leben sieht, begrüßt Old Shatterhand geradezu überschwänglich: "Er breitete die Arme aus, als ob er mich umfassen und küssen wolle", "erging sich in allen möglichen Ausrufungen der wahrsten, herzlichsten Freude, betrachtete mich dazwischen mit tränenden Augen wieder und wieder, kurz, es war, als ob er sich vor Entzücken nicht lassen könne." (69) Die Freude ist begreiflich, denn durch Shatterhand, den Schriftsteller, wird ihm sein weiterer Lebensweg eröffnet, hat er wieder eine neue Aufgabe gefunden nach dem Hotelverlust, der bei May der Verlust des Lehrerberufs ist. Der Mensch May hat nun endlich den Schriftsteller May - in sich - entdeckt. Shatterhand verhält sich Pappermann gegenüber distanzierter, es gilt "Distanzen zu halten" (70): May hatte einigen Grund, sich von seinem vergangenen Menschen, dem straffällig gewordenen, zu distanzieren.

Vorwegnehmend wurde behauptet, Old Shatterhand stehe für den Schriftsteller May. Diese These, die beinhaltet, daß May bestimmte Teile seiner Persönlichkeit isoliert personifizierte - ein hochartifizielles Unterfangen - ist noch zu belegen.
Im 4.Band des "Silberlöwen" spielt ein Pferd mit Namen Kiss-i-Darr eine nicht unwesentliche Rolle. May übersetzt dieses Wort mit "Schundroman"[100] und die angeblichen Schundromane Mays, nämlich die Münchmeyer-Romane, symbolisiert es dann auch eindeutig.
Der direkte Bedeutungshinweis Mays kann als Schlüssel für die Trinidad-Episode dienen. Pferde - seit jeher Mays liebste Tiere -

scheinen im Spätwerk seine Bücher zu bedeuten. Pferdereiten könnte Bücherschreiben meinen. Wie stellt sich die Szene, in der Shatterhand die Pferde gewinnt, nun dar?
Ein "halbes Dutzend junger Menschen" (71), die sich als Künstler ausgeben, in Wirklichkeit aber Pferdediebe, Tramps sind, zwingen Pappermann, den Menschen May, sich zu ihnen zu setzen und "er war so klug gewesen, sich ihnen zu fügen" (71). Sie machen sich über Shatterhand, den sie nur als Mr. Burton kennen, lustig, unterschätzen ihn völlig und schließen daher unbesorgt eine Wette um ihre - gestohlenen - Pferde und Maultiere ab, in der Überzeugung, die Tiere sicher behalten zu können und das Geld des Mr. Burton zu gewinnen. Burton hießen die beiden Amerikaner, die May 1869 in Bad Ottenstein traf und durch die er hoffte, nach Amerika auswandern zu können. In einem Brief an seine Eltern, in dem er ihnen diesen Plan eröffnet, schreibt er bereits "von einigen schriftstellerischen Arbeiten" [101]. Über die Existenz solch früher Texte ist nichts bekannt, was ihr Vorhandensein oder ihr Geschriebensein natürlich nicht ausschließt. In jedem Fall gehört der Name Burton in den Zusammenhang mit Mays schriftstellerischen Anfängen, sei es, daß er nur für die Amerikasehnsucht Mays steht, die sich erst später literarisch niederschlägt und so erfüllt.
Pappermann stellt Burton alias Shatterhand den Tramps als Musikanten vor. Als Musikant konnte May tatsächlich gelten, nachdem seine Lehrerlaufbahn abgebrochen war - Pappermann sein Hotel verloren hatte. Nach seiner Entlassung aus dem Chemnitzer Stadtgefängnis versuchte May sich als Komponist und Mitarbeiter des Ernstthaler Gesangvereins "Lyra" den Lebensunterhalt zu verdienen. "Es kehrte mir die Kraft und der Wille zum Leben zurück. Ich arbeitete. Ich gab Unterricht in Musik und fremden Sprachen. Ich dichtete; ich komponierte. Ich bildete mir eine kleine Instrumentalkapelle, um das, was ich komponierte, einzuüben und auszuführen. ... Ich wurde Direktor eines Gesangvereins, mit dem ich öffentliche Konzerte gab, trotz meiner Jugend." [102]
Der kurzen Lebensphase als "Musikant" folgte die Zeit "im Abgrund" schließlich die langjährigen Gefängnisaufenthalte und danach der Beginn als Schriftsteller, die Zeit bei Münchmeyer. Mays Verhältnis zu Münchmeyer wird wie die Schriftsteller-Entwicklung, beides gehört ja eng zusammen, in der Trinidad-Episode gespiegelt. Die angeblichen Künstler tragen Münchmeyer-Züge. Die

"Künstler" verstehen in Wirklichkeit nichts von Kunst. Über H.G. Münchmeyer schreibt May: "Er gehörte zu jenen Leuten, die gern vom Hohen schwärmen, aber doch vom Niedrigen leben." [103]
In anderer Lesart gehört er zu jenen, die von Kunst reden, aber vom Pferdediebstahl leben. Shatterhand wird für "minderwertig" gehalten. Von Münchmeyer wegen seiner Vorstrafen? Die "Künstler" karikieren May - Münchmeyer ließ Mays Kolportage-Romane bearbeiten, es entstanden "Karikaturen" der Werke, "Karikaturen" Mays.[104]
May in der Selbstbiografie: "... hat man schon Jahrzehnte lang an mir herumgearbeitet, ohne es weiter zu bringen als zu der traurigen Karikatur ..." [105]
Unter den Sätteln der "Künstler" befinden sich auch einige Damensättel. "Gehörten zu den sechs überlauten, jungen Männern vielleicht auch einige Frauen, die man jetzt noch nicht sah?" (73)
Ein versteckter Hinweis auf Pauline Münchmeyer und ihre zukünftige - beim Schreiben gegenwärtige - Rolle als Gegenspielerin Mays? Auf die Wette gehen die "Künstler" gerne ein, sie hoffen, sich an Burton-Shatterhand bereichern zu können. Ähnliches hoffte auch Münchmeyer, als er May dazu gewann, für ihn zu arbeiten. Die Pferde,also die Bücher Mays, haben sie sich widerrechtlich angeeignet, sie gehören Old Surehand, der sie aber für Shatterhand bestimmt hat. Surehand steht - wie an anderem Ort noch zu zeigen - für Mays Verleger Fehsenfeld, der May in Bezug auf seine Bücher größte Freiheit gewährte,so daß dieser weithin die Verfügungsgewalt über seine gedruckten Texte behielt. Auch die frühen Münchmeyer-Romane sollten nach Mays Wunsch in die Fehsenfeld-Reihe integriert werden, doch wurden ihm diese Werke vom Münchmeyer-Verlag vorenthalten, in den Augen Mays wurden sie ihm also gestohlen. Daß er im Roman die Pferde für sich gewinnen kann, ist Zeichen seiner Hoffnung bis zuletzt. Diese Hoffnung stützt sich auf die Behauptung , mit Münchmeyer vereinbart zu haben, daß seine Romane bei einer Abonnentenzahl von 20 000 mit allen Rechten an ihn zurückfallen. Es sei zwar kein schriftlicher Kontrakt gemacht worden, doch habe er sich dieser Abmachung durch mehrere Briefe Münchmeyers versichern können. Dieses Beweismaterial soll dann aber seine Frau Emma vernichtet haben. Die Wahrheit dieser Behauptung läßt sich heute noch weniger als damals überprüfen. May selbst hat die Erwähnung der Briefe an anderem Ort einmal als "Diplomatie" bezeichnet.[106]
Im Roman jedenfalls besteht Shatterhand auf einen Kontrakt, da

"die Pferdehändler die pfiffigsten Kreaturen sind, die es gibt, und ... man sich bei ihnen in jeder Weise vorzusehen und sicherzustellen hat." (81) Daß May die "Künstler" als Pferdehändler bezeichnet ist ein weiterer Hinweis auf Münchmeyers; analog der Gleichung Pferd=Buch sind Buchhändler gemeint.
Nachdem Shatterhand im Besitz des Kontrakts ist - Pappermann steckt ihn ein - sieht er sich schon als Besitzer der sechs Tiere, so wie May sich bei der Absprache mit Münchmeyer seiner Bücher versichert zu haben glaubte, die er dann erst noch zu schreiben hatte - Shatterhand muß sich die Pferde erst noch "erreiten".
Die"Künstler"(Münchmeyers), die glauben, Shatterhand ausbeuten zu können - Münchmeyer erhoffte sich durch Mays Mitarbeit eine finanzielle Sanktionierung auf dessen Kosten - werden insgeheim von May-Shatterhand nur zu seinen eigenen Zwecken benutzt. Münchmeyer bot May die Möglichkeit, sich im Schreiben zu beweisen, wichtige schriftstellerische Erfahrungen zu gewinnen, bekannt zu werden. In der Selbstbiografie heißt es etwa zur ersten Geschäftsverbindung mit Münchmeyer: "Es wurde mir ganz unerwartet die prächtigste Gelegenheit geboten, den Buchdruck, die Schriftsetzerei, die Stereotypie und alles noch hierher Gehörige in bequemster Weise kennen zu lernen. Das hatte für mich als Schriftsteller sehr hohen Wert und wurde mir wahrscheinlich nie wieder geboten." [107] Größeren Wert noch wird für May - den gerade erst entlassenen Strafgefangenen - der Verdienst gehabt haben, der ein weiteres "Musikanten"-Dasein unnötig machte.
Mit auf der Seite der "Künstler" stehen die Peone. "Peone sind Pferdeknechte, sind Diener, sind Untergebene." (82) Einer von ihnen, Corner, profiliert sich später - neben Howe - als Wortführer der Gesellschaft. Hinter diesem könnte sich das in der Biografie "oft erwähnte Faktotum Walther" [108] verbergen. Laut May ließ Münchmeyer von Walther, der wie May vorbestraft war, alles tun, "was Niemand wissen durfte." [109] Doch muß dieser Gedanke - Corner=Walther - Spekulation bleiben.
Ganz eindeutig ist das Reiten der Pferde und Maultiere zu interpretieren, die Shatterhand gewinnt, wenn es ihm gelingt, die Tiere "im Galopp glatt über die Mauer" (80) hereinzubringen. Reiten meint Schreiben und das erste der Maultiere - die ja trotz ihres "Adels" nicht den Wert der Hengste erreichen, sowenig wie die Münchmeyer-Romane den der Reiseerzählungen -

den Beginn des Kolportage-Schreibens für Münchmeyer, im Bild für die "Künstler". Der literarische Anfang fällt nicht leicht: "Ich schuckerte. Ich verlor zuweilen die Zügel, und ich fuhr hier und da aus den Bügeln. Das sah alles so urgemütlich aus und war doch in Wirklichkeit ein scharfes, sehr scharfes Examen, welches ich mit dem Maultier unternahm. Es geschah kein Schritt, kein einziger, ohne meinen Willen, und ich bemerkte sehr bald, woran ich war." (83) Daß die Maultiere aus Mexiko stammen - "das prächtige Geschöpf besaß die beste mexikanische Schulung." (83) - könnte ein konkreter Hinweis auf das "Waldröschen" sein.
Nachdem es Shatterhand gelungen ist, mit dem ersten Maultier (dem "Waldröschen"?) die Mauer zu überspringen, er den großen Sprung in die Öffentlichkeit, d.h. in den Garten gewagt hat, folgen die anderen Maultiere schnell hintereinander - May schreibt weitere Romane für Münchmeyer. Die "Künstler"-Münchmeyers müssen einsehen, daß sie Burton/Shatterhand-May als Reiter-Schriftsteller unterschätzt haben. Schließlich stellt sich auch der erste grössere Erfolg ein: der Hof "stand ... schon fast ganz voller Menschen. Die Sache war publik geworden, und die Leute kamen herbei, ihr beizuwohnen." (85) Der erste Öffentlichkeitserfolg, zunächst noch nicht viel mehr als Aufmerksamkeit, bringt materiellen Nutzen: "Dem Wirt war das lieb, weil er dadurch Gäste bekam." (85) Doch die Maultiere-Münchmeyer-Romane sind erst der Anfang.
Die entscheidende Phase tritt ein, als Shatterhand seinen europäischen Rock gegen den indianischen Beratungsrock austauscht. Nur so - in exotischem Gewand - gelingt es ihm, auch die Hengste über die Mauer des Erfolgs zu bringen. May schreibt zu seinen Reiseerzählungen: "Ich hatte meine Sujets aus meinem eigenen Leben, aus dem Leben meiner Umgebung, meiner Heimat zu nehmen. ... Aber ich mußte diese Sujets hinaus in ferne Länder und zu fernen Völkern versetzen, um ihnen diejenige Wirkung zu verleihen, die sie in der heimatlichen Kleidung nicht besitzen."[110]
Immer wieder wies May daraufhin, er habe in seinen Reiseerzählungen heimatliche Probleme in exotischer Verkleidung geben wollen, aus dem Bewußtsein heraus, den Leser nur so zu interessieren.
Die Hengste stehen also für die Reiseerzählungen. Da es sich bei dem exotischen Gewand - natürlich nicht sehr verwunderlich bei einem Amerika-Roman - um ein indianisches handelt, wäre es denkbar, daß die drei Hengste für drei ganz bestimmte Indianer-Romane stehen. Die drei großen und exemplarischen Amerika-Romane

Mays sind "Winnetou", "Old Surehand" und "Satan und Ischariot". Als Abschluß eben dieser drei Romane möchte May "Winnetou IV" verstanden wissen. Da er auch in diesem Zusammenhang den Roman "Weihnacht", der als einzige Amerika-Erzählung noch in Frage käme, nicht erwähnt, muß auch sein Fehlen als Personifikation nicht wundern. Vermutlich bedeuten die drei Hengste zunächst die drei genannten Romane (daß es sich jeweils um mehrbändige Werke handelt, ist unerheblich), und stehen darüber hinaus exemplarisch für Mays Reiseerzählungen überhaupt.

"Lauter Beifall erscholl in den Höfen" (87), als Shatterhand auch die Hengste über die Mauer gebracht hat. Seine Reiseerzählungen bringen May noch größeren Erfolg ein als die Münchmeyer-Romane, er erhält große Leserzustimmung.

Die "Künstler" aber wollen Shatterhand nun betrügen. "Es galt also nur noch, mich um den wohlverdienten Ertrag meiner Mühe zu bringen." (87) Auch May sollte um den Ertrag jahrelanger Mühe mit den Kolportage-Romanen gebracht werden: lange Zeit verschwieg man ihm, daß die für jeden der fünf Romane vereinbarte Abonnentenzahl, bei deren Erreichen ihm "eine feine Gratifikation" [111] ausgezahlt und die Rechte an ihn zurückfallen sollten, bereits längst überschritten war. Im Gegensatz zur Realität - da blieb diese Vereinbarung für die Justiz aufgrund fehlender Beweismittel reine Behauptung - hat sich May-Shatterhand in "Winnetou IV" von vornherein der Zeugenschaft der Obrigkeit - des Bürgermeisters und dreier Polizisten - versichert, so daß jeder Betrug gleich erkannt und geahndet werden kann. So hätte es nach den späten Wünschen Mays auch damals mit Münchmeyer sein sollen. Und wie sehr mag sich May gewünscht haben, daß ihm ein Richter sagt: "Die Pferde (Reiseerzählungen) und Maultiere (Münchmeyer-Romane) sind Euer. Kein Mensch kann sie Euch nehmen. Und auch Euer Geld gehört Euch wieder!" (91) Diese Stelle ist ein gutes Beispiel für Mays Realisierung von Wunschträumen in der Phantasie, in der Imagination, die ihm Erleichterung und Befreiung verschaffte.

"Nun sah man sie laufen, alle, alle." (92) Shatterhands, Mays Feinde fliehen nur im Traum hasengleich vor ihm. Aber dies sind Vorstellungen, die dem sich von allen Seiten eingekreist fühlenden May, Paranoiker nicht ganz zu Unrecht, beistehen und Mut machen.

Bisher unberücksichtigt blieb das erste Auftreten des Jungen Adlers in der Trinidad-Episode. Er trägt hier - ähnlich wie Pappermann - noch kaum protagonistische Züge, verhält sich passiv beobachtend. Er sieht "matt und angegriffen" aus, "hat Hunger" (76) und "war so ermüdet, daß er gar nicht daran gedacht hatte, die Last, die er trug, erst abzulegen." (77) Später stellt sich heraus, daß es sich bei dieser Last um einen Flugzeugmotor handelt, den der Junge Adler von einer Reise in den Osten mitgebracht hat, wohin er ging, um dort das Fliegen zu lernen. Mit diesem Fliegen ist auf der weltanschaulich-abstrakten Ebene das geistig-seelische Fliegen gemeint, das auch May in seinem Spätwerk anstrebt. Er verstand sich als Aviatiker und unzweifelhaft steht der Junge Adler autobiografisch für den Aviatiker Karl May. Die Tatsache, daß der Junge Adler schon in der Trinidad-Episode auftritt - wo er sich noch passiv verhält - ist ein Zeichen dafür, daß May im Alter meinte, schon in den Anfängen seiner Schriftstellerkàrriere den geistig-seelischen Flug angestrebt zu haben, ohne allerdings schon die zum Fliegen nötige Kraft besessen zu haben. Die nötige Kraft bekommt der Junge Adler durch die Unterstützung Klaras, die ihm kräftigende Suppe einflößt, sodaß er sich dem Menschen und dem Schriftsteller, Pappermann und Shatterhand anschließen kann, um mit ihnen und Klara, dem 'Herz', den Mount Winnetou zu erreichen. Es läßt sich vermuten, daß May ohne die Unterstützung seiner Frau wirklich nicht die Kraft aufgebracht hätte, sein Spätwerk zu schreiben - sie hielt ihm so manches vom Leibe.

Wir haben gesehen, daß es sich bei der Trinidad-Episode um eine verschlüsselte Darstellung der schriftstellerischen Entwicklung Mays bis zu den Reiseerzählungen handelt. Das Spätwerk nun ist Bild geworden im Mount Winnetou.(dessen eigentliche Bedeutung liegt allerdings auf der weltanschaulichen Ebene)Um diesen Berg zu erreichen, war es für Old Shatterhand notwendig, die Pferde und Maultiere zu gewinnen, ohne die man die Reise nicht hätte auf sich nehmen können. May schienen seine Reiseerzählungen und Münchmeyer-Romane notwendige Skizzen, Vorübungen für das eigentliche Werk, ohne die er meinte es nicht schreiben zu können.

Der Mount Winnetou, das "Große Werk", ist das persönliche Lebensziel Karl Mays, der Weg dorthin führt über Stationen seiner Lebensreise.

3. Aschta-Episode

Die postulierte Gleichung Pappermann=Mensch Karl May erscheint bisher noch nicht zwingend, da Pappermann in der Trinidad-Epi- noch Randfigur ist. Auch später am Mount Winnetou steht er im Hintergrund, fast als ob May ihn dort vergessen hätte. (ähnlich ergeht es Halef in "Ardistan und Dschinnistan"; es ist denkbar, daß Pappermann - auf der ideologischen Ebene - die gleiche Funktion hat wie Halef, nämlich die der Personifizierung der menschlichen Anima) So reduziert sich die Protagonistenstellung Pappermanns auf seine Erzählung in der Aschta-Episode. Hier haben wir vor allem zu prüfen, inwieweit sich hinter ihm Autobiografisches verbirgt.

Autobiografische Doppelspiegelungen sind keine Seltenheit in den letzten Romanen Mays. "May scheint in gewisser Hinsicht ein 'Trance-Schreiber' gewesen zu sein. Auf irgendeine Weise entstandene Symbole, die über eine Fülle von Gedanken, Assoziationen, unbewußten Strömungen verfügen, worüber sich May bewußt vielleicht nicht einmal in dem Umfang Rechenschaft abzugeben vermochte, ergeben bei dem 'wie im Traume Schreibenden' eine einzige Vorstellung, ein Bild - ähnlich wie ein Traumsymbol, das auch verschiedene, sogar widersprüchliche Aspekte haben kann und doch für den Träumenden ein Einziges ist." [112] Dieses Traumschreiben, das auch Mehrfachspiegelungen zuläßt, macht eine Interpretation äußerst schwierig und beläßt sie mehr oder weniger im Raum der Spekulation. Ist die Trinidad-Episode noch biografisch einstrangig auflösbar - weil sie relativ bewußt verschlüsselt scheint und das, weil es sich um ein Thema handelt, das May kaum Anlaß zu Verdrängungen gab, seine schriftstellerische Entwicklung - so kann eine Deutung der Aschta-Szene, die - wie zu zeigen - Mays (Pappermanns) innerste menschliche Problematik behandelt, nur dann erfolgreich sein, wenn es gelingt, die Parallelverschlüsselungen, die Doppelspiegelungen der Autobiografischen Ebene II zu trennen und isoliert voneinander zu betrachten. Die Schwierigkeit dabei ist eben, daß ein und dasselbe Bild verschiedene Interpretationen nicht nur zuläßt, sondern diese geradezu fordert, eine präzise Abgrenzung also nicht schon im Text selbst vorhanden ist, sondern erst in der Interpretation entstehen kann und muß. Die Isolierung einzelner Spiegelungen ist ein notwendiges wissenschaftliches Mittel der Erkenntnis, öffnet aber auch der Willkürinterpretation Tür und Tor.

Soweit Karl May "wie im Traum" schrieb, soweit also Unterbewußtes in den Text einfloß und ihn prägte, kann eine Interpretation, die nicht mit Hilfe der Psychoanalyse arbeitet, nur unvollkommen sein und ihre Wahrscheinlichkeit ist direkt abhängig von der Intuitionsfähigkeit des Interpretierenden. Textvergleiche mit der Selbstbiografie Karl Mays, wie sie Ekkehard Koch unternommen hat und wie sie auch hier als Erkenntnismittel dienen, können nur begrenzt als Interpretationsstützen dienen, weil es ein Kennzeichen unterbewußten Schreibens ist, daß es sich nicht ohne weiteres vom Bewußtsein deuten läßt. Das ist auch dann nicht anders, wenn es der Autor selbst ist, der bewußt reflektiert, in diesem Fall Karl May, dessen Biografie durchweg das Bemühen zeigt, sich selbst bewußt zu werden. Alternativinterpretationen eines Werkes von Autor und Außenstehendem negieren keineswegs immer die Deutung des letzteren, jedenfalls dann nicht, wenn Einflüsse des Unterbewußtseins zu konstatieren sind. Die Grenze zwischen Bewußtsein und Unterbewußtsein ist nicht zu ziehen.
Die folgende Interpretation hat zweigeteilt zu verlaufen; zum einen wird sie die Aschta-Episode als Seelenbild des Menschen Karl May zu einer ganz bestimmten Zeit verstehen, zum anderen als Spiegelung eines bestimmten Lebensabschnittes Mays in seinen äußeren Gegebenheiten. Anders ausgedrückt ist das autobiografische Thema der Aschta-Szene einmal der innere Mensch Karl May, das andere Mal der äußere Mensch.
Bisher ist die Aschta-Episode nur im Sinne eines autobiografischen Seelenbildes - also einstrangig - gedeutet worden.Die Zweitspiegelung blieb unbekannt. Da das Bekannte dem Unbekannten vorangestellt werden sollte, ich im übrigen Ekkehard Kochs Erstinterpretation im wesentlichen zustimme, soll im folgenden zunächst der innere Mensch Karl May behandelt werden, so wie er sich in der Aschta-Episode darstellt.

a) Der innere Mensch

Über Pappermann schreibt May, noch vor dessen Erzählung: "... er hatte sehr viel gehört und sehr viel nachgedacht und war trotz der Niedrigkeit seines Lebensweges keineswegs unbegabt." (101) Das weist gleich zu Anfang der Aschta-Episode auf Mays eigene Lebensphase in der Niedrigkeit hin, als er, der begabte Junglehrer, der viel gehört und viel nachgedacht hatte, in den "Abgrund" geriet. In diesem "Abgrund" wuchs dann aber auch der Gedanke "Schriftsteller werden, Dichter werden! Lernen, Lernen,

Lernen! Am Großen, Schönen, Edeln mich emporarbeiten aus der jetzigen tiefen Niedrigkeit!" [113]
"Trübe Erinnerungen" (101) sind es, die May nun aufschreiben muß, für Pappermann die Erinnerungen an die Zeit, in der er sein "Brandmal" erhielt. Die doppelte Bedeutung des Wortes "Brandmal" liegt auf der Hand und schon Koch verwies auf die Worte Karl-Hans Strobls "Im Leben dieses Menschen birgt sich ein Geheimnis, ... ein Brandmal ..." [114] und sah das Mal Pappermanns als "Symbol für Mays Vergangenheit, seine Jugendsünden, seine 'Verbrechen'" [115].
In diese Vergangenheit führt die Aschta-Episode und liegt damit zeitlich ganz in der Nähe, jedoch vor der Trinidad-Episode, seinen schriftstellerischen Anfängen.
Wie erhielt Pappermann nun das Brandmal, "jenen niederträchtigen Schuß in das Gesicht ... der mich für das ganze Leben entstellte und verbitterte" (101) ? Wie kam May zu seinen Vorstrafen, die ihn bis ins hohe Alter "verbitterten" und belasteten, und ihn, als sie publik gemacht wurden, in der Öffentlichkeit "entstellten"? Von denen Pappermann-May sagt "Ich spreche nicht gern davon." (102) und von denen May verschlüsselt - auch in anderen Werken - doch immer wieder spricht, denn: "Herunter muß es nun doch einmal." (102)
Pappermann hat Aschta, die "Güte" kennen und lieben gelernt. Mit "Güte" ist hier weniger Barmherzigkeit gemeint, eher "das Gute" schlechthin. May definiert es durch die Attribute "still, fromm, wohltätig, rein und gütig" (104). Dieses Gute ist das Ideal Mays, das er - aus seiner subjektiven Sicht - schon damals, als angehender Lehrer anstrebte und das er eine Zeitlang, bis zu jenem unglückseligen Uhrendiebstahl, auch um sich, in sich fühlte. "Ich bin stundenlang und tagelang an ihrer (Aschtas) Seite gewesen." (104) "Es war eine liebe, schöne Zeit! Die einzige Zeit meines Lebens, in der ich einmal wirklich Mensch gewesen bin, und zwar ein guter Mensch." (105) Aschta personifiziert das Gute als Prinzip im Menschen May. Die jeweilige Nähe Pappermanns zu Aschta ist der Gradmesser für Über- oder Unterlegenheit des Guten im Wesen Karl Mays während seiner Entwicklung. Pappermanns anfängliches enges Zusammensein mit Aschta - das ist Mays "Voll-des-Guten-Sein" während seiner kurzen idealistischen Lehrerzeit.
Es gehört zum Menschsein, daß das gute Prinzip in ihm nie absolut

sein kann, sondern in ständigem Kampf mit dem bösen Prinzip in ihm liegt. Die menschliche Seele ist ein Konfliktfeld.
Aschta - das Gute - ist bedroht von Tom Muddy, der Personifikation des Bösen.
Das Böse ist äußerlich nicht sichtbar, Tom Muddy ist "weder ein schöner, noch ein häßlicher Kerl." (106) May bezeichnet ihn aber charakterlich als "zudringlich und roh" und als einen "Schurken, dem nichts und nichts zu schlecht war, wenn es nur zum Ziel führte." (107) Klara wird durch Pappermanns Schilderung soweit gebracht, auszurufen "Der ist ja gar kein Mensch gewesen, sondern ein Teufel!" (107) "Muddy" heißt "schmutzig, schlammig" und wir erinnern uns, daß May in seiner Biografie des öfteren vom "heimatlichen Sumpf" spricht. [116] May macht also indirekt das heimatliche Elendsmilieu für die damalige Überlegenheit des Bösen in ihm während seiner Krisenzeit verantwortlich. Diese Überlegenheit des Bösen wird darin Bild, daß sich Tom Muddy Pappermann näher anschließt: "Am liebsten verkehrte er mit mir." (106) Warum das Böse in ihm damals so stark wurde, weiß May auch im Alter noch nicht so recht zu sagen: "Warum, das weiß ich eigentlich noch heute nicht. Wahrscheinlich weil ich der wertloseste von allen war und es nicht über das Herz brachte, mich von ihm derart zurückzuziehen, wie die anderen es taten." (106)
Über die Beziehung Muddys zu Aschta wird nicht mehr gesagt, als daß er sie nicht nur liebte, sondern auch haßte, "eben weil sie ihm ihre Abneigung so offen und ehrlich zeigte." (106) Der direkte innere Konflikt von Gut und Böse wird also nicht in Handlung verschlüsselt, sondern durch Begriffe wie Haß und Abneigung explizit gemacht. Das Böse strebt dabei auch gleichzeitig in "Liebe" zum Guten, das Gute aber kehrt sich entschieden vom Bösen ab.
Eine weitere Ausführung des Verhältnisses wird May nicht nötig erschienen sein, da die Bedrohung des Guten durch das Böse für ihn Selbstverständlichkeit war.
Daß Pappermann Aschta verloren hat, erfährt er durch das Böse, durch Tom Muddy, indirekt gibt May also dem Bösen die Schuld am Verlust des Guten.
Wenn wir von der These ausgehen, daß Mays Weg in den "Abgrund", der Sieg des Bösen in ihm, seine erste sichtbare Erscheinung in der leidigen Uhrengeschichte hat, müssten sich die entsprechenden Stellen in der Selbstbiografie, wo May auf diese Uhrengeschichte und deren Wirkung und Auswirkung eingeht, mit der Aschta-Episode vergleichen lassen.

Eine ganze Reihe Übereinstimmungen verifizieren dann auch tatsächlich die vermutete Spiegelung.
Bereits genannt wurde die Phase, in der May des Guten innewurde - gespiegelt im engen Verhältnis Pappermanns und Aschtas; in der Biografie schreibt er von seinen "Idealen, die ... alle im hellsten Weihnachtsglanze standen." [117] Das war kurz vor der Entdeckung des Uhrendiebstahls. Auf diese Entdeckung reagierte May bestürzt: "Mir flimmerten die Augen. Ich hatte das Gefühl, als habe mich jemand mit einer Keule auf den Kopf geschlagen." [118] "Meine Bestürzung war unbeschreiblich." [119] "Die ... Begebenheit hatte wie ein Schlag auf mich gewirkt, wie ein Schlag über den Kopf, unter dessen Wucht man in sich selbst zusammenbricht." [120]
Als Pappermann von Muddy erfährt, daß er Aschta verloren hat, reagiert der ähnlich: "Als ich diese Neuigkeit von Tom Muddy erfuhr, war es mir, als ob ich von ihm einen schweren Faustschlag gegen die Stirn bekommen hätte. Das Gehirn begann mir zu brummen. Ich fühlte mich zunächst ganz dumm im Kopf." (107)
"Tom Muddy aber war wütend." (107) Das Böse in May erweckte damals Zorn in ihm, der sich gegen die Gesellschaft richtete, die er für seine sechs Wochen Gefängnis, seine erste Haftstrafe verantwortlich machte und für seinen weiteren kriminellen Weg, da sie ihm die Möglichkeit nahm, weiterhin als Lehrer tätig zu sein.
In seiner Selbstbiografie gibt May uns eine sichere Stütze für die Interpretation der Aschta-Szene, für die Aufspaltung seiner Persönlichkeit in Pappermann=der Mensch Karl May schlechthin und in Aschta=das Gute in May und Tom Muddy=das Böse in May.
"Es bildete sich bei mir das Bewußtsein heraus, daß ich kein ganzes mehr sei, sondern eine gespaltene Persönlichkeit, ganz dem neuen Lehrsatz entsprechend, nicht Einzelwesen, sondern Drama ist der Mensch. In diesem Drama gab es verschiedene, handelnde Persönlichkeiten, die sich bald gar nicht, bald aber auch sehr genau von einander unterschieden. Da war zunächst ich selbst, nämlich ich, der ich das alles beobachtete. Aber wer dieses Ich eigentlich war und wo es steckte, das vermochte ich nicht zu sagen. Es besaß große Aehnlichkeit mit meinem Vater und hatte alle seine Fehler." [121] Dieses Ich ist in Pappermann gestaltet, dessen Erzählung - nebenbei - auch in der Ich-Form steht. Die "Fehler", die auch Pappermann hat, sind bei May Ausdruck des Anima-haften. (Auf der Abstrakten Ebene verkörpert Pappermann Mays Anima.) Die Frage, ob auch biografische Züge von Mays Vater in Pappermann eingeflossen sind, müßte einmal gesondert behan-

delt werden.
"Ein zweites Wesen in mir stand stets nur in der Ferne. Es glich einer Fee, einem Engel, einer jener reinen, beglückenden Gestalten aus Großmutters Märchenbuche. Es mahnte; es warnte. Es lächelte, wenn ich gehorchte, und es trauerte, wenn ich ungehorsam war." [122] Das Gute in May also, gestaltet in Aschta.
"Die dritte Gestalt, natürlich nicht körperliche, sondern seelische Gestalt, war mir direkt widerlich. Fatal, häßlich, höhnisch, abstoßend, stets finster und drohend; ... sie wollte nie das Gute, sondern stets nur das, was bös und ungesetzlich war. Sie war mir neu; ich hatte sie nie gesehen, sondern erst jetzt, seitdem ich innerlich gespalten war." [123] Das Böse in May, personifiziert in Tom Muddy. "Mays innere Kämpfe spiegeln sich in Pappermanns Versuchen, die Übermacht Tom Muddys, des 'Schmutzigen', über Aschta, die Fee, zu verhindern." [124] schreibt Ekkehard Koch treffend. Aschta ist aber nicht nur direkt durch Muddy bedroht, sondern auch indirekt dadurch, daß dieser Wakon blenden will, um so die Verbindung der beiden zu verhindern. Auch Wakon ist eine Selbstspiegelung Mays. Von ihm heißt es nämlich wenig später, "er habe ... für sich und seine Schüler eine eigene Reservation gegründet und lebe dort nur für alte Totems und Wampums, die er sammle und für die Bücher, die er sich von den Bleichgesichtern schicken lasse. Er sei ... ein sehr geehrter und sehr berühmter Mann." (109) "Er hat sein ganzes Leben und seine ganze Kraft dem Studium der Geschichte der roten Rasse gewidmet und Werke über sie geschrieben, die leider noch nicht erschienen sind, weil er sie erst dann veröffentlichen will, wenn auch der letzte Band vollständig vollendet ist. Man ist auf dieses sein Lebenswerk mit Recht ungewöhnlich gespannt." (110) Auf die Frage des Herzle, wie alt Wakon jetzt sei, sagt Shatterhand: "Das ist Nebensache, ... wahrhaft große Männer pflegen nicht eher zu sterben, als bis sie wenigstens innerlich das erreicht haben, was sie erreichen wollten oder sollten." (110) Genau ebenso verstand sich der alte May bei der Niederschrift von "Winnetou IV". Das Lebenswerk Wakons ist das Lebenswerk Karl Mays, ist sein Spätwerk, von dem er zur Zeit von "Winnetou IV" erst weniges geschrieben hat - aus seiner Sicht - und von dem das meiste nach seinem Wunsch noch folgen sollte - im neuen Geist. Wakon heißt Geist.
Der Geist kann für May nur in inniger Verbindung mit dem Guten, also mit Aschta, fruchtbar werden. Diese fruchtbare Verbindung

hat May aus seiner Sicht schon damals im tiefsten Abgrund angestrebt. In der Biografie heißt es bereits im Zusammenhang mit der Zwickauer Haftzeit: "Da entstand in mir meine Marah Durimeh, die große, herrliche Menschheitsseele ... Da tauchte zum ersten Male mein Tatellah-Satah in mir auf, jener geheimnisvolle 'Bewahrer der großen Medizin',..." [125] Die Tatsächlichkeit dieser beiden Behauptungen läßt sich zwar ausschließen, nicht aber die persönliche Imagination Mays, die es ihm im Alter so suggeriert haben mag.

Das Schreiben des eigentlichen, des gleichnishaften Werks ist von Tom Muddy bedroht: Wakon, der Geist, der die Verbindung mit dem Guten sucht, soll geblendet werden. Als Pappermann versucht, dies zu verhindern, also das Böse in ihm zu überwinden, indem er sich nachts auf die Suche nach Wakon macht, also nach dem Geist strebt, gleichzeitig aber Muddy, das Böse zu meiden sucht, gewinnt das Böse unvermittelt größte Gewalt über ihn. Pappermann erhält sein Brandmal, May begeht seine Straftaten. Das kurze, verhängnisvolle Überwiegen des Bösen in Mays Seele wird Bild in der größten Annäherung zwischen Pappermann und Tom Muddy: "Wir stießen fast zusammen." (108)

Die Auseinandersetzung zwischen Pappermann und Muddy ermöglicht es Wakon, Aschta zu rauben und für sich zu gewinnen. "So war durch den Schuß Tom Muddys also grad das begünstigt und herbeigeführt worden, was er hatte verhüten wollen." (109) Dadurch, daß der Mensch May straffällig wurde und ins Gefängnis kam, wurde ihm erst der Weg zum Schriftsteller eröffnet, wäre er doch sonst unbekannter einfacher Lehrer mit unerfüllten schriftstellerischen Ambitionen geblieben. Welche Bedeutung für die schriftstellerische Zukunft gerade die Erfahrungen der Haftzeit hatten, schildert May anschaulich in seiner Biografie. So schreibt er etwa über die Zeit, in der er die Zwickauer Gefangenenbibliothek zu verwalten hatte:"... die mir anvertraute Verwaltung der Gefangenenbibliothek (gab) mir Gelegenheit zu höchst wichtigen Beobachtungen und Erfahrungen ..., unter deren Einfluß meine schriftstellerische Tätigkeit sich zu der gestaltete, die sie geworden ist." [126]

Da sowohl Pappermann als auch Wakon Ich-Spiegelungen Mays sind, ist es auf der Autobiografischen Ebene II dann auch nicht verwunderlich, wenn sich herausstellt, daß Pappermann, der Mensch May, Aschta, das Gute trotz deren Verbindung mit Wakon, dem

Geist und späten, idealen May nicht verloren hat. Um dies dem Menschen bewußt zu machen, war es notwendig, daß er sich unter die Führung des Schriftstellers begab. Erst zusammen mit Shatterhand sieht Pappermann Aschta am Nugget-tsil wieder, also erst in der Einheit von Mensch und Schriftsteller.

b) Der äußere Mensch

Die anfangs postulierte Unterscheidung und Trennung von innerer und äußerer Biografie ist sicher vergröbernd, denn das Innen ist direkt abhängig vom Außen. Die Persönlichkeitsspaltung Karl Mays, "die sogenannte Spaltung des menschlichen Innern, ein Bild der Menschheitsspaltung überhaupt" [127], die May in der Aschta-Episode darstellt, ist Folge, Ergebnis der unglücklichen Umstände, die ihn aus dem Geleis warfen, seine Lehrerkarriere abbrachen und ihn "auf die falsche Bahn brachten". Umgekehrt läßt sich Mays Spaltung für seine weiteren Straftaten verantwortlich machen. Die Aufspaltung und Personifizierung seiner inneren Prinzipien rechtfertigt es jedoch, zunächst einmal von einer Darstellung des inneren Menschen zu sprechen. In dieser Ebene der Aschta-Episode verkörpert - wie wir gesehen haben - jede Figur einen anderen Teil des May`schen Ichs. In der nun zu interpretierenden Zweitspiegelung reduziert sich dieses Ich im wesentlichen auf Pappermann, der in der Erstspiegelung zunächst Beobachter ist ("Da war zunächst ich selbst, nämlich ich, der ich das alles beobachtete." [128]) und sich inhaltlich erst durch seine Haltung gegenüber Aschta und Tom Muddy realisiert. Die anderen Figuren werden in der Zweitspiegelung zu Verschlüsselungen realer Personen aus Mays Biografie. Aus diesem Umstand ist es gerechtfertigt, hier von einer äußeren Biografie zu sprechen. Daß sich beide Spiegelungen durchaus nicht ausschließen, die Behauptung ihrer Existenz auch durchaus nicht abenteuerlich ist, kann man der Selbstbiografie Mays entnehmen. Nachdem er dort die dritte Gestalt, Teil seines eigenen Ich, die ihm "direkt widerlich" ist, beschrieben hat (s.o.), transponiert er dieses "fatale, häßliche" nach außen auf reale Personen seiner damaligen und vorherigen Umgebung und entlastet sich selbst damit unbewußt vom "abstossendem" Ich: "... wenn sie einmal still war und ich darum Zeit fand, sie unbemerkt und aufmerksam zu betrachten, dann kam sie mir so vertraut und bekannt vor, als ob ich sie schon tausendmal gesehen hätte. Dann wechselte ihre Gestalt und es wechselte auch ihr Gesicht. Bald stammte sie aus Batzendorf, aus dem Kegelschub

oder aus der Lügenschmiede. Heut sah sie aus wie Rinaldo Rinaldini, morgen wie der Raubritter Kuno von der Eulenburg und übermorgen wie der fromme Seminardirektor, als er vor meinem Talgpapiere stand. Diese inneren Beobachtungen machte ich nicht mit einem Male, sondern nach und nach." [129]
Verschiebt sich der Zusammenhang von Innen und Außen in diesem Zitat in die Vergangenheit hinein (Batzendorf, Kegelschub, Lügenschmiede etc.), weil May hier bewußt konstruierte und zeigen wollte, welche Schuld sein Milieu an seiner "Spaltung" und damit an seinen Gesetzesvergehen trägt, verschiebt sich der Zusammenhang in der Aschta-Episode, von der hier geschilderten Zeit der "Spaltung" aus gesehen, in die Zukunft hinein, schafft Verbindung zu Erlebnissen nach seiner Haftentlassung 1874, Erlebnissen, die in ihrem Verlauf von der vorausgegangenen Spaltungs-Zeit geprägt waren.
Was verbirgt sich noch - hinter und neben dem Seelenbild - in der Aschta-Episode? Es liegt an der Oberfläche der Handlung: Pappermann, nun der in sich autarke Mensch Karl May, lernt ein Mädchen kennen und lieben, sie sind eine ganze Weile zusammen, trennen sich dann, das Mädchen liebt und heiratet einen andern und wird wenig später Mutter einer Tochter. Diese Tochter ist der Mittelpunkt der Zweitspiegelung.
Lebius behauptete auf dem Höhepunkt der May-Hetze, daß "... May während seiner Ehe (mit Emma Pollmer) mit einem Dienstmädchen ein Kind erzeugt hat. Dieses uneheliche Kind hat May in ein katholisches Kloster abgeschoben, wo es als Frl. May angemeldet ist." [130] In den Erinnerungen von Pauline Fehsenfeld heißt es: "Frau Emma erzählte mir manches aus ihrem Eheleben, unter anderem, daß Karl May einmal davon gesprochen hätte, ein Kind anzunehmen, da sie kinderlos seien. Mit weiblicher Schlauheit und indem sie so tat, als ob sie mit seinem Vorschlag einverstanden sei, und dann mit vielen Kreuz- und Querfragen quetschte sie schließlich aus ihm das Geständnis heraus, daß das fragliche Kind sein Kind sei und die Mutter ein früheres Dienstmädchen. 'So, diese dreckige Person? Deren Kind will ich nicht', sagte Frau Emma." [131]
Diese beiden Zitate entstammen zwei sehr unzuverlässigen Quellen. Das Lebius-Pamphlet, aus dem das erste Zitat kommt, strotzt nachgewiesenermaßen nur so von verleumderischen Lügen, bei den Er-

innerungen der Frau Fehsenfeld handelt es sich um Aufzeichnungen, "die diese 1942 als 84jährige aufgeschrieben hat" [132], fast ein halbes Jahrhundert nach ihren Gesprächen mit Emma, die sie auf das Jahr 1894 datiert. Besonders diese Aufzeichnungen - fern aller Beweiskraft - haben jedoch innovativen Charakter gehabt und zu der Suche nach eventuellen Spiegelungen im Werk veranlaßt. Dabei sind Hansotto Hatzig [133] und Hans-Dieter Steinmetz [134] unabhängig voneinander auf interessante Tochter-Spiegelungen gestoßen. Steinmetz konnte auf einen Hinweis hin sogar eine Frau Marie Thekla Vogel ermitteln, die möglicherweise Mays Geliebte und Mutter seiner Tochter war sowie deren und möglicherweise Mays Tochter selbst, Helene Ottilie Vogel. Auf diese Weise wurden auch beider Biografien bekannt und es ergaben sich Indizien im Werkvergleich, die für eine Vaterschaft Mays sprechen könnten. (Die Kenntnis des Steinmetz-Artikels ist zum Verständnis der folgenden Interpretation der Aschta-Episode unerläßlich.) Auch Fotos von Marie Thekla und Helene Ottilie sind veröffentlicht worden, die etwa Hansotto Hatzig mir gegenüber von einer auffallenden Ähnlichkeit beider Augenpartien mit der Karl Mays sprechen ließen. Solches ist natürlich für sich nicht beweiskräftig und beläßt die Hypothese von einer unehelichen Tochter im Spekulativen. Da es mehr als unwahrscheinlich ist, daß sich heute noch Dokumente finden, die zweifelsfrei die Existenz einer Tochter beweisen könnten, wird die These nur dadurch bekräftigt werden können, daß sich überdurchschnittlich viele typische Situationen im Werk nachweisen lassen, die schon durch ihre stereotype Häufung auf eine Spiegelung autobiografischen Erlebens hindeuten. Auf dem Weg zu einer später einmal zu schreibenden Gesamtschau gilt es, zunächst Einzelstellen zusammenzutragen und zu analysieren. Bisher sind zwei solcher Stellen gefunden und analysiert worden: die Nebatja-Episode aus "Giölgeda padishanün" und die Martha Vogel-Episode aus "Satan und Ischariot". Dafür, daß May sich innerlich bis zuletzt mit der Existenz der Tochter auseinandergesetzt haben könnte, spricht ihre hypothetische Spiegelung in seinem letzten Werk, in der Aschta-Episode, sowie in der Wirklichkeit die Beobachtung, daß sich mehr (platonische) Beziehungen Mays zu jungen Mädchen und Frauen in seinen späten Jahren nachweisen lassen als in seiner Jugend. So könnte etwa Lu Fritsch sehr gut ein Tochter-Ersatz für May gewesen sein.

Pappermann lernt Aschta kennen, May - kurz vor Weihnachten 1874 - Marie Thekla. "Ich ... sah das schönste Mädchen, ja bei Gott, das schönste, das allerschönste Mädchen, welches meine alten Augen, so lang ich lebe, jemals erblickten!" (104) "... ihr langes, dunkles Haar hing, mit Blumen und Kolibris geschmückt, weit über den Rücken herunter." (105) Derart idealisiert May Aschta und - vielleicht - in der Erinnerung Marie Thekla, gibt es doch auffallende Ähnlichkeit mit der Beschreibung Martha Vogels in "Satan und Ischariot", bei deren erstem Auftreten als Sängerin: "Die reiche Fülle des Haares war ihre einzige Zierde und eine gefüllte Skabiose ihr einziger Schmuck. ... Sie war ernst und züchtig, viel mehr Madonna als Sängerin." [135] "Ich habe sie niemals anders als still, fromm, wohltätig, rein und gütig gesehen" (104) heißt es in "Winnetou IV". Und während Martha ein Mädchen ist, "das genau so singt, als ob es bete" [136], betet Aschta tatsächlich. Marie Thekla Vogel wurde am 1.3.1856 geboren. In "Winnetou IV" heißt es später auf der zeitlichen Ebene der Amerika-Reise, also 1908: "Die Mutter (Aschta die Ältere) war beinahe fünfzig Jahre alt." (215) Marie Thekla war 1908 schon 52, um ein weniges hat May sich also verschätzt, was aber seltsam übereinstimmt mit der Altersunterschätzung von Martha Vogel: die"noch nicht siebzehnjährige" [137] hätte bei Identität mit Marie Thekla 1874 schon über achtzehn Jahre alt sein müssen. Doch handelt es sich jeweils nur um eine Differenz von zwei, drei Jahren.
May beginnt, Marie Thekla zu lieben, "eine herrliche, große und von allen Sünden reine Liebe" ist in ihm "aufgegangen" (106). Doch der erst vor wenigen Monaten aus dem Zuchthaus Waldheim entlassene (am 2,5.1874) leidet unter seiner Vergangenheit, die ihn Marie gegenüber hemmt: "Zuweilen kam mir ... der Gedanke, sie stehe mir zu hoch." (106) "Ob sie mich liebte? Ich wagte es nicht zu glauben, ich, der Bär!" [138] "Aber in gewissen Stunden, in denen ich mich selbst betrachtete, faßte ich doch eine Art von Mut. Da sagte ich mir, daß ich doch kein so ganz übler Bursche sei und mich mit manchem, manchem anderen sehr wohl vergleichen und messen könne. Das waren die Augenblicke, in denen ich mir vornahm, offen und ehrlich mit ihr zu reden. Aber sobald ich dann in ihre Nähe kam, sank mir das Herz wieder vor die Füße, und es fiel mir kein Wort von alledem ein, was ich ihr hatte sagen wollen." (106) Aus diesen Worten läßt sich folgern, daß May es anfangs nicht gewagt hat, Marie Thekla von seinen

Haftstrafen, seiner trüben Vergangenheit zu erzählen. Von hierher könnte sich auch erklären, weshalb Marie Thekla und May nicht zusammengeblieben sind. Entweder hat er es ihr schließlich doch gebeichtet - zu spät - oder sie hat es in ihrer Umgebung gehört. Sie oder ihre Eltern werden sich dann entschieden haben, daß eine Ehe mit einem Vorbestraften nicht in Frage kommt. Zu diesem Zeitpunkt wird Marie schon schwanger gewesen sein, einen Ehegrund hat dieses Kind aber nicht abgegeben: es sollte wohl auf keinen Fall einen ehemaligen Zuchthäusler zum väterlichen Vorbild haben. Dafür, daß die Liebe "auf Grund elterlichen Einspruchs keine Aussicht auf Erfüllung hatte" [139], sprechen nach Steinmetz die im betreffenden Zeitraum entstandenen Humoresken "Die Fastnachtsnarren" und "Auf den Nußbäumen", wo eben dies thematisiert wird. Hier tut sich dann noch eine überraschende Verbindung zu "Winnetou IV" auf: der Name Pappermann, der in den "Nußbäumen" einem heiratslustigen Schuldirektor angehört.
Ein wichtiges Phänomen der May`schen Verschlüsselungen ist die Umkehrung. Am 26.3.1876 wurde Helene Ottilie Vogel geboren, Mays mögliche Tochter. Am 22.10.1876 heiratete Marie Thekla Vogel dann bereits den Ernstthaler Strumpfwirker und Bleicher Friedrich Hermann Albani, so daß anzunehmen ist, daß dieser schon früher als Rivale Mays aufgetreten ist, Marie Thekla mithin zwischen zwei Männern stand. Entsprechend der Umkehrung in der Martha Vogel-Episode, wo Shatterhand-May mit einem Rivalen konkurriert, der Mays negative Züge trägt, kann auch Tom Muddy, Pappermann-Mays Rivale, als eine gemischte Figur gelten, die funktional für Albani steht, dessen - wohl anzunehmende - Biederkeit aber auf Pappermann übertragen ist, während Tom Muddy Züge trägt, die für Marie Thekla oder ihre Eltern damals gegen eine Ehe mit May gesprochen haben dürften. So läßt sich auch auf dieser Ebene der Interpretation von einer - allerdings ganz anders gearteten - Persönlichkeitsspaltung sprechen.
May selbst wird den gleichen Wunsch wie Tom Muddy gehabt haben, ein Wunsch, den Pappermann dagegen nicht explizit äußert: "...er hatte es sich wirklich in den Kopf gesetzt, daß sie seine Frau werden sollte." (106) "Ich glaube gar, er liebte sie nicht nur, sondern er haßte sie auch, eben weil sie ihm ihre Abneigung so offen und ehrlich zeigte." (106) Damit mag nicht eine grundsätzliche Absicht gemeint sein, sondern die ganz spezielle Abneigung Marie Theklas gegen die Ehe mit dem vorbestraften May.

Der Satz "Das stritt und kämpfte in seinem Innern." (106), über Muddy, verweist auf Mays Krisenzeit, auf die Persönlichkeitsspaltung. Für wen aber steht nun Wakon, den Aschta dann tatsächlich heiratet? Funktional auch hier für Albani, von der Charakterisierung her aber - analog zur Interpretation der Erstspiegelung - für den Ideal-May, wie er sich später verstand und sich für damals schon gewünscht hätte, denn dann hätte Marie Thekla sich für ihn entschieden. Schreiben ist für May immer auch Wunscherfüllung, nicht nur in die Zukunft, auch in die Vergangenheit hinein. "Er war ein schöner, junger Mann, in allen Waffen geübt, und dennoch so friedlich gesinnt, als ob es auf der ganzen Erde überhaupt noch nie eine Waffe gegeben habe. Daß Aschta ihn allen anderen, die da kamen, vorzog, war gar kein Wunder." (105)
Dieses Allen-anderen-vorgezogen-werden ist Mays Wunschtraum, noch nach Jahrzehnten - im Hinblick auf die Tochter - schreibend zu realisieren gesucht. Die auffällige Betonung der friedlichen Gesinnung, Mays Altersgesinnung, kontrastiert sowohl mit den kampferfüllten frühen Reiseerzählungen wie mit dem Menschen Karl May selbst in seiner Krisenzeit, der damals - wenige Jahre vor der Zeit mit Marie - eine Waffe alles andere als friedliebend nutzte. Am 10.4.1869 widersetzte er sich bekanntlich - nach einem Betrug beim Seilermeister Krause in Ponitz - einer beabsichtigten Ergreifung mit Erfolg durch Vorhalten eines Doppel-Terzerols, das er schon längere Zeit mit sich geführt haben mußte.
Inwieweit sich das Dreiecksverhältnis May - Marie Thekla - Albani noch in der Pappermann-Erzählung widerspiegelt, läßt sich nur psychoanalytisch weiter ermitteln. Von besonderer Bedeutung dürfte die nächtliche Auseinandersetzung von Pappermann und Tom Muddy sein.
Mays äußere Biografie scheint jedenfalls mehr vom Unterbewußten diktiert zu sein als die innere. Dafür spricht auch, daß er nur die erstere in der Selbstbiografie ausklammert.
Die Personen der Aschta-Episode sind nur wenig linear konstruiert, nur wenig charakterisiert. Das macht die Entführung Aschtas durch Wakon deutlich. Aschta, die ansonsten weit davon entfernt ist, steht dann plötzlich für Emma Pollmer. Wie Wakon hat auch May "bei dem (Groß-)Vater von Aschta (Emma) um sie geworben" (106), allerdings vergeblich, weshalb er sie dann in gewisser Weise entführte, indem er sie vor die Wahl zwischen ihrem Großvater und sich stellte. "Entscheide zwischen mir und Deinem Großvater,

Wählst Du ihn, so bleib; wählst Du mich, so komm sofort nach Dresden!" [140] Sie kam. Aschta steht hier funktional für Emma, bleibt aber doch eine personale Spiegelung Marie Theklas.
"Habt Ihr sie (Aschta) wiedergesehen?" (109), so fragt Klara Pappermann. So wird Klara ihren Mann nach Marie Thekla gefragt haben, womöglich wenige Zeit vor der Niederschrift von "Winnetou IV". Und May wird wie Pappermann geantwortet haben:"Nein, nie! ... Erkundigt habe ich mich freilich einige Male. Da erfuhr ich, daß ...(sie) sehr glücklich sei." (109). Mays Beziehung zu Marie wird auch Klara belastet haben, vor allem die Existenz einer Tochter, und so verwundert es nicht, daß Pappermanns Erzählung ihr den Schlaf raubt: "Wir schlafen doch nicht wieder ein! Das sind die Folgen so alter Geschichten!" (110)
Wenn in der Pappermann-Erzählung die Deutung von Aschta als Marie Thekla noch nicht zwingend erscheint, liegt das nicht zuletzt am Expositionscharakter der Erzählung, die auf die Begegnung mit Aschtas Tochter vorbereiten soll. Denn nicht so sehr die Liebesbeziehung ist es, die May zur Bewältigung drängt - in der Erzählung Pappermanns dominiert eher die Spaltungsdarstellung - sondern die Existenz der Tochter, genauer deren Verlust.
Wenn diese Tochter Realität war, ist anzunehmen, daß May sich zeit seines Lebens nach ihr gesehnt haben wird. Nicht um die Frau, sondern um die Tochter kreisen Mays innerste Gedanken.
Der Traumschreiber realisierte seine Wünsche in der Phantasie, beim Schreiben. Immer war es bei ihm so, aber es gibt nur wenige Stellen in seinem Werk, wo dies so offenbar wird wie in der zweiten Hälfte der Aschta-Episode, der Begegnung mit der Tochter. Die Ankunft am Kanubi-See liest sich wie ein Traum, die Beschreibung wirkt unwirklich, wie in Trance geschrieben.
Die Wiederholung der ersten Begegnung Pappermanns mit Aschta ist die Wieder-Holung der Vergangenheit. Mit den gleichen Worten wie zuvor Aschta die Ältere beschreibt May die jüngere Aschta, die Tochter. "Sie bewegte kein Glied. Sie sagte kein Wort. Sie sah uns still und erwartungsvoll aus ihren großen, dunklen Augen entgegen." (112) So erwartet man einen lieben Menschen, keine Gruppe - nur Pappermann, der Mensch May, wird erwartet, der Schriftsteller und seine Frau - letztere mit gutem Grund - bleiben im Hintergrund. Es geht nicht um den Schriftsteller Karl May, und auch noch nicht um die Menschheitsfrage der weltanschaulichen Ebene, es geht um den einsamen Menschen Karl May, dessen Sehnsucht sich hier zu erfüllen hat.

Von Pappermann schreibt May, daß er spricht, "als ob er träume" (112) und ist es selbst, der träumend schreibt. "Mechanisch." (112) Mays tiefe Sehnsucht nach der Tochter findet Ausdruck in der inneren Bewegung Pappermanns: "Der alte Westmann zitterte vor Aufregung und Rührung. Er weinte." (113) "Warum kamst du nie zu uns?" fragt die jüngere Aschta. Welche Gründe mögen es in der Wirklichkeit gewesen sein, die May hinderten, seine Tochter auch nur zu besuchen? Glaubt man den Erinnerungen Pauline Fehsenfelds, so war es die Unerbittlichkeit Emmas, die es nicht zuließ, später - nach der Scheidung - mögen es andere Gründe gewesen sein, vielleicht eine grundsätzliche "tiefe, heilige Scheu" (112). Pappermann beantwortet Aschtas Frage nicht, doch hat er zuvor zu Klara gesagt: "Ich habe die Ogallallah stets als Feinde der Weißen betrachtet und mich gehütet, viel mit ihnen in Berührung zu kommen." (109)[141] Wenn May es auch selbst nicht gewagt hat - weshalb immer - zu seiner Tochter zu kommen, so hat er doch wohl gehofft, daß sie auf ihn zukommt. Er wird sich da einer großen Selbsttäuschung hingegeben haben, denn es ist mit Sicherheit anzunehmen, daß Marie Thekla ihrer Tochter den wirklichen Vater verschwieg. Andernfalls wäre es heute leichter, Mays Vaterschaft zu beweisen. Als Pappermann hört, daß er nicht vergessen ist, ja daß man nach ihm gesucht hat, ist er glücklich wie May gern glücklich gewesen wäre und es beim Schreiben, durchs Schreiben momentlang vielleicht war.

Später, am Nugget-tsil, wiederholt sich die Begegnung noch einmal ähnlich, dort sind es dann aber gleich beide Aschtas, die auf Pappermann zukommen, das Glück wird potenziert. "Seine alten, guten, treuen, ehrlichen Augen standen weit offen und waren mit seligem Ausdruck auf die beiden, sich nähernden Frauen gerichtet." (215) heißt es da. "Ja, er ist es, der Liebe, der Gute, der Bescheidene" (216), begrüßt Aschta die Ältere Pappermann und fragt, wie ihre Tochter am Kanubi-See: "Warum kamt Ihr nicht? Warum seid Ihr uns ausgewichen, immer und immerfort?" (216) Und wieder reagiert Pappermann ähnlich wie zuvor: "Er brach in ein lautes Schluchzen aus, drehte sich um und entfernte sich mit eiligen Schritten, in den Wald hinein." (216) Die beiden Aschtas folgen ihm und kommen bald darauf wieder mit ihm - Hand in Hand - zurück. "Sein altes, liebes Gesicht strahlte im Ausdruck einer tiefen, reinen, heiligen Freude." (219f.)

Am Kanubi-See sagt Pappermann - emphatisch-euphorisch: "Heute ist der größte Feiertag meines Lebens! ... Wenn es Weihnachten und Dezember wäre, so würde ich sagen: Heut ist Weihnacht für mich, und der Herrgott hat beschert. Ja, der Herrgott selbst, denn kein anderer kann so etwas geben, so ein Glück! So ein wirklich großes und wirklich wahres Glück!" (117) (May lernte Marie Thekla ja kurz vor Weihnachten kennen!)
Der Enthusiasmus ist überschwänglich.
May hat sich seiner Tochter gegenüber schuldig gefühlt: zweimal gefragt, läßt er Pappermann den Aschtas nicht antworten, warum er nicht gekommen sei, läßt ihn vor dieser Frage sogar in den Wald fliehen. Ob er den Aschtas dort von Emma Pollmer erzählt hat? May geht nicht näher auf dieses Waldgespräch ein, läßt Pappermann sich nicht vor dem Leser offenbaren - Zeichen, daß er es selbst in der Verschlüsselung nicht wagte, sein Schuldgefühl zu thematisieren. Er flieht in den Wald.
Nicht allzulange hält man sich am Kanubi-See mit der Vergangenheit auf, denn "...wenn ich noch länger hier herumkrieche, so finde ich doch mehr Bitterkeiten als Süßigkeiten, und das brauche ich mir alten Kerl doch wohl nicht anzutun!" (121)
Denn auch wenn May sich beim Schreiben von seelischer Last befreien kann, sind diese Momente imaginären Glücks doch nur kurz und werden allzuschnell von "trüben Erinnerungen" überwuchert, an seine Schuld, an die Zeit im Abgrund, oder besser: an die Zeit im Fegefeuer, die Zeit vor seinem schriftstellerischen Aufstieg, der dann aber doch nur scheinbar aus dem Fegefeuer führte. Vom Kanubi-See aus verläuft das "herrliche Tal des Purgatorio" (100).Purgatorio aber heißt Fegefeuer oder - in der Symbolsprache Karl Mays - Geisterschmiede. "Wir ritten in das Tal des Purgatorio hinab und folgten dort einem schmalen, kristallklaren Wasser, welches uns nach unserm Ziel zu führen hatte." (121) Dieses Ziel ist letztlich der Mount Winnetou, ist das Lebensziel Karl Mays, die Schaffung des eigentlichen Großen Werkes, ist gleichzeitig auch ein Bild für die Höhe des Menschentums, das erreicht ist, wenn der Mensch zum Edelmensch geworden ist. Das Tal des Purgatorio, das May in "Winnetou IV" hinter sich läßt, hält ihn im Leben bis zuletzt gefangen: es ist die "Hölle" durch seine Gegner, die ihn im "Fegefeuer" festhält. "Wo gibt es die Hölle, wenn nicht bei Euch? Und wo gibt es das Fegefeuer, wenn nicht bei uns? Dieses Fegefeuer meine

ich, wenn ich symbolisch von meiner 'Geisterschmiede' erzähle, deren fürchterliche Zeit ich heut oder morgen überwunden haben werde. Ich zürne Euch nicht, denn ich weiß, es mußte so sein. Es war meine Aufgabe, alles Schwere zu tragen und alles Bittere durchzukosten, was es hier zu tragen und durchzukosten gibt; ich habe das nun in meiner Arbeit zu verwenden." [142] So May in den Schlußsätzen von "Mein Leben und Streben". Und noch etwas: "Ich bin nicht verbittert, denn ich kenne meine Schuld." [143] Auch an seine Tochter mag er da gedacht haben.

4. Teufelskanzel I

Die Landschaftsbeschreibungen Karl Mays in den späten Reiseerzählungen erreichen oft den qualitativen Rang, der bei Adalbert Stifter fast durchweg zu finden ist. Landschaften in der Literatur sind nicht nur für die Imaginationsfähigkeit des Autors, sondern auch und besonders für die des Lesers ein Prüfstein. Beide bringen in ihre Vorstellung selbst gesehene Landschaften ein, die sich dann natürlich nur sehr wenig entsprechen, weniger als Handlungsabläufe. Der literarische Rang einer Landschaftsbeschreibung hängt unter anderem von ihrem Bezug zur Handlung, zum eigentlichen Inhalt eines Textes ab. Eine ästhetisch geschilderte Landschaft, die ihre Berechtigung nur aus eben dieser Ästhetik erhält, also Selbstzweck ist, bleibt zwangsläufig hinter ihrer möglichen Visualisierung im Medium der Malerei zurück, ist vergleichbar mit dem stets vergeblichen Versuch, Musik in sprachlichen Begriffen zu beschreiben. Die literarische Berechtigung von Landschaftsbeschreibungen ist dann gegeben, wenn die Landschaft zu einem Symbol wird für äußere oder auch innere Vorgänge (Seelenlandschaften). Das ist so bei Stifter und im Alterswerk auch bei Karl May. Unerheblich ist die Frage, ob es sich um natürliche oder künstliche Landschaften handelt. Auch die Teufelskanzeln sind Landschaft, auch der Maha-Lama-See in "Ardistan und Dschinnistan". Bei diesen beiden Beispielen, die für viele andere stehen, handelt es sich jeweils um künstliche Ergänzungen, Veränderungen natürlicher Landschaft, handelt es sich also um Kulturlandschaften. Diese stehen im Spätwerk Mays im Vordergrund, während sich reine Naturbeschreibungen nur noch selten finden, bedeutend seltener als in den frühen Reiseerzählungen, wo gerade diese dominieren. Das hat seine Ursache im gesteigerten Symbolwert der Landschaft - diese Symbole beziehen sich bei May nämlich immer auf Menschliches. Trotz mancher romantischen Eigenart [144] war Karl May kein eigentlicher Romantiker, der sich mit der Natur so eins fühlen konnte, daß sie ihm geradezu selbstverständlich als Symbol des Menschen erschienen wäre. Nicht die unberührte Wüste hat für May menschlichen Symbolcharakter, sondern erst die Fußabdrücke, Spuren im Sand. Auffallend ist bei den Landschaftsbeschreibungen im Spätwerk, daß sie sich bedeutend schwieriger als diejenigen der früheren Texte in der Imagination visualisieren lassen. Das liegt an ihrer Überwucherung durch die Symbolik. May hat nicht - wie etwa Stifter - in der realen Landschaft Symbole entdeckt oder hineingedeutet, sondern umgekehrt Landschaften nach einer abstrakten Idee konstruiert, gleichsam seine Philosophie illustriert. Während die Landschaften bei Stifter oder den Romantikern neben dem Symbolgehalt gleichwertig auch rein visuelle ästhetische Bedeutung haben, steht die Symbolik bei ihm derart im Vordergrund, daß die Landschaftsbeschreibung keinen visuellen Sinn mehr gibt, irreal wird, wenn der Leser nicht von sich aus die Landschaft korrigiert. Um eine derart korrigierte Landschaft handelt es sich auch bei der Mount Winnetou-Karte, die der Bamberger "Winnetou IV"-Ausgabe [145] vorangestellt ist. In mehreren Details - die hier aber nicht behandelt werden sollen - entspricht diese Karte nicht dem Text, von dem sie doch auszugehen hat. Die Notwendigkeit solcher Korrekturen ist auch ein Hinweis darauf, daß May beim Spätwerk nicht oder doch nur selten mit Hilfe von Landschaftsskizzen gearbeitet haben muß.

Die wichtigste Landschaftsbeschreibung in "Winnetou IV" ist neben der des Mount Winnetou die der ersten Teufelskanzel. Während der Mount Winnetou und die zweite Teufelskanzel ihre Symbolik fast ausschließlich auf der ideologischen, abstrakten Ebene gewinnen, ist die erste Teufelskanzel ebenso sehr auch ein biografisches Bild.

Folgt man Ekkehard Koch, so hat bereits der Aufstieg auf die Felswand, von der aus man die Kanzel erblickt, symbolischen Charakter: "Zuerst steigt der 'Aviatiker May' (Junger Adler) hinauf - seine großen Ziele werden geboren; dann folgt der 'Schriftsteller May' (Old Shatterhand), gepaart mit 'Herz', mit Seele (Klara), der die Ziele bestätigt; schließlich, unsicher und als letzter, klettert der 'Mensch Karl May', Pappermann, empor, der an die Ziele nicht glauben kann. Der Blick ist auf die Teufelskanzel gerichtet, in der sich die alle Werke durch-

ziehende Dualität Gut-Böse, Ardistan-Dschinnistan, Gewaltmensch-Edelmensch ausprägt: ein Geistes-Panorama von Mays Werken, wie er es im Spätwerk bewußt gestaltete und dann auf seine übrigen Werke ausgedehnt wissen wollte." [146]
Diese Interpretation muß nicht zwingend erscheinen, hat aber doch einiges für sich. Zu Pappermanns, des Menschen Karl May, unsicherem Aufstieg gibt es etwa eine Parallelstelle in der Selbstbiografie: "Es ist besser, auf dem Wege zur Höhe zuweilen zu stolpern und diese Höhe aber doch zu erreichen, als auf dem Wege zur Tiefe nicht zu stolpern und ihr verfallen zu sein. ... Denn Berge müssen wir haben, Ideale, hochgelegene Haltepunkte und Ziele." [147]
Kai Riedemann interpretiert die erste Teufelskanzel als "Projektion der Mayschen Persönlichkeit" [148] und hat damit sicher Recht. Nur darf man dabei nie vergessen, daß May sich und sein Leben exemplarisch verstand: "Das Karl-May-Problem ist, wie das Problem jedes andern Sterblichen, ein Menschheitsproblem im Einzelnen." [149] "Denn dieses Karl-May-Problem ist auch ein Gleichnis. Es ist nichts anderes als jenes große, allgemeine Menschheitsproblem." [150] "Das Karl-May-Problem ist das Menschheitsproblem, aus dem großen, alles umfassenden Plural in den Singular, in die einzelne Individualität transponiert." [151] Von diesem Selbstverständnis ausgehend ist es kaum noch möglich, einwandfrei zwischen autobiografischer und ideologisch-abstrakter Ebene zu trennen. Das betrifft besonders auch die erste Teufelskanzel, so etwa ihre Vegetation.
Der ursprünglich fruchtbare Boden des Kessels - außerhalb dessen gibt es, "so weit das Auge reicht(e), nur fruchtbares Land" (126)- ist mit "starken Steinplatten belegt, so dicht, daß keine Pflanze einzudringen vermochte." (126) "... es schien hier ein Pflanzenwuchs ursprünglich nicht beabsichtigt zu sein"(125). Dennoch ist der Boden "mit grünender Vegetation bedeckt" (125), doch "die Bäume ... hatten alle, so alt und so stark sie waren, keine Wipfel mehr. Und wo es noch welche gab, da waren sie vertrocknet. Das deutete daraufhin, daß sie sich nur von einer dünnen, angewehten Erdschicht nährten, mit den Wurzeln aber nicht in die Tiefe konnten oder dort keine Nahrung fanden." (126) Im Lauf der Zeit hat sich auf den Steinplatten "eine Schicht von Humuserde gebildet, von welcher sich das später entstandene Baum- und Strauchwerk durch die Seitenwurzeln ernährte. Pfahlwurzeln

gab es nicht. Daher die Verdorrung sämtlicher Wipfel!" (126)
Das Bild ist eindeutig: was nicht in der Tiefe wurzelt, kann auch nicht in die Höhe wachsen. Da May die Teufelskanzel bewußt symbolisch konstruierte, können wir "Mein Leben und Streben" zur weiteren Interpretation heranziehen. Da heißt es im Kapitel "Seminar- und Lehrerzeit": "Keine Pflanze zieht das, was sie in ihren Zellen und in ihren Früchten aufzuspeichern hat, aus sich selbst heraus, sondern aus dem Boden, dem sie entsprossen ist, und aus der Atmosphäre, in der sie atmet. Pflanze ist in dieser Beziehung auch der Mensch. Körperlich ist er freilich nicht angewachsen, aber geistig und seelisch wurzelt er, und zwar tief, sehr tief, tiefer als mancher Baumriese in kalifornischer Erde."[152]
May spricht hier vom Heimatmilieu, von seiner Herkunft und der Herkunft überhaupt. Entsprechend läßt sich auch die Teufelskanzel-Vegetation deuten, wobei dem Tiefverwurzeltsein auch noch die Bedeutung des Tief-Schürfens zukommt neben der Verwurzelung in der Vergangenheit.
Die Pflanzen stehen für den Menschen, der zur geistigen und seelischen Höhe streben soll, es aber nicht vermag, wenn ihm die nötige geistige und seelische Nahrung fehlt.
Die Pflanzen stehen auch für Karl May, dessen Heimatmilieu, dieser "sterile Untergrund", den May im obigen Kapitel der Selbstbiografie und im vorangehenden anschaulich darstellt (Stichworte etwa "Batzendorf", "Lügenschmiede"), durch die Steinplatten symbolisiert ist. Erst im Lauf der Zeit ist es May gelungen, aus diesem Milieu herauszuwachsen, sich durch "Seitenwurzeln zu ernähren", d.h. durch das Schreiben von seinen frühen Reiseerzählungen. Diese Reiseerzählungen bleiben jedoch noch an der (Erd-) Oberfläche, sind erst Skizzen zum eigentlichen Werk. Erst wenn Pfahlwurzeln entstehen, die die Steinplatten durchbrechen, erst wenn May dieses eigentliche Werk geschrieben hat, das in die Tiefe geht, kann der Mensch Karl May zum eigentlichen Lebensziel, in die Höhe gelangen, zum Edelmenschen werden. Und so muß jeder Mensch in die Tiefe gehen, um die Höhe, das Edelmenschentum zu erreichen.
Bei der "anderen in die Augen fallenden Beobachtung" (126), der seltsamen Vegetationsverteilung, handelt es sich um eine autobiografische Spiegelung des Gesamtwerks. Das unberührte Drittel steht für das Spätwerk, die beiden anderen Drittel zum einen für die frühen Humoresken und Erzählungen, wohl auch für die

Münchmeyer-Romane, zum anderen für die frühen Reiseerzählungen. Während in diesen beiden Dritteln "Menschen verkehrt hatten", d.h. diese Werke Leser gefunden hatten, ist das kleinere Drittel "vollständig unberührt" (126) geblieben, hat also keine Leser gefunden. Im tieferen Sinn - auf der weltanschaulichen Ebene - ist diese Vegetationsverteilung ein Bild der Dualität von Ardistan und Dschinnistan. Nur auf dieser Ebene erklärt sich das strenge Verbot, den dicht bewachsenen Teil der Ellipse, Dschinnistan zu betreten, sowie die "auffällig scharf gezogen(e)" (126) Scheidelinie, die für den schmalen Urwaldstreifen Märdistan steht. Darauf und auf die Symbolik der ideologischen Ebene wird später noch näher einzugehen sein.

Der westliche Teil des Felsenkessels, Symbol des früheren Werks, ist wenig bewachsen, es gibt einige Stellen, "an denen unter der aufgewühlten Erde die Steinplatten hervorschauten." (133) May erkannte, daß er sich weder im Frühwerk noch in den frühen Reiseerzählungen von seiner Vergangenheit hatte lösen können, umgekehrt macht er diese Vergangenheit - Elternhaus, Webermilieu, Spaltungszeit, Straftaten, Gefängnis - dafür verantwortlich, daß er über Skizzenhaftes dort kaum hinausgekommen ist: "Die Bäume (Werke), die es da gab, waren nicht hoch und die Büsche nicht dicht." (133) In diesen frühen Werken gibt es "zahlreiche lichte Stellen" (133), denn "man scheint dort ... zuweilen Holz niedergehauen zu haben, um Feuer zu machen." (128) "... allzuoft" hatten die Bäume und Büsche "das Material zu Lagerfeuern liefern müssen." (133) Hiermit mögen die Veränderungen gemeint sein, die vor allem an den Münchmeyer-Romanen vorgenommen wurden. Das östliche "förmliche Pflanzendickicht" (128) ist Zeichen dafür, daß May sich im Spätwerk weitgehend von seiner Vergangenheit lösen konnte, es - aus seiner Sicht - über das Skizzenhafte hinauswuchs.

Wie verhält es sich nun mit den beiden Inseln?

Riedemann interpretiert sie als "zwei unterschiedliche May-Bilder" [153] und verweist auf eine Stelle der Wiener Rede: "Es gibt nämlich zwei grundverschiedene Karl May, einen echten und einen gefälschten ... Der echte wurde in Hohenstein-Ernstthal ... geboren, die Karikatur aber in Dresden", wo man "aus prozessualen Gründen den ehrlichen Karl May zur schwindlerischen Fratze gestaltete..." [154] Für eine Symbolisierung des echten und des gefälschten May gibt es aber keine Hinweise im Text.

Mir scheint die Insel-Bedeutung allein auf der abstrakten Ebene zu liegen, auf der autobiografischen keine Differenzierung zwischen Insel und dem ganzen jeweiligen Talkesselbereich zu bestehen.
Dichtung hat mit "dicht" zu tun, die "dicht bewachsene" (133) Insel steht wie der ganze östliche Teil des Kessels für Mays Spätwerk, das wirkliche Dichtung ist im Gegensatz zu den Reiseerzählungen oder gar den Münchmeyer-Romanen.
Shatterhand stößt bei der östlichen Insel auf Spuren, auf solche, "die man gern, sehr gern zu sehen pflegt." (134) "Es sah fast so aus, als ob Kinder wiederholt durch die Him- und Brombeersträucher gebrochen seien." (134) May betonte im Alter immer wieder, er sei Hakawati, Märchenerzähler und seine Texte Märchen im Sinne von Gleichnissen. So sehr er die weitverbreitete Meinung ablehnte, Märchen seien für Kinder, nicht für Erwachsene gedacht, so sehr appellierte er doch an das Unverbrauchte, Reine, Kind - liche im Menschen.
Die "Kinder" an der Teufelskanzel sind nur Metapher, tatsächlich handelt es sich um einen alten Bären. In ihm sieht Riedemann ein "Symbol für alte Sünden oder alte Romane" [155]. Er wird vom Jungen Adler erschossen: "May und mit ihm die Leser müssen die Vergangenheit und seine ersten Bücher, die 'überholt' sind, vergessen, um den Zutritt zur Insel (zum Spätwerk) freizumachen."[156]
Die Stufen, die zur Mitte der Insel führen, sind "von Ranken fast unwegsam gemacht worden"(135), vielleicht - wie auch Riedemann vermutet - ein Bild für die Symbolik, die es - wie May wußte - den Lesern seiner Zeit nicht leicht machte, ihn zu verstehen - was sich bis heute kaum geändert hat.
In den Verbotstafeln vermutet Riedemann eine Verschlüsselung der "zahllosen Kritiken und Anfeindungen" [157], die die Leser von Mays Spätwerk, seinem Werk insgesamt abhalten sollen.
All diese Deutungen - die Spuren, der Bär, die Ranken, die Tafeln - stehen auf fragwürdigem Grund und bestehen im einzelnen nur aus vagen Vermutungen, die kaum überzeugen. In ihrer Häufung bestärken sie jedoch die grundsätzliche Deutung des östlichen Teils des Kessels als Spätwerk und mit dem westlichen Teil zusammen die des ganzen Terrains als Werk Karl Mays. Es ist der Untergrund, gewissermaßen die Leinwand, auf der die"Menschheitsprobleme" dargestellt sind, die sich aus der Dualität von Gott und Teufel, Dschinnistan und Ardistan, Ohr Gottes und Kanzel des Teufels er-

geben. Erst auf der weltanschaulichen Ebene wird sich die erste Teufelskanzel weitergehend entschlüsseln lassen.

5. Exkurs zum Aufbau

Eine sinnfällige Struktur ist den Werken Karl Mays oft abgesprochen worden. Er gilt als rein epischer Autor, was an sich nicht falsch ist, aber doch nicht mit der Unbedingtheit zutrifft, die manche Kritiker behaupten, die "episch" dann meist noch definieren als ein "Ins-Blaue-hinein-schreiben". Diesen Kritikern müßte zumindest aufgefallen sein, daß fast alle Romane Mays - also auch schon die frühen Reiseerzählungen - im Tiefland beginnen und im Hochland enden - mag dieser Weg dann auch erst im Spätwerk als der Weg von Ardistan nach Dschinnistan sinnbildlich werden.
"Winnetou IV" besitzt darüber hinaus noch eine besondere Struktur, die in der Entwicklung vom Realen zum Abstrakten liegt. Der Roman beginnt real-autobiografisch, in Radebeul, Deutschland und schildert dann in der Niagara- und Buffalo-Episode Teile von Mays realer Amerika-Reise. Dem schließen sich zwei Episoden an, die zur Gänze autobiografisch verschlüsselt sind, die Trinidad- und die Aschta-Episode, wobei es sich einmal um eine Darstellung von Mays literarischer Entwicklung handelt - Shatterhand, der Schriftsteller steht im Vordergrund - ,das andere Mal um eine Darstellung von Mays Persönlichkeitsspaltung bzw. der Tochterproblematik - hier steht Pappermann, der Mensch im Vordergrund. Beide Episoden lassen sich nur auf der Autobiografischen Ebene II durchinterpretieren. Bei der anschließenden Teufelskanzel-Episode nun war das nicht mehr möglich: hier verschränkt sich die autobiografische mit der abstrakten Ebene.
Das gleiche trifft dann im folgenden auch für die Ereignisse am Nugget-tsil und am Mount Winnetou zu, wobei die abstrakte, ideologische Ebene immer mehr an Bedeutung gewinnt. Dennoch wird die Biografie nun nicht völlig aufgegeben, sie wird nur nie mehr so dominant sein wie in der Trinidad- oder der Aschta-Episode. Sie verlagert sich von der Einheit Handlung-Figur-Situation im wesentlichen auf die Figuren und von der Autobiografie im Sinne der Verschlüsselung des Selbst auf die Verschlüsselung der biografischen Umwelt des Autors, primär der Gegner und Feinde.
Einen willkürlichen Bruch zwischen autobiografischer und abstrakter Ebene gibt es nicht, vielmehr überträgt May "seine Lebens-

reise aus dem Einzelnen ins Allgemeine." [158] "So wird die Lebensreise des Individuums einer höheren Wirklichkeit, der Entwicklung des Menschen und der Menschheit von Ardistan nach Dschinnistan, seiner Auseinandersetzung mit Gut und Böse, seines schließlichen Sieges über das Böse untergeordnet: Mays Lebenskampf findet seine Entsprechung in einer höheren Wirklichkeit, die irdischen Gleichnisse erfahren ihre Anwendung im Absoluten. Damit ist die Gleichung gefunden, die uns den Weg vom Realen zum Abstrakten führt." [159] Karl May sagt: "Das Leben des Einzelnen ist das Menschheitsleben im Kleinen. Auch das meinige. Was ich von mir sagte, habe ich auch von der Menschheit zu sagen: Empor in das Reich der Edelmenschen!" [160]
Dieser Weg zum Edelmenschen wird später zu behandeln sein; es gilt zunächst, weitere Elemente der May`schen Biografie zu ermitteln, die aber von nun an nur noch selten den isolierten Charakter der Trinidad- und der Aschta-Episode haben werden. Sie dennoch isoliert zu betrachten und nicht ständig vom Autobiografischen zum Abstrakten hin zu erweitern,ist eine Notwendigkeit der Analyse.

6. Nugget-tsil

Der Nugget-tsil ist der erste wiederkehrende Handlungstopos aus den frühen Reiseerzählungen, genauer aus der"Winnetou"Trilogie. May weist gleich zu Anfang des Nugget-tsil-Kapitels auf den 3. "Winnetou"-Band hin und damit auf die - in Wirklichkeit inexistente - Geschlossenheit seines Gesamtwerks - ähnlich wie in einer Reihe anderer Romanstellen. Der Verweis auf die "Winnetou"-Trilogie ist gleichzeitig Hinweis darauf, daß der Nugget-tsil "die Station der Abenteuer- und Reiseerzählungen" [161] ist. Diesen frühen Reiseerzählungen gegenüber hat May inzwischen - in "Winnetou IV" - Distanz gewonnen. Bekanntlich ist eins der Hauptmotive dort das Anschleichen und Belauschen von Feinden. In "Winnetou IV" heißt es nun: "Was ich wissen wollte, konnte ich auf direktere und leichtere Weise erfahren, als durch das unbequeme Anschleichen und immerwährende Horchen und Lauschen nach allen Seiten, welches anstrengender ist, als man glaubt." (165) Hier drückt sich eine deutliche Distanzierung aus. Das immerwährende Anschleichen in seinen früheren Romanen ist May literarisch "unbequem" geworden. May äußert sich noch deutlicher gegen diese Reiseerzählungen: Klara wirft Shatterhand-May vor, daß er Winnetou zur Zeit des 3. "Winnetou"-Bandes nicht verstanden hat, d.h. ein oberflächliches Winnetou-Bild gegeben hat. "Noch ganz kurz vor seinem Tod, als er mit dir von seinem Testament sprach, hat er zu dir gesagt, daß du zu Besserem bestimmt seist, als nur um Gold zu besitzen. Und dennoch grubst du ... nur nach Gold, nach weiter nichts. War das nicht ein Fehler, lieber Mann?" (169) Die Reiseerzählungen brachten May bescheidenen Reichtum und öffentliches Ansehen, das seine unbescheidene Eitelkeit bestärkte. May entschuldigt sein Versäumnis, nach dem wirklichen Testament gesucht zu haben, damit, daß das Gold ja "für wohltätige, edle Zwecke" (169) gedacht war, d.h. er entschuldigt die Materialität seiner Reiseerzählungen damit, daß sie einem Bedürfnis der Leser nach Spannung und Unterhaltung entsprachen. Doch für "wohltätige, edle Zwecke" kann man "noch weit Besseres geben ... als nur Gold und immer wieder nur Gold" (169). Nicht Materialität soll gegeben werden, sondern innere Werte, die Menschheitsproblematik soll dargestellt werden. In seiner Biografie gibt May an, ein entsprechendes Konzept schon in Schloß Osterstein entwickelt zu haben: "Aber was war denn eigentlich das, was ich geben wollte? ... Ich wollte Menschheitsfragen beantworten und Menschheitsrätsel lösen. ... Es mag bei der Ausführung dann wohl mancher Fehler untergelaufen sein, denn ich bin ein irrender Mensch; mein Wollen aber ist gut und rein gewesen."[162] Es ist verständlich, daß May nicht in aller Öffentlichkeit seine frühen Romane verwerfen kann und also nur von "manchen Fehlern" spricht und diese noch mit seinem "reinen Wollen aufwiegt, ebenso wie Shatterhand seine Suche nach Gold mit den "wohltätigen, edlen Zwecken" entschuldigt. Im Innersten aber hat May im Alter seine frühen Romane weitgehend verworfen - nicht umsonst spricht er so häufig von dem "Skizzenhaften" dieser Werke. Wo er sich unerkannt wähnt, in der Verschlüsselung, äußert May sich deutlicher, zeigt geradezu Reue. Auf Klaras Vorwürfe[163] antwortet Shatterhand-May: "Weißt du, Herzle, was du da sagst, ist richtig, unzweifelhaft richtig. Ich habe zwar die Ausrede, daß ich damals nur unter Lebensgefahr und in größter Eile nachsuchen konnte (= daß ich Geld zum Lebenskampf verdienen mußte, daher in größter Eile schreiben mußte), aber das ist doch nicht geeignet, mich zu entschuldigen. Ich hatte ja später jahrelang Zeit, die versäumte Umsicht nachzuholen (= Dichtungen wie "Winnetou IV" zu schreiben). Daran habe ich aber gar nicht gedacht - niemals, niemals." (169)

Klara bittet nun, noch einmal nachzugraben, d.h. wieder zu schreiben, aber "besser, sorgfältiger und tiefer als damals."(169) Dies sind die Intentionen Mays zum ganzen Spätwerk, hier beziehen sie sich exemplarisch auf die "Winnetou"-Trilogie, die er noch einmal weiter schreiben will, "besser, sorgfältiger und tiefer als damals." Der Winnetou der Trilogie ist noch kein Edelmensch, dazu muß er "abgeklärter und größer als damals" (169) sein.
Der Edelmensch Winnetou erscheint erst im 4. Band.
"Winnetou IV" ist in Teilen - etwa in der Trinidad- und Aschta-Episode - eine Vergangenheitsbewältigung Karl Mays. Auch darauf weist May durch Klaras Mund hin: "Wir haben doppelt nachzugraben, nämlich hier, an der Gruft seines (Winnetous) Vaters und sodann ebenso in deiner Erinnerung. Da werden wir gewiß keinen deadly dust finden, wohl aber Perlen und Edelsteine, die aus tiefen, seelischen Bonanzen stammen." (169)
Neben Klara macht auch Tatellah-Satah, die Menschheitsseele selbst, Shatterhand wegen seiner früheren Oberflächlichkeit Vorwürfe, zürnt ihm deswegen sogar: "War Winnetou, den du doch kennen mußtest, so oberflächlich, daß du es verschmähen durftest, in grösserer Tiefe zu suchen? Nun weißt du, warum ich dir zürnte. Sei mir willkommen, wenn du verstehst, es mir zu sein!" (172) Nach Mays Auffassung diente er mit seinem Spätwerk der Menschheitsseele, machte sich ihr dadurch "willkommen".
Selten wohl verwarf ein Autor ein Werk, das dreißig Jahre der Entstehung gebraucht hat - also schon Lebenswerk ist - so radikal, wie Karl May es mit seinem Werk in "Winnetou IV" tut. "Bedenke, daß über dreißig Jahre unnütz vergangen sind! Ein volles Menschenleben!" (172) Diese dreißig Jahre - das ist der Zeitraum zwischen seiner Waldheimer Haft, 1870-1874, in der er zu schreiben begann, und seiner Orient-Reise, 1899-1900, die von seinen ersten beiden größeren Romanen "Am Jenseits" (1899) und "Et in terra pax" (1901) flankiert wird. May ist beschämt über sein früheres Werk - "Ich bin beschämt, außerordentlich beschämt!" (172) -, fühlt sich dieses Werkes wegen schuldig - "Ich habe da eine Sünde an Winnetou begangen, die ich mir unmöglich verzeihen kann. Und nicht nur an Winnetou allein, sondern an seiner ganzen Rasse!" (172) -, fühlt sich beschämt und schuldig, weil er die Gedanken des Edelmenschentums nicht schon früher vertreten hat: "Ich habe tief unter diesem hohen, edlen Charakter hinweggesehen und tief unter ihm hinweggehandelt. Das ist meine Sünde. Er würde gütig lächeln

und mir verzeihen; ich aber lächle nicht. Bedenke, daß über dreißig Jahre unnütz vergangen sind! Ein volles Menschenleben! Komm, Herzle, wir müssen graben (= schreiben)!" (172)
Das, wonach gegraben wird, Winnetous wirkliches Testament, steht autobiografisch natürlich für Mays Spätwerk, speziell für das noch ungeschriebene große Werk "Winnetous Testament".
Auf eine baldige Veröffentlichung des ausgegrabenen Testaments unter eben dem Titel "Winnetous Testament" gibt May mehrfach Hinweise in "Winnetou IV". "Winnetou IV" ist also in der Konzeption Mays noch gar nicht das eigentliche Abschlußwerk zum "Winnetou"-Zyklus, hier wird es aber schon ergraben, dieses "Große Buch", in das "die langen Skizzensammlungen, die Vorübungen und Vorbereitungen auf Späteres ausfließen" [164] sollen.
"Gelingt mir dieses Spätere, so ist alles, durch was ich mich darauf vorbereitete, gerechtfertigt, mag man jetzt darüber denken und schreiben, wie oder was man will." [165] Auch hier klingt Mays eigene Ablehnung der früheren Werke an, deren Rechtfertigung er nur im daraus Folgenden sieht.
Sebulon, der für Shatterhand nach dem Testament gräbt, ist wohl kaum eine durchgängige Spiegelung Mays zur Münchmeyer-Zeit - die Enters haben ihre Bedeutung überhaupt primär auf der abstrakten Ebene -, er trägt aber momentlang Mays Züge, ist momentlang ein Bild May'scher Vielschreiberei bei Münchmeyer: "Sebulon ... arbeitete in einer Weise, als ob er von Sinnen sei. Er tat Stich um Stich, und zwar mit einem Übermaß von Kraft und Eile, als ob keine Minute zu verlieren sei und es sich um Leben und Seligkeit handle." (176f.) Zum Vergleich die Selbstbiografie: "Es war ein fast fieberhafter Fleiß, mit dem ich damals arbeitete; ... ich hatte nur auszuführen; ich brauchte nur zu schreiben. Und dieses letztere tat ich mit einem Eifer, der mich weder rechts noch links schauen ließ." [166] So entstanden die "Skizzen", deren Wert für May in der Vorbereitung durch sie auf das eigentliche Werk liegt, so daß diese Arbeit trotz allem nicht umsonst war, sondern noch Nutzen hat für den späten Schriftsteller May, im Bild für Shatterhand: "Du grubst in seinem Namen; du grubst für ihn. So ist es; so steht es, und niemand kann es ändern." (179)
Die spätere Flucht am Nugget-tsil vor dem Komitee deutet Koch aus Mays Einsicht heraus, "daß ein falsches Bild von Winnetou entstanden ist" [167] und hält sie für eine Umsetzung des Satzes aus der Selbstbiografie "Da weicht man zurück und wartet auf

seine Zeit. Und diese kommt gewiß." [168] Dies ist aber Mays Reaktion auf die vernichtenden "Babel und Bibel"- Kritiken. Die Deutung Kochs läßt es unberücksichtigt, daß May in der Nugget-tsil-Episode nicht seinen Gegnern die Schuld für das falsche Winnetou-Bild gibt, sondern sich selbst. So erklärt sich auch die Flucht anders. May wird hier an seine Prozesse gedacht haben, die ihm die so dringlich notwendige Zeit für sein eigentliches Werk raubten. Während er sich in der Realität bis zum Tode nicht aus der Prozeßumklammerung befreien konnte - noch die Selbstbiografie endet mit der Bitte "Laßt mir endlich, endlich Zeit, mit dieser meiner Arbeit zu beginnen!" [169]- befreit er sich in "Winnetou IV" von den Gehässigkeiten der "Prozesse", diesem Kleinkrieg mit dem Komitee, sodaß er sich "an eine ruhige Durchsicht" (224) des Winnetou-Testaments machen kann, also sein "Großes Werk" schreiben kann und so einen Sieg für sein Ideal erstreitet. "Wir liefern hier unser erstes, bedeutendes Avantgarde-Gefecht für unser Ideal." (219) sagt Shatterhand und Klara bestätigt wenig später: "Du hattest Recht. Wären wir geblieben, so hätte es nur Gehässigkeiten gegeben, herüber und hinüber. Also eher eine Niederlage, als einen Sieg. Auch an eine ruhige Durchsicht der ausgegrabenen Manuskripte wäre nicht zu denken gewesen. Hier aber sind wir frei, ohne Zank und Streit und Bitterkeit, und - das erste, große Avantgarde-Gefecht, von dem du sprachst, ist gewonnen." (224) Nur in der Fiktion kann May den Sieg der Befreiung erringen, in der Realität bleibt nur die Niederlage bis zuletzt, das Gefangensein im Kleinkrieg, in dem es "Gehässigkeiten ... herüber und hinüber" gibt. "Ich bin Gefangener, Zuchthäusler noch immer! Ein Dutzend Prozesse haben mich festgehalten, damit ich ja nicht entweichen könne." [170]
Interessant ist Klaras Bemerkung, Shatterhand-May habe durch seinen Rückzug in Aschta der Älteren eine Helferin gefunden. Aschta ist ja nicht durchgehend eine Spiegelung Marie Theklas - diese konzentriert sich allein auf die Aschta-Episode -, durchgehend steht sie für das Prinzip Güte, das auf die abstrakte Ebene gehört. Doch gewinnt sie immer wieder auch biografische Züge und so hat Hansotto Hatzig in ihr zu Recht eine Spiegelung von Bertha Suttner gesehen. [171] Das wird deutlich in Klaras Bemerkung: "Diese ältere Aschta, die Frau Wakons (der hier momentlang für Arthur von Suttner stehen könnte) hat mir imponiert.

Sie ist ein Charakter, eine großangelegte Frau. Kein einziges von all den Komiteemitgliedern reicht geistig an sie heran. Die ist wahrlich nicht nach dem Mount Winnetou unterwegs, um dort Suffragettenreden zu halten! Die weiß, was sie will! ... Indem du dich vertreiben ließest, hast du dir in ihr eine Helferin gewonnen, die nicht zu unterschätzen ist." (225) Im Friedensgedanken trafen sich Bertha von Suttner und Karl May. Hatzig weist auch auf die äußere Parallele mit Bertha von Suttner hin, "daß Aschta mit ihrem Mann fern von der Heimat sehr glücklich lebt. Nach der Rückkehr wird dann ersichtlich, daß sie sich während dieser Zeit auf ihr Wirken für den Frieden vorbereitet hat." [172]
"So sag ihm (Tatellah-Satah), daß Aschta, das Weib Wakons und zugleich die Tochter des größten Medizinmannes der Seneca, im Kampfe gegen den Unverstand mit allen Frauen der roten Rasse an seiner Seite steht." (221)

7. Gegner und Feinde

Es wurde schon gesagt, daß der Weg von Trinidad zum Mount Winnetou der Weg Karl Mays zu seinem Lebensziel ist, das auf der abstrakten Ebene identisch ist mit der "Höhe des Menschentums", wie Karl May den Mount Winnetou in einem Interview bezeichnete[173], biografisch also die Höhe des Menschen May. Das Lebensziel Mays ist das noch zu schreibende "Lebenswerk", in dessen Mittelpunkt der Edelmensch steht, dessen Prototyp Winnetou ist. Diese Bedeutung Winnetous wurde oft selbst von Freunden und Anhängern Mays nicht verstanden. Gefährlicher als dieses Unverständnis waren für May die zahllosen Angriffe seiner Gegner und Feinde, die sich nicht nur gegen sein Werk richteten, sondern ihn auch als Person "Kaputmachen" wollten. Diesen Feinden begegnet Old Shatterhand auf seinem Weg zum Mount Winnetou und dort kommt es dann zur "Abrechnung" mit ihnen. Im Haus des Todes, der nach dem Nugget-tsil nächsten Station, "formieren sich Mays Gegner, beschwören Mays Vergangenheit und planen seine literarische und physische Vernichtung." [174] Schon an der ersten Teufelskanzel haben sich Kiktahan Schonka und Tusahga Saritsch zu diesem Zweck verbündet, im Haus des Todes stoßen die altbekannten feindlichen Häuptlinge Tangua und To-kei-chun hinzu. Und am Nugget-tsil ist eine weitere gegnerische Gruppe, das Komitee, in Erscheinung getreten. Zusammen mit den Brüdern Enters handelt es sich also um drei verschiedene Feindgruppierungen, die aber alle in irgendeiner Weise verschwörerisch miteinander verbunden sind. Sie verkörpern auf der abstrakten Ebene alle eine bestimmte Geisteshaltung, stehen auf der autobiografischen Ebene aber - mit Ausnahme der Enters - für reale Gegner Karl Mays, mit denen es ihn zu einer literarischen Abrechnung trieb. "sie Alle seien dem Liebhaber von 'Schlüsselromanen' empfohlen", schreibt Arno Schmidt.[175] Wer verbirgt sich nun im einzelnen hinter den Figuren?

a) Das Komitee

Das Komitee setzt sich zunächst geschlossen für den Denkmalbau ein, d.h. für den falschen Winnetou. Später verbünden sich Paper und Evening mit den feindlichen Indianerhäuptlingen, die sogar nach dem Leben Shatterhands trachten, also eine besonders niederträchtige Rolle spielen, weil sie May nicht nur verkennen, seinen Winnetou aufs "Pantherhafte" festlegen wollen, sondern ihn - Shatterhand-May "kaputmachen"wollen.
So weit gehen die Intentionen von Simon Bell und Edward Summer nicht, sie verkennen nur den "wahren Karl May". Beide sind im Gegensatz zu den anderen Komiteemitgliedern Männer des Geistes, d.h. Professoren und - wie man dem Roman gleich zu Anfang entnehmen kann - May schon länger und zwar positiv bekannt.
"Die Namen der beiden Professoren, geborene Indianer, kannte ich. Sie hatten einen guten Klang." (15) Später, in der Nugget-tsil-Episode, schreibt May: "... ich gestehe auch gern ein, daß diese beiden Professoren bisher meine Hochachtung besaßen; gesehen hatte ich sie noch nie. Ich war also gern bereit, so höflich wie möglich zu sein und ihnen in jeder Weise entgegenzukommen ..." (218)
Shatterhand bezeichnet die beiden sogar als "hervorragende Männer der Wissenschaft", durch deren Begegnung er sich "geehrt" (218) fühle.
Simon Bell (Tscho-lo-let), der Vorsitzende, ist Professor der Philosophie, Edward Summer (Ti-iskama), der stellvertretende Vorsitzende, Professor der Klassikal-Philologie.
Viel mehr Anhaltspunkte für eine Entschlüsselung gibt es schon nicht mehr. Beide werden nur selten erwähnt, eine sichere Bestimmung ist von daher gar nicht möglich, wenngleich Schmidt wohl Recht hat, wenn er meint, daß auch bei Bell und Summer "je 1 Spielmann begraben liegen"[176] dürfte.
Die Bedeutung der indianischen Namen hat May sich auf einem Dispositionsblatt notiert gehabt. Tscho-lo-let heißt "schwarz".

Simon läßt sich zu Petrus erweitern, Bell ist die fürs Christentum bezeichnende Glocke. Aus dieser Kombination - Schwarz-Petrus-Glocke-Professor der Philosophie - folgert Koch, daß es sich bei Bell um einen Vertreter des Klerus, des Tendenzkatholizismus handeln müsse. Speziell denkt er dabei an Ansgar Pöllmann.[177] Gerhard Klußmeier hat nun zu Recht darauf hingewiesen, daß eine Spiegelung Pöllmanns in "Winnetou IV" mehr als unwahrscheinlich ist, da der Roman am 25.1.1910, als Pöllmann wieder in den aktiven Kreis der May-Kritiker eintrat, bereits weitgehend als Vorabdruck der "Augsburger Postzeitung" vorlag, Pöllmanns Berichte von 1901 aber "zu der Zeit schon längst nicht mehr im Gespräch"[178] waren. Damit wird auch Arno Schmidts "klassische Entschlüsselung"[179] Papers als Pöllmann unwahrscheinlich. Ganz negieren läßt sich eine Pöllmann-Spiegelung in "Winnetou IV" nicht, da seine Artikel von 1901 immerhin im Jahr 1906 im Sammelband "Rückständigkeiten" (ein recht zutreffender Titel übrigens) wiederveröffentlicht wurden und May also zu einer erneuten Auseinandersetzung motiviert haben könnten. Die Zurückhaltung Pöllmanns beim ersten Angriff von 1901 - er beschränkte sich hier noch auf eine literarische Kritik [180] - entspricht jedenfalls dem Nebenfigurencharakter Bells und seinem Eintreten für den - literarisch gesehen - falschen Winnetou. Eine Spiegelung des Franziskanermönchs Expeditus Schmidt, des Herausgebers von "Über den Wassern", der Zeitschrift, in der 1910 Pöllmanns Artikelserie "Ein Abenteurer und sein Werk" erschien - wie sie vermutet wurde [181] - ist dagegen zeitlich ausgeschlossen. Eine weitere Deutungsmöglichkeit ist die, daß May bei Bell noch einmal an den Benediktinerpater Willibrord Beßler gedacht hat, der in der katholischen Jugendzeitschrift "Stern der Jugend" (im Dezember 1903) unter anderem behauptet hatte, May sei infolge der "gegen ihn öffentlich erhobenen Angriffe ... in eine Irrenanstalt verbracht" [182] worden. Im Prozeß aufgrund der Beleidigungsklage Mays widerriefen Verlag, Redaktion und Verfasser die inkriminierten Worte; May veröffentlichte Beßlers Erklärung aber zunächst nicht, denn "... der Seckauer Benediktinerpater tat mir leid." [183] 1907 ging Hermann Cardauns wieder auf diesen Fall Beßler ein und fügte hinzu: "Veröffentlicht hat Hr. M. die Erklärungen meines Wissens nicht, sie sind mir erst nachträglich auf anderem Wege bekannt geworden. Auch wurde mir mitgeteilt, K. May habe auf die Veröffentlichung jeglicher Erklärung verzichtet." [184] Dies veranlaßte May, die Erklärung 1910 in seiner Selbstbiografie zu veröffentlichen, eine Verschlüsselung wäre zeitlich - in "Winnetou IV" also gut denkbar. Dafür spricht auch, daß Beßler sich - widerrechtlich - als Professor bezeichnete. Vor dem Kreisgericht Leoben "stellte sich heraus, daß er gar nicht das Recht besaß, den Professortitel zu führen."[186] Weder eine Spiegelung Beßlers noch eine Pöllmanns läßt sich bei der Konturenlosigkeit Simon Bells beweisen. Es ist nicht einmal gesagt, daß es sich bei Bell überhaupt um einen Vertreter des Klerus handelt. Die Merkmale Bells treffen weitgehend auch auf Hermann Cardauns zu, der ja der "Vorreiter der Anti-May-Kampagne"[187] war, sozusagen der "Vorsitzende". May schreibt im "Dankbaren Leser" zu Cardauns: "Auf den höchsten Punkt, den es hier in dieser Versammlung giebt, nur auf diesen hat er sich gestellt! Alle anderen standen oder saßen unter ihm!" [188] Und zu Simon, dem Apostel Petrus, passen Mays Worte in der gleichen Schrift: Cardauns "ging und sprach! Als was? Als Laienmissionar! Als Volksapostel!" [189] Als ebensolchen hatte Cardauns in seinen Vorträgen May tituliert. Laut May waren gerade diese Vorträge für den Absatz der frühen Werke förderlich, dienten also dem falschen Winnetou: "Der Laienmissionar hat die Wißbegierde auf das höchste angespannt und dabei die Phantasie so wenig befriedigt, daß seine Warnung geradezu zur Aufforderung, zur Empfehlung werden muß. Wer, um May auszumerzen, zum Volksapostolat greift, der sollte doch wenigstens einigermaßen Psychologe sein." [190]

Cardauns war zwar nicht Professor, trug aber den Doktortitel und war vor allem Hauptredakteur der "Kölnischen Volkszeitung", der "christlich katholischesten Zeitung des ganzen deutschen Reiches", der "journalistischen Personifikation des ganzen deutschen Katholizismus" [191], was wiederum zu den Namenseigentümlichkeiten Simon Bells paßt. Ist Simon Bell der "hyperultramontane Redaktionspapst, der sich einbildet, der Herr und Meister der ganzen katholischen Priester- und Laienschaft zu sein" [192] ? Dafür spräche neben dem "Apostel" und Cardauns' Katholizismus auch die nie ganz negative Beurteilung von Cardauns resp. Bell. Zollt Shatterhand-May Bell zunächst sogar Achtung, so schreibt er von dem Kölner Redakteur in seiner Biografie: Cardauns "steht ... eng vereint mit Leuten, zu denen er eigentlich nicht gehört." [193] (womit Lebius und Münchmeyer gemeint sind) und "Der unschädlichste und erfreulichste aber ist Herr Cardauns." [194] "Unschädlich", das

heißt auch, daß May ihm keine Größe zugesteht. Von den Professoren heißt es später, daß sie gegenüber Athabaska "von dieser seiner (Athabaskas) Größe ganz entschieden (abstachen)" (277)
Ob es sich bei Bell nun um Cardauns, Beßler oder auch Pöllmann (womöglich auch um einen gänzlich anderen) handelt, kann hier nicht entschieden werden, die genannten Überlegungen sollten aber Hinweise sein für spätere Untersuchungen, die vielleicht sogar von neuem Material ausgehen können.
Ähnlich problematisch wie bei Bell – der Konturlosigkeit wegen – ist auch eine Entschlüsselung Summers. In ihm, nicht in Bell, hat Ekkehard Koch Cardauns entdeckt [195]; dabei geht er von der Bedeutung des indianischen Namens Ti-iskama = Blatt aus, was eine Anspielung auf den "Zeitungsblatt"-Redakteur, den Journalismus überhaupt sein könnte. Für wenigstens ebenso denkbar – und in Verbindung mit der Deutung Bell=Cardauns für wahrscheinlicher – halte ich eine Spiegelung des Professors (!) und Doktors der Philosophie, Paul Schumann. Auch Schumann, in Klassikal-Philologie bewandert, war – wie Cardauns – Hauptredakteur eines "Blattes", zuständig für Kunst und Wissenschaft beim deutschnationalen "Dresdner Anzeiger", "Redakteur für Kunst und Wissenschaft ... eines Amtsblattes (!) hoher königlicher und städtischer Behörden" [196], wie May in seinem Brief vom November 1904 an Schumann schreibt, in dem er Schumann dessen Zusammenarbeit mit Cardauns vorwirft. Schumann führte nach eigener Aussage von Anfang an, besonders seit Mays Antwort auf die seltsame "Et in terra pax"-Kritik einer Marie Silling im "Dresdner Anzeiger" von 1904 [197] "gnadenlos und fanatisch den Kampf gegen Karl May" [198]. May achtete Schumann lange Zeit ebenso wie den Professor Summer im Roman. Im Brief heißt es etwa, daß er Schumann "im Besitze der nötigen Bildung, Selbstbeherrschung und Objektivität vermeinte" [199], ein Urteil, das May schließlich revidieren mußte. Die Verbindung Bell – Summer entspricht der von Cardauns und Schumann. Im Brief Mays an Schumann heißt es weiter: "Sonderbarer Weise empfehlen Sie, der protestantische Redakteur, die wüsten May-Hetzereien Ihres ultramontanen Antipoden Cardauns. Natürlich! May soll und muß ja kaput gemacht werden, und da greift man auf die alten, lächerlichen Münchmeyereien zurück." [200] "Ein hyperultramontaner Redakteur, bekannt als größter Hetzer seiner Zeit (Cardauns-Bell) – – – ein Dresdner, evangelischer Redakteur für Kunst und Wissenschaft, in dem be-

rühmten Kunstwarthause daheim (Schumann-Summer) - - - verbündet mit einander gegen Karl May - - - zum Nutz und Wohl, zum Segen und zum Frommen einer Kolportageverlagsbuchhandlung, wegen der man mich verachtet und verfolgt - - - !Fertig!" [201]
Auf eben diesen Brief an Schumann geht Cardauns 1907 wieder ein in seinem Artikel "Die Rettung des Herrn Karl May" [202], was May beim Schreiben von "Winnetou IV" noch frisch im Gedächtnis gewesen sein muß. Schon in der Selbstbiografie, die kurz nach "Winnetou IV" entstand, wird Schumann dagegen nicht mehr erwähnt.
Auch Bell und Summer sind in "Winnetou IV" nur Nebenfiguren, mit deren Charakterisierung sich May nicht viel Mühe gemacht hat, diese ist eigentlich gar nicht vorhanden. Wie wenig wichtig etwa Summer für May ist, zeigt die Tatsache, daß es ihm gar nicht aufgefallen zu sein scheint, daß noch ein weiterer Summer - der aus "Winnetou III" - zumindest namentlich eine Rolle im Roman spielt, was immerhin zu Mißverständnissen führen könnte.
Bell und Summer sind - literarische - Gegner, keine Feinde. So werden sie im Gegensatz zu Paper und Evening auch nicht aus dem Komitee "fortgejagt", sondern "entlassen" (425).
Charakterisiert May Bell und Summer kaum, so Paper und Evening um so stärker; Paper gerät geradezu zur Karikatur eines Menschen. Es scheint mir kein Zweifel daran zu bestehen, daß er für Rudolf Lebius steht und Evening für Oskar Gerlach.
Wie zeichnet May den Bankier und Kassierer Antonius Paper alias Okih-tschin-tscha (was in der Siouxsprache soviel wie "Mädchen" heißt, Vgl.215)?
"Er trug einen sehr eleganten Yankeeanzug mit einem sehr weißen und sehr hohen Kragen ... zu dieser Nase erschienen die wimpernlosen, zudringlichen Äuglein viel zu klein. Das Gesicht war schmal. Der Kopf glich einem Vogelkopfe, aber dieser Vogel war ganz gewiß kein kühner Adler, sondern nur ein monstreschnabliger Pfefferfresser." (212) Man vergleiche einmal diese Beschreibung mit der Fotografie des Rudolf Lebius [203] und man wird sehen, daß es sich hier um eine Karikatur handelt, gehässig, aber nicht allzusehr von der Realität dieses Gesichtes entfernt.
Der Name Paper verweist darauf, daß Lebius Redakteur verschiedener Zeitungen war.
Daß May Papers Vater Armenier sein läßt (Vgl.214), ist ein künstlerisches Mittel, ihn bereits von daher als neidisch, habsüchtig, bösartig, gemein zu charakterisieren, standen die Armenier doch

damals in diesem Ruf.

Wie Lebius`Vater Getreidegroßhändler war [205], so ist auch Papers Vater Händler.

Paper ist Bankier, der Kassierer des Komitees: ein Hinweis auf die schmutzigen Geschäfte des Lebius und auf die angebliche Erpressung, in der es um viel Geld ging. "Herr Rudolf Lebius ... dem ich 3000 bis 6000 Mark und dann sogar 10 000 Mark geben sollte, dafür wollte er mich in seinem Blatte loben und preisen." [206]

All dies sind nur Indizien und können alleine noch nicht die Identität Paper = Lebius beweisen.

Daß es sich mit großer Sicherheit um Lebius handelt, zeigt aber die erste Begegnung mit Paper am Nugget-tsil, bei der es sich eindeutig um eine verschlüsselte Darstellung des ersten Lebiusbesuchs (am 2.5.1904) bei May in der Villa Shatterhand handelt. Pappermann steht in dieser Szene für Max Dittrich, was aber wiederum nicht heißt, daß er dies grundsätzlich tut im Roman.

Er trägt lediglich einige Dittrich`sche Züge, steht funktional aber nur am Nugget-tsil für diesen, möglicherweise noch in Trinidad. [207] Auf Dittrich wies schon Arno Schmidt hin: "Max (Pappermann) ist sein Name, und sein halbes Gesicht von Pulverdampf gebläut: DITTRICH schimpfte sich nicht umsonst 'Kriegsschriftsteller'." [208] (Auch die blaue Gesichtshälfte dürfte also eine Doppelspiegelung sein, beim Traum-Schreiben entstanden.)

Eine Vergleichslesung der Nugget-tsil-Episode mit der Selbstbiografie zeigt die Verschlüsselung:

"Wir sind hier daheim. Wer unser Heim betritt, der hat höflichst zu grüßen und sich auszuweisen, wer er ist und was er will." (213)

Nicht der Nugget-tsil ist mit dem Heim eigentlich gemeint, sondern die Villa Shatterhand in Radebeul - doch vermutete ja so mancher von Mays Gegnern und Feinden - Lebius voran - "Goldkörnerberge" (=Nugget-tsil) dort.

"Er kam. Doch durfte er mich nicht interviewen. Ich duldete das nicht." [209] "Seine Stimme klang scharf und spitz. Leute mit solchen Stimmen pflegen gefühl- und rücksichtslos zu sein." (212)

"Mir und dem Herzle fiel es nicht ein, ihm Rede zu stehen ... so war es schließlich Pappermann, welcher das Wort ergriff." (212)

Lebius "sprach sehr viel; er sprach fast immerfort. Ich war absichtlich schweigsam. ... Ich traute ihm nicht und hatte, um später einen Schutzzeugen zu haben, zugleich mit ihm den Militärschriftsteller und Redakteur Max Dittrich eingeladen, der an meiner Stelle die Unterhaltung leitete." [210]

Indirekt drohte Lebius - laut May - schon bei seinem ersten Besuch mit der Veröffentlichung der "dunklen Punkte" in Mays Vergangenheit: "Jeder Mensch hat dunkle Punkte in seinem Charakter und in seinem Leben. Das muß man klug und heimlich zu erfahren suchen. ... Und ist es erforscht, so hat man gewonnenes Spiel." [211]

Lebius wollte May zunächst für sein Blatt gewinnen, kam dann auf die Idee, Max Dittrichs May-Broschüre [212] in Verlag nehmen zu wollen und suchte May schließlich, als der auf nichts einging, mit Hilfe einer anonymen Drohung zu erpressen.

Auch Paper droht, als sein Wille nicht befolgt wird.

Lebius wird in Radebeul bestimmt aufgetreten sein, da er unter Gelddruck stand, unter Zwang also - er wird diesen inneren Zwang abgestritten haben. Und er wird auf Mays Entscheidung bestanden haben. Pappermann-Dittrich: "Ihr müßt das wissen? Ihr müßt? Ah, wirklich? Wer zwingt Euch dazu?" (212) Paper-Lebius: "Von einem Zwang ist keine Rede. Ich will!" (212f.) Pappermann-Dittrich: "Ah, Ihr wollt! Das ist freilich etwas anderes! Nun, so wollt einmal! Bin neugierig, wie weit Ihr es mit Eurem Willen bringt!" (213) Paper-Lebius: "Genauso weit, wie ich eben will! Wenn es Euch etwa beliebt, mir mit Albernheiten zu antworten, so haben wir die Mittel in den Händen (nämlich seine Zeitung und gewisse Informationen), Euch zu zwingen, ernst zu sein!" (213)

"Der Versuch dieses Mannes, uns zu imponieren, geschah in der Weise eines ganz gewöhnlichen, unvorsichtigen Menschen, der so von seinen eigenen Vorzügen überzeugt ist, daß er garnicht daran denkt, andere könnten darüber lachen." [213]

Pappermann schüchtert Paper ein, Max Dittrich "(brauste) einige Male zornig auf" [214]- doch wird Dittrich sich nicht ganz so verausgabt haben wie Pappermann: "Wer hierher kommt und uns ... zwingen will, uns aushorchen zu lassen, wie es ihm beliebt, der ist erstens ein ungezogener Mensch und zweitens ein Schafskopf sondergleichen." (213) So mag May sich aber im Nachhinein die erste Begegnung mit Lebius gewünscht haben.

Als Paper-Lebius gegangen ist, denkt Shatterhand-May: "Nun ich ihn heut zum ersten Mal sah (brieflich kannte May Lebius ja schon vor der ersten Begegnung), war der Eindruck, den er auf mich machte, kein günstiger. Das Herzle dachte ebenso." (215)

Obwohl May auch in der Folgezeit - nach dessen erstem Besuch -

Lebius immer wieder abwies, blieb der hartnäckig. "Ich antwortete nicht. Ich war der Ansicht, daß jemand, der Ehre besitzt, auf ein solches Schweigen nicht weitergehen könne. ... Aber (er) (schrieb) trotzdem wieder." [215] "Mr. Antonius Paper oder vielmehr Mr. Okih-tschin-tscha schien eine dicke Haut zu besitzen, durch welche Strafreden, wie die soeben angehörte, nicht zu dringen vermochten. Er tat, als ob nicht das geringste vorgefallen sei, und ergriff sofort wieder das große Wort ..." (216)
May schreibt in der Biografie, zu Lebius` erstem Besuch und dessen Geschäfts- und Lebensgrundsätzen: "...ich aber ging hinaus, um den Ekel zu verwinden!" [216] Wenngleich Arno Schmidt in Paper Pöllmann sieht, schreibt er "S.311ff (Fehsenfeld) räumt OS, gewissermaßen aus Ekel, dem 'Kassierer' den Lagerplatz." [217] Hier wird die Bedeutung des Kassierers noch deutlicher : Lebius wollte ja bei seinem ersten Besuch schon "kassieren".
Die Artikel des Lebius verstand May als "Racheartikel" [218], weil er ihm kein Geld gegeben hatte. In "Winnetou IV" heißt es, "daß der Kassierer Antonius Paper bemüht gewesen war, sich um die Hand der Tochter (= Mays Mitarbeit, Geld-Darlehen, Broschüre) bewerben zu dürfen. Man hatte ihn rundweg abgewiesen, und nun benutzte er jede Gelegenheit, hierfür in seiner ihm eigenen Weise Rache zu nehmen." (225)
Ein anderer Beleg für die Gleichung Paper=Lebius:"'Hier wird geküßt!' hörte man eine scharfe, spitze Stimme erklingen" (216), nämlich Papers. An anderem Ort schreibt May: "Was er (Brant-Sero) über das Küssen sagt, klingt ganz wie Lebius." [219] Fürwahr.
Später verbündet sich Paper mit den feindlichen Häuptlingen, die - wie noch zu zeigen - für Münchmeyer-Fischer stehen. Er arbeitet als Spion und Verräter für sie; "... für diese seine Mitwirkung war ihm ein bedeutender Anteil an der Beute, über dessen Höhe man nicht sprach, verheißen worden." (260) May schreibt in seiner Biografie, "daß Lebius die Ausführung des Münchmeyerschen Programms, mich durch meine Vorstrafen 'in den Zeitungen vor ganz Deutschland kaput zu machen', übernommen hatte." [220]
Zunächst gab Lebius sich als Anhänger Mays aus, ebenso wie Paper als Komiteemitglied nach außen hin vorgibt,für das - wenn auch falsche - Winnetou-Bild einzutreten. Im ersten Brief an May bezeichnete Lebius sich "in ganz überschwänglicher Weise als einen großen Kenner und Bewunderer meiner Werke." [221] Ebenso wie Paper sich dann mit den Häuptlingen verbündet, verband Lebius sich schließlich mit den Münchmeyers.

Als Paper Shatterhand einen "Halunken" nennt - Lebius nannte May noch ganz anders - wirft der ihn in den Fluß (Vgl.267); am Mount Winnetou wird Paper gar "über den Haufen geritten" (Vgl.312) und schließlich zusammen mit Evening fortgejagt (Vgl.425). Die Wunschträume, Lebius loszuwerden, realisiert May auf dem Papier - mit spürbarer Genugtuung.

Ein hervorragendes Stück logischer Ironie verdient hier besondere Beachtung. Auf die Mordanklage des Antonius Paper (= auf die Klage des Lebius) hin läßt May Athabaska an Richters Stelle fragen:"'Solltet Ihr etwa ertrinken?' 'Ja, gewiß!' antwortete er. 'Seid Ihr denn ertrunken?' 'Nein!' 'Mr. Burton tut gewiß nichts ohne Grund. Geht also hin und springt wieder hinein, und wenn Ihr dann ertrinkt, so seid Ihr quitt mit ihm!'" (276) Hätte May einen solchen Richter gefunden!

Bezeichnend für Mays Verschlüsselungstechnik ist die Stelle, an der die beiden Enters die eigentlichen Absichten Papers ihnen gegenüber durchschauen. Da heißt es: "Wir richteten alles an ihn aus, was uns von Kiktahan Schonka anvertraut worden war. Er tat, als sei er unser allerbester Freund. ... da erfuhren wir, daß er der größte Schuft ist, den es geben kann. Denkt Euch ... wir beide sollen von Kiktahan Schonka, Paper und Evening ausgenutzt werden, ohne etwas dafür zu bekommen. Ja, noch schlimmer: Wenn man uns nicht mehr braucht, sollen wir auf die Seite geschafft werden und verschwinden." (356) Daß es hier die beiden Enters sind, die betrogen werden sollen, ist für eine Deutung irreführend. Sie werden nur funktional verwandt, um May bestimmte Aussagen über Paper-Lebius zu erlauben, personal kommt ihnen hier keine Bedeutung zu. Wichtig ist also nicht, daß sie betrogen werden, sondern, daß Paper betrügt. Funktional stehen die Enters hier für Emma Pollmer, wie wieder ein Vergleich mit der Biografie zeigt. Emma "richtete alles an ihn (Lebius) aus, was (ihr von und über May) anvertraut worden war", weil Lebius ihr "eine Rente für das ganze Leben von monatlich 100 Mark" versprach, was "nichts als Spiegelfechterei" [222] war. Sie sollte "ausgenutzt werden, ohne etwas dafür zu bekommen." Hier stehen Kiktahan Schonka, Paper und Evening sowohl personal wie funktional für Münchmeyer, Lebius und Gerlach.

Man kann also zwischen funktionalen und personalen Spiegelungen trennen; ihre jeweilige Benutzung durch May war wohl bedingt durch die Möglichkeiten der Einordnung in das Gesamtgefüge des Romans. So scheint es hier für May nicht möglich gewesen zu sein, eine personale Projektion Emma Pollmers einzuführen, weil der Roman schon zu weit fortgeschritten war, um eine neue Figur einzuführen - vielleicht lehnte May es aber auch prinzipiell ab, seiner ehemaligen Frau nach der Pekala-Spiegelung im "Silberlöwen", wo er mit ihr ins Gericht ging, noch ein weiteres Mal eine Rolle in einem seiner "eigentlichen Werke" zuzuschreiben, sei es auch eine negative. Außerhalb dieser Werke beschäftigte May sich in seinen letzten Jahren intensiv mit Emma: 1908 schrieb er eine psychologische Studie "Emma Pollmer" [223] und auch noch in der Selbstbiografie wird ihr viel Raum gewährt.

Ähnlich gesichert wie die Spiegelung Paper-Lebius scheint mir die des Agenten und Schriftführers des Komitees, William Evening, als Oskar Gerlach. Allerdings ist mir die Bedeutung des indianischen Namens Pe-widah nicht bekannt.
Evening nennt sich "Agent für alles möglich" (218), also Vermittler und Vertreter, was ja ein Anwalt auch ist; zudem beinhaltet "Agent" auch noch Spion und schließlich kommt es vom lateinischen Agens = Triebkraft, wirkender Körper, von dem es nicht mehr weit ist zum Spiritus rector, als welchen May Gerlach bezeichnet: "... der Spiritus rector, der eigentliche Täter, blieb stets schlau hinter dem Busch; er zeigte sich nie; er wirkte stets durch Andere." [224] Auch Evening wirkt durch Paper. Er ist Agent für alles wie Gerlach Anwalt für alle Gegner und Feinde Mays. Gerlach war nicht nur "der Rechtsanwalt der Kolporteuse Münchmeyer" [225] (=Evenings Verbindung zu den Häuptlingen), sondern "steht mit allen meinen literarischen Gegnern in inniger Beziehung" [226] (=Evenings Verbindung mit den beiden Professoren, möglicherweise Cardauns und Schumann), insbesondere mit Lebius: "Um meine Leser klar sehen zu lassen, ist ... zu konstatieren, daß der Münchmeyersche Rechtsanwalt Dr. Gerlach auch sein (Lebius`) Rechtsanwalt ist und daß Beide einander gegenseitig die weitgehendste Hilfe und Unterstützung leisten." [227] So unterstützt auch Evening Paper, als er sich am Nugget-tsil vor Paper stellt (Vgl.218), ihn vor Shatterhand warnt (Vgl.267) und wenigstens verbal vor dem Ertrinken bewahrt:"Holt ihn heraus!","Laßt ihn nicht ertrinken!" (267) So im Hintergrund, wie May Gerlach in der Biografie sieht, steht Evening im Roman, und die Charakteristik des Agenten - "rücksichtslos, höflich, dabei gemein, mit allen Wassern gewaschen" [228] - paßt zu dem Bild, das May von Gerlach hat.

Es kann also als sehr wahrscheinlich gelten, daß es sich bei dem "Agenten für alles mögliche" um den "Münchmeyersche(n) Advokaten" handelt, "der alles und alle dirigiert" [229]. Eine Identität Evenings mit Avenarius, wie Arno Schmidt sie für "einwandfrei" [230] hält, ist dagegen schon allein von daher nur schwer denkbar, daß May Avenarius trotz einiger Anfeindungen bis zuletzt für einen "sonst ganz achtbaren und humanen Kritiker" [231] hielt.
Beim Komitee handelt es sich also um eine Spiegelung der Verbindung von Mays literarischen Gegnern (den Professoren) mit Lebius und Gerlach, die May "kaput machen" wollen, also das gleiche Ziel verfolgen wie die feindlichen Häuptlinge, die Münchmeyers, für die sie insgeheim arbeiten. Die Professoren bilden dabei nur das "literarische Komitee", das den Denkmalbau überwachen will und sich damit "anmaßt, ein Urteil über den 'Winnetou' zu fällen." [232] Den wahren Karl May, den Hakawati verstehen sie nicht. Riedemann formuliert es - ohne allerdings Paper und Evening auszunehmen - so: "Sie bauten insofern am 'falschen Winnetou-Bild' mit, als sie May einseitig auf Schundschriftsteller festlegten, ihm Jugendgefährdung bescheinigten und damit die eigentliche Botschaft bzw. die symbolischen Spätwerke unterdrückten." [233]

Ebenfalls für den "falschen Winnetou", den "falschen Karl May", setzt sich der jetzige Partikulier, Privatmann und einstige Westmann Old Surehand ein, der Direktor des Komitees, der eine Spiegelung Fehsenfelds sein dürfte. Die Deutung Ekkehard Kochs scheint mir da sehr treffend, weshalb sie zitiert sei: "Old Surehand besitzt ein Pferdegestüt und eine Zucht, also einen Verlag, wenn man die Gleichung Pferde/Bücher setzt. Fehsenfeld hatte wohl anfänglich hinsichtlich Mays nur Gutes im Sinn, aber es ging ihm vor allem um das Geschäft, und dem Spätwerk stand er skeptisch gegenüber, für ihn ist der 'Winnetou' der Abenteuererzählung der einzig mögliche. So baut er mit am falschen 'Winnetou-Bild'. Die Parallele zu Old Surehands Verhalten liegt auf der Hand. Trefflich scheint mir auch, daß May einem Prototyp seiner Abenteuererzählungen, nämlich Old Surehand, die Züge seines Verlegers verleiht, der die Reiseerzählungen groß herausgebracht hat. Während sich in der Wirklichkeit die ehemaligen Freunde May und Fehsenfeld immer mehr entzweien, wird im Buch der drohende Bruch vermieden, und Old Surehand kommt zur Einsicht." [234]
Dem ist nur wenig hinzuzufügen, im Detail etwa, daß die Pferde,

die Shatterhand von den "Künstlern" gewinnt und die als Mays Reiseerzählungen interpretiert wurden, aus Surehands Stall stammen, also aus dem Verlag Fehsenfeld,und für Shatterhand bereitgestellt waren, also ihm - als Autor - gehören.
Als Klara das Winnetou-Denkmal vor dem Schleierfall sieht, der auf der Autobiografischen Ebene II für die Botschaft Mays, sein Spätwerk stehen dürfte, klagt sie -"So ein formloses Menschenwerk grad vor so ein Gotteswunder zu stellen! Wer ist der Mann, der das ersonnen hat?" (287f.) - und erfährt dann, daß es u.a. auf Surehands Idee zurückgeht. Fehsenfeld gab der Reiseerzählung die Vorrangstellung vor dem Spätwerk.
Das Drängen Surehands und Apanatschkas, sich zwischen ihnen und Tatellah-Satah zu entscheiden (Vgl.314) steht wohl für eine Entscheidung zwischen Abenteuererzählung und Symbolroman, zu der Fehsenfeld May gedrängt haben wird, worauf der aber so wenig einging wie Old Shatterhand: "Wer nicht will, der muß!" (314)
Zum Geschäftssinn Fehsenfelds: "Old Surehand und Apanatschka waren nicht mehr die ... , als die ich sie vor Zeiten kennengelernt hatte. Sie waren infolge ihrer Reichtümer und weit verzweigten Geschäftsverbindungen hoch über ihre früheren Anschauungen und Verhältnisse hinausgewachsen. ... Sie wollten mit ihrem Projekt ein 'Geschäft' machen ..." (302)
Apanatschka, der Bruder Surehands, geht in die Fehsenfeld-Spiegelung mit ein, beide sind nicht gegeneinander charakterisiert, sie sind wie zwei Schatten einer Person.
Daß es Shatterhand besonders wichtig ist, gerade Surehand resp. Apanatschka für den wahren Winnetou, den des Testaments, zu gewinnen, hängt damit zusammen, daß May sein Spätwerk trotz allem weiter bei Fehsenfeld drucken lassen wollte, allerdings ohne daß der sich stets "nur unter Druck zum Druck" [235] bewegen lassen sollte. Surehand und Apanatschka wiederum wollen Shatterhand von ihrem Winnetou-Bild überzeugen - Fehsenfeld konnte sich nur den "pantherhaften" Winnetou finanziell ertragreich denken (womit er natürlich und leider Recht hatte). Die schließlichen Lobeshymnen Surehands und Apanatschkas gelten nicht nur dem wahren Winnetou, sondern - Wirkungswunschtraum Karl Mays überhaupt - auch dem Autor: "... er war größer, viel größer, als wir alle! Viel größer, als wir dachten!""Und ist darauf noch größer und größer geworden, ohne daß wir es bemerkten!" (392) Surehand und Apanatschka - Fehsenfeld, wie May sich ihn erhoffte - bereuen

es, den eigentlichen Karl May nicht verstanden zu haben und sich gegen ihn und sein Spätwerk, den eigentlichen Winnetou des Testaments, gestellt zu haben: "Wir bereuen es sehr. ... Wir sind gern bereit, es wieder gut zu machen. Das mit dem Riesendenkmal (= die Herausstellung des Abenteuer-May) war kein sehr geistreicher Gedanke von uns. Eure Vorlesungen haben da viel und tief gewirkt." (417) In der Realität kam Fehsenfeld bis zuletzt nicht "zur Einsicht", da halfen auch Mays öffentliche und intime Vorträge nichts.

b) Die feindlichen Häuptlinge

Die erbitterten Feinde Shatterhands sind die vier Häuptlinge Tangua, To-kei-chun, Tusahga Saritsch und Kiktahan Schonka. Sie stehen sicher für Fischer-Münchmeyers, die Kolportage, doch ist eine personale Entschlüsselung nur sehr bedingt möglich. Dafür, daß es sich um die Kolportage handelt, sprechen aber eine ganze Reihe von Hinweisen. Zunächst sind die Häuptlinge gegen den Denkmalbau, denn sie wollen ihr Gold nicht verlieren: "Ein Denkmal von purem, glänzendem Gold! ... Aus all den Bonanzen, Lagern und Nuggetverstecken, die man den Bleichgesichtern ... so sorgfältig verheimlicht habe! Da käme das Gold ja viele, viele Zentner schwer zusammen! Für diesen einen verächtlichen Menschen, den man nie anders genannt habe als nur den Hund ..." (146) Bei dem Gold könnte es sich um die "feinen Gratifikationen" handeln, die Münchmeyer May versprach, ihm dann aber vorenthielt; eine Beleidigung wie "Hund" ist fast charakteristisch für das Prozeßverhältnis zwischen Münchmeyer und May - auch May selbst war bei seinen prozessualen Attacken nicht immer sehr zimperlich, er gab mit gleichem Maß zurück und so gibt er auch in "Winnetou IV" den Beleidigern den "Hund" als ihren Namen zurück: ein schwarzer und ein wachender Hund verbünden sich an der Teufelskanzel gegen Shatterhand-May, verkünden ein Programm - "Er kommt an den Marterpfahl..." (148)("An Marterpfahl und Pranger" - so dachte May zuerst, seine Biografie zu betiteln). Dabei rechnen sie mit Shatterhands Vergangenheit, mit seinem Alter: "Wie würde man jubeln, wenn dem Hochbetagten jetzt nun geschähe, was er in der Jugend so oft vereitelt hat!" (116) Die Häuptlinge bedienen sich "der Mittel der Vergangenheit". [236] Nach Mays Selbstbiografie lautete das Münchmeyer-"Programm" gegen ihn: "May ist vorbestraft. ... Wir haben ihn in der Hand. ... Wenn er uns verklagt, so machen

wir ihn durch die Veröffentlichung seiner Vorstrafen in allen Zeitungen durch ganz Deutschland kaput." [237]
Die letztliche Versöhnung mit den Häuptlingen ist die optimistische und visionäre Wunschvorstellung Mays, es könnte noch zu einem Ausgleich zwischen ihm und der "Dame Münchmeyer" [238] und ihrem Anhang kommen.
Auf die Verbindung von Paper und Evening mit den Häuptlingen wurde bereits eingegangen, sie entspricht der von Lebius und Gerlach mit Münchmeyers.
Daß der Sohn Tanguas, Pida, freundschaftlich heimlich zu Shatterhand hält, hat eine Parallele im Verhalten der Fischer-Erben, die "klarer" als Fischer sahen und "ruhigen, unbefangenen Gemütes" [239] waren. Daraus läßt sich allerdings nicht folgern, daß Tangua Fischer ist. Dafür käme eher Tusahga Saritsch in Frage, "der sich damals nur notgedrungen mit uns aussöhnte, jetzt aber, wo er am Rande des Grabes stand, wieder zu unseren Feinden gehörte." (143)
Zum Vergleich mit Fischer schreibt May ja: "...als wir ihn (den Vergleich) unterschrieben, war ich überzeugt, daß aller Streit gehoben sei." [240] Fischer konnte seinen Teil des Vergleichs nicht erfüllen (die Beschaffung der Originalmanuskripte der Münchmeyer-Romane), woraufhin May dann auch nicht zur vereinbarten Gegenleistung - Autor bei Fischer zu werden - bereit war. [241]
"Daraus ergab sich ein neuer Zwist und ein neues Kämpfen, welches sich über seinen Tod hinaus erstreckte und erst von seinen Erben zum friedlichen Ende geführt worden ist." [242]
Eine Spiegelung Heinrich Gotthold Münchmeyers als Tangua ist denkbar. Der Kiowahäuptling ist Shatterhands ältester Gegner, so wie May in H.G. Münchmeyer seinen ältesten Widerpart sah. Münchmeyer starb schon 1892. "Ich habe ... nichts in dein Grab zu legen ..." (385)
Wahrscheinlich ist es aber so, daß die Häuptlinge nur funktional für Fischer-Münchmeyer stehen, für das, was May die "Münchmeyerei" nennt. [243]
Die einzige nähere Beschreibung gibt May von Kiktahan Schonka, dem "1 einzigen, ganz neu auftretenden, ... schändlich konterfeiten, roten Häuptlingsfeind" [244], mit dem es besondere Bewandnis haben mag. [245] Die Perücke, "aus lauter Skalpen zusammengesetzt" (145), läßt an eine Frau denken, die Sonderstellung des Alten nähert sich der Sonderstellung der Frau: "Man breitete

für ihn einige weiche Decken ... aus." (144)"Hinter ihm wurden einige Pfähle eingeschlagen, damit er sich daran lehnen möge."(144) Handelt es sich also bei Kiktahan Schonka um Ida Pauline Münchmeyer? Jedenfalls nicht um eine Karikatur, die ja Ähnlichkeit besitzen muß, so wie bei Lebius-Paper, sondern um eine zum Bildnis gewordene Beschimpfung, die einem uferlosen Haß entströmt sein muß. Die Beschreibung als "sehr alter, sehr langer und sehr hagerer Häuptling" (143), "übermächtig lang und schmal und dünn" (144), schließt nicht aus, daß es sich hier um Pauline Münchmeyer handelt, auch wenn diese - wie ein Foto zeigt [246] - eher Ähnlichkeiten mit der Grass`schen Urmutter Aua aufwies.
Die Charakteristik des Hageren gehört für May dem Feigen oder Bösen an, ähnlich wie die seltsam unnormalen Nasen bei Mays Negativfiguren, die tiefliegenden Augen u.ä. (man sollte das allerdings nicht mit stereotypem Rassismus verwechseln) Auch Paper ist hager, riesennasig und mit "zudringlichen Äuglein" (212) bewaffnet. Kiktahan Schonka besitzt "eine fürchterlich hervorstehende, sehr schmale und, fast möchte ich sagen, messerscharfe Nase, einen außerordentlich breiten Mund mit gar keinen Lippen, tief in ihren Höhlen liegende Augen..." (145) Eine solche Beschreibung ist haßgeboren - ähnlich wie die frühen Grafiken von George Grosz - aber nicht auf einen Typus gerichtet, wie bei Grosz, sondern auf einen individuellen Menschen, wahrscheinlich Pauline Münchmeyer.
Daß die Häuptlinge später zusammen mit dem Komitee für das Winnetou-Denkmal eintreten, ist eine Inkonsequenz der Fabel, die möglicherweise daher rührt, daß May meinte, auf der Handlungsebene nur so das Bündnis zwischen den Häuptlingen und dem Komitee plausibel machen zu können. Der Fabel schadet diese Inkonsequenz entschieden, zumal May sie nicht einmal begründet, sie aber den Häuptlingen vorwirft - er war sich dieses Fehlers in der Handlungsführung also bewußt. Auf der abstrakten Ebene kann diese Inkonsequenz allerdings weitgehend aufgelöst werden [247], sodaß sie sich möglicherweise auch aus der abstrakten Bedeutungsintention ergab.

c) Die Enters

Es ist gelegentlich versucht worden, auch die beiden Enters als Spiegelungen May`scher Gegner zu interpretieren. Dies geht auf eine Bemerkung Hans Wollschlägers zurück, in der er in Hariman Kahl und in Sebulon Lebius vermutete, ohne diese These aber selbst zu belegen: "... die Namen der beiden scheinen ebenfalls

dann in den IV. 'Winnetou' eingegangen zu sein: Friedrich Kahl in Hariman F. - und in Sebulon L. ein nebulöser Rudolf Lebius."[248] Ekkehard Koch schloß sich dem an und begründete seine These: "Kahl, nichts weiter als ein 'Strohmann', hatte seinen Namen für die Broschüre 'Karl May - ein Verderber der deutschen Jugend' (1908) hergegeben, deren Urheber Mays größter Feind Lebius war. Als May gegen Kahl, Lebius und den Verlag klagte, 'rückte Kahl sofort sowohl von der Broschüre wie auch von Lebius ab.' Die Ähnlichkeit zu Harimans Verhalten liegt auf der Hand. Es spricht aber noch mehr für die Beziehung zwischen Kahl/Lebius und den Brüdern Enters, vor allem zwischen Lebius und Sebulon L. Der Vater Sebulons ist Santer, ist also Tom Muddy, jene dunkle Gestalt in Mays Bewußtsein, der seine 'Anima' das 'Brandmal' verdankt - nur wegen dieses Brandmals ist es Lebius möglich, Karl May in der Weise zu schaden, wie er es tat." [249]
Dieser Interpretation kann ich nicht zustimmen, die "Ähnlichkeit" im Verhalten scheint mir weithergeholt und - wenn überhaupt - rein zufällig; Kochs Beweisführung ermangelt Zitate aus dem Roman, die sie allein stützen könnten. Solche Zitate nennt dann später Kai Riedemann - von Kochs Thesen ausgehend -, erweitert aber die Interpretation dann auch gleich auf Mays Gegner überhaupt. Auch seine Deutung scheint mir nicht schlüssig, etwa wenn er Harimans Ehrlichkeit nur als ehrlich "aus seiner Sicht" [250] versteht und ihn in die "Karl-May-Hetze" integriert, was hier nur beispielhaft genannt sei.
Tatsächlich - so scheint mir - gibt es nur wenige Stellen im Roman, die eine biografische Deutung der Enters-Brüder zulassen - so etwa das "buchhändlerische Gespräch" mit Hariman zu Anfang des Romans. Diese möglicherweise biografischen Einsprengsel scheinen mir bedeutungslos zu sein, entstanden aus der Selbstverständlichkeit, daß jeder Autor auch seine fiktiven Figuren aus Elementen seiner realen Umwelterfahrung schafft, ohne daß sie immer Einzelpersonen oder bei Handlungsteilen Einzelsituationen der Realität wiedergeben müßten.
Die eminente Bedeutung der Enters liegt nicht im Biografischen, sondern auf der abstrakt-weltanschaulichen Ebene, wo sie die gleiche Funktion haben wie der Mir von Ardistan aus dem Großwerk "Ardistan und Dschinnistan": Aufzeigen der utopischen menschlichen Entwicklung vom Gewalt- oder Animamenschen zum Edelmenschen durch Läuterung, Katharsis, wobei das besondere

Verbindungselement zwischen dem Mir und den Enters noch der Gedanke der Erbsünde ist. Diese Funktion gewinnen die Enters nicht erst "im Laufe der Handlung" [251], sondern May hat sie von Anfang an dahingehend konzipiert: noch bevor Hariman überhaupt aufgetreten ist, wird der Leser bereits über den sich vererbenden Zwang zum Selbstmord informiert, d.h. über die Erbsünde, die auf den Enters lastet. Darauf wird später noch ausführlich eingegangen werden. [252]

8. Weitere biografische Figuren

Neben ihrer primären Bedeutung auf der abstrakten Ebene haben noch einige weitere Figuren biografische Relevanz.
Der Junge Adler wurde bereits als der Aviatiker May erkannt, als welchen May sich im Alter mehrfach bezeichnete: "Ich fahre nicht Rad und nicht Automobil, sondern ich bin Aviatiker." [253] "Wir sind unser nur wenige; unsere Zahl ist gering. Ich war unter uns der Erste, der es wagte abseits zu gehen und zu versuchen, ob es nicht vielleicht möglich sei, trotz der angeborenen Schwere emporzukommen... Ich versuchte, übte und baute. Als ich ihn fertig hatte, meinen ersten Aeroplan, und ich ihn prüfte, bewährte er sich sofort. Ich nannte ihn 'Reiseerzählung' und flog mit ihm über Länder und Meere, über Wüsten, über Sümpfe, über alles, was Andere, die nicht zu fliegen wagen, hindert, dem Entwicklungsgesetz und dem Zuge der Zeit zu folgen." [254]
In seiner Wiener Rede bezeichnet May sich als "Schüler von Winnetou" [255], Winnetous Schüler in "Winnetou IV" aber ist - der Junge Adler. Auch in der Rede spricht er vom "geistigen Flug", daß man die Geisterschmiede nur dann vermeiden kann, "wenn man - - - fliegt. Der Ort, an dem der Flug zu beginnen hat, ist ein hoher Berg. ...Mount Winnetou." [256] Nur auf der "Höhe des Menschentums" wird der "geistige Flug" möglich. Auf eben dieser Höhe sah sich May nach einer langen Lebensreise "durch die Prärie" [257] angekommen. Tragisch ist, daß May dann schließlich kurz vor seinem Tod doch noch resignieren mußte: "Ich habe Aviatiker sein und Märdistan mit seiner Geisterschmiede überfliegen wollen. Meine Phantasie gab mir den Mut und die Kraft dazu. Aber ich rechnete auf die Menschlichkeit der Menschen, und das war - - falsch!" [258]
Daß May sagt, der Flug müsse an einem "hohen Berg" beginnen, gleichzeitig aber behauptet, schon früh den ersten Aeroplan gebaut zu haben [259], ist ein Widerspruch, der sich nur dann

auflöst, wenn man impliziert - May sagt es selbst nicht - daß es sich beim ersten Flug um einen "Tiefflug", möglicherweise sogar einen mißlungenen handelte. "Ich habe Fehler gemacht." [260]

Tatellah-Satah ist die nach Amerika übersetzte Marah Durimeh, auch bei ihm wird es sich biografisch also um eine Reverenz vor Mays Großmutter handeln, die ihm das Märchen von Sitara schenkte: "Da entstand in mir meine Marah Durimeh, die große, herrliche Menschheitsseele, der ich die Gestalt meiner geliebten Großmutter gab." [261] Beim ersten Auftritt Tatellah-Satahs stellt Klara sofort die große Ähnlichkeit, Fast-Identität mit Marah Durimeh fest: "'Marah Durimeh!' flüsterte das Herzle mir zu. Sie hatte Recht. Genauso trug auch meine alte, herrliche, meinen Lesern wohlbekannte Marah Durimeh ihr Haar. Auch seine Gesichtszüge waren den ihren derart ähnlich, daß es mich beinahe erstaunte. ... Und als er zu sprechen begann, erschrak ich fast. Es überlief mich kalt. Seine Stimme war unbedingt die Marah Durimehs, so voll, so tief, so wirkungsstark, ein klein wenig männlicher gefärbt, aber doch genau dieselbe!" (282) In der Biografie heißt es, daß mit Marah Durimeh, in der Gestalt der Großmutter, zugleich auch Tatellah-Satah entstand: "Da tauchte zum ersten Male mein Tatellah-Satah in mir auf, jener geheimnisvolle 'Bewahrer der großen Medizin'..." [262] Die Identität Tatellah-Satah-Großmutter ist im wesentlichen personal, doch hat Riedemann auf eine Stelle hingewiesen [263], in der sie auch funktional gesehen werden kann: Old Shatterhand wird zum "Werkzeug" Tatellah-Satahs, der Menschheitsseele -"'Ich brauche dein Auge; ich brauche dein Ohr; ich brauche deine Hand; ich brauche dein Herz. Wenn du mir das gibst, so werde ich siegen!' Da reichte ich ihm die Hand und antwortete: 'Hier Auge und Ohr, hier Hand und Herz. Ich bin dein!'" (288f.) Ebenso versprach May der Großmutter: "Großmutter, ich will Hakawati werden. Ich will von Dschinnistan erzählen!" [264]

In den beiden Künstlern Young Surehand und Young Apanatschka vermutet Koch weitere Ich-Projektionen des Autors, ausgehend davon, daß auch er Surehand und Apanatschka für eine Spiegelung von Mays Verlegern, insbesondere Fehsenfeld, hält: "Als Kinder von Old Surehand/Apanatschka mögen die beiden in der autobiografischen Ebene eine weitere Selbstdarstellung Mays sein: der May, der die Reiseerzählungen schrieb ... und dabei - wie May wohl spürte - auch ein 'Kind' der Verlage war, für die er arbeitete. Die Kunst der 'Young-Männer' ist noch oberflächlich. Erst in Verbindung mit dem Herzle, der Seele, dem 'jungen Adler' und dem Schriftsteller wandelt sich ihr Sinn." [265]

Diesen Ausführungen kann ich mich nicht anschließen. Es ist durchaus nicht so, daß May seine Figuren auf der Autobiografischen Ebene II bis in die jeweiligen Verwandtschaftsverhältnisse immer richtig durchkonstruierte. Dagegen schließe ich mich der Meinung Riedemanns an, der in den beiden "Young-Männern" "einige Freunde und Verehrer" sieht, "die in ihm (in May) ... nur den begabten Abenteuererzähler sahen und ihn auch als solchen bewunderten." [266] Für eine solche Deutung gibt es mehrere Hinweise im Text: "Ich hatte meine Freude an ihnen, und zwar nicht allein deshalb, weil sie meinen unvergleichlichen Winnetou fast als einen Halbgott verehrten." (14) "... die beiden Söhne nennen mich ihren Freund." (269) Doch sie haben "Winnetou niemals verstanden und begriffen" (310), "die Auffassung ist falsch. Es ist eine Sünde, eine ungeheure Sünde! Wie man Winnetou so etwas antun konnte, das begreife ich nicht!" (311) Im Roman gelingt es Shatterhand-May, die beiden Künstler-Verehrer vom Vorrang des Edelmenschen Winnetou, des richtigen, festgehalten im Testament und im Sascha Schneider-Bild, gegenüber ihrem steinernen Idol, der "rein äußerlichen Winnetou-Apotheose" (345), zu überzeugen; in der Realität bauen die meisten May-Leser noch heute am "Riesenbild" des falschen Winnetou. Mays Siegesüberzeugung - "Sieg, großer Sieg!" [267] erweist sich bis heute als schöne Illusion. "Mag May tief innerlich irgendwo gewußt haben, daß seine Patentlösung nicht stimmte, er brauchte sie, um sich vor sich und der Welt zu rechtfertigen. Und so ist auch der visionäre Schluß nichts anderes als der Ausdruck einer subjektiv gesehenen Ich-Wirklichkeit, seiner Traumwelt, die er brauchte, um überhaupt überleben zu können - in der Zeit, in der er schon lange körperlich zerstört war." [268]

9. Abschließendes zur Analyse der Autobiografischen Ebene II

Die vorstehende Interpretation der Autobiografischen Ebene II ist sicher nicht vollständig, hat Ekkehard Koch doch nur zu Recht, wenn er schreibt, daß "an eine vollständige Interpretation nicht zu denken" [269] ist und "auf keinen Fall ... ein Einzelner imstande" ist, "eines der Spätwerke ausreichend zu entschlüsseln, einfach deshalb, weil irgendwann die Grenze erreicht ist, man in eine Sackgasse gerät oder keine neuen Deutungsmöglichkeiten mehr sieht." So bleibt also jede Arbeit zum Thema zwangsläufig Fragment. Die Schwierigkeiten der Autobiografischen Ebene II liegen meines Erachtens vor allem darin, daß es sich bei "Winnetou IV" ja keineswegs um ein folgerichtiges kontinuierliches Biogramm Karl Mays handelt, das bewußt durchkonstruiert ist, sondern um ein weitgehend ungeordnetes Nebeneinander teilweise unbewußt oder doch halbbewußt eingeflossener Elemente, das sich nicht in einem Gesamtbild, sondern nur in Einzelbildern erfassen und entschlüsseln läßt. Der Interpret muß also mit seinen Deutungen immer wieder neu ansetzen, da ihm kein Code zur Verfügung steht, der sich durchweg anwenden ließe. So ist es auch nicht möglich, die Autobiografische Ebene II in ein schlüssiges System zu bringen. Daraus folgt, daß es sich auch bei der vorstehenden Interpretation um eine sehr detaillierte handeln mußte, die sich im Einzelnen zu beweisen hat. Sie ist Teilstück, das in zukünftigen Arbeiten ergänzt werden muß, in manch einem Punkt wohl auch negiert werden wird. Das ist im Sinne wahrer Erkenntnis nur wünschenswert, ebenso wie die Bereitschaft eines jeden Interpreten eines jeden Werkes, auch unbewiesene und möglicherweise waghalsige Thesen zur Diskussion zu stellen, um dadurch Impulse zu geben, die entweder zu einem späteren Beweis oder zur Negation führen. Nur dann, wenn die Interpretation sich auch vom Bestimmten ins Unbestimmte wagt, vom Fraglosen ins Fragliche, können neue Erkenntnisse entstehen. Zwei Schritte nach vorne also und einen zurück.

Im übrigen werden sich alle Arbeiten, die sich mit dem Spätwerk Karl Mays als Schlüsselwerk befassen, vor den Briefen Mays zu beweisen haben, die in einigen Jahren vielleicht doch einmal veröffentlicht werden, eine schmerzliche Lücke schließend.

Die unbegründete Hoffnung besteht.

III. Abstrakte Ebene

1. Grundsätzliches

Das Erstaunlichste am Phänomen Karl May ist sicher der Bruch im Werk, der exemplarisch sichtbar wird in der literarischen Diskontinuität zwischen II. und III. Band des "Silberlöwen".
May wendet sich vom Abenteuerroman ab und dem "psychodramatischen Mysterienspiel" [270] zu. Wesentlichen Einfluß auf diese Entwicklung hat die Desillusionierung seiner bisherigen Abenteuertraumwelt während der Orient-Reise gehabt, aber auch der etwa gleichzeitige Beginn der Presseangriffe sowie die anschließenden Prozesse gehören zur Kausalität des May`schen Spätwerks, indem die sich von daher ergebende Isolation ihn "aus der erbarmungslosen Alltagswelt in eine höhere geistig-gedankliche Sphäre" [271] zwang.
Zudem motivierte der stetige Vorwurf, Schundschriftsteller zu sein, ihn zum Gegenbeweis in den späten Romanen - "sich ... künstlerisch 'herausgefordert' dünkend" [272] - wie auch zur neuen Selbstumdeutung der früheren Erzählungen. Allein diese äußeren Einflußfaktoren erklären den Bruch im Werk noch nicht: der Roman "Am Jenseits", entstanden 1899, also vor der Orient-Reise, vor der Pressehetze, vor den Prozessen, verweist in seiner Thematisierung philosophisch-abstrakter Probleme - hier primär des Todesproblems - bereits auf das Spätwerk, und schon "Weihnacht" (1897) ist in der Carpio-Handlung streckenweise Ort philosophischer Reflexionen, die ans Alterswerk gemahnen. Das Spätwerk Mays muß also zu einem Gutteil Ergebnis einer inneren Entwicklung Mays sein, einer Entwicklung - psychologisch betrachtet - "vom geistigen Kind zum Erwachsenen" [273]. Diese späte Entwicklung - deren spätes Einsetzen bedingt war durch seine frühkindliche Außenwelt-Isolation infolge der Blindheit und seine spätere Isolation durch die Haftstrafen, Isolation, die May jahrelang im Kindlich-pubertären beließ - ermöglichte durch ihr jahrzehntelanges Fernsein die Entstehung der Reiseerzählungen, in denen pubertäre Elemente wie Abenteuerlust, Freiheitsdrang, Aggressivität und Homophilie zum Grundgerüst gehören. Um die Jahrhundertwende muß May dann seinen Entwicklungsrückstand aufgeholt haben. Eine psychoanalytische Sicht auf die Gründe für den Bruch - wohl alleine tieferschürfend - sei hier nicht gewagt, doch verwiesen auf Hans Wollschlägers grundlegenden Aufsatz zum Thema, "Die sogenannte Spaltung des menschlichen Innern, ein Bild der Menschheitsspaltung überhaupt" [274], wonach "das Alterswerk seine Entstehung einem speziellen Vorfall in Mays

Psyche" verdankt, nämlich dem "Zusammenbruch des vom Vaterbild geprägten Ich-Ideals mit seinen aggressiven Zügen und seine(r) Ersetzung durch ein von mütterlichen Repräsentanzen geformtes Ideal" [275]. Nach Martin Lowsky sind die genannten Entwicklungstendenzen durch Mays wirtschaftlichen Aufstieg verstärkt worden. War die Literatur anfangs für May, den Proletarier, eskapistischer Freiraum, eine Weltflucht, die ihn in geistige Prärien und Wüsten trieb, wurde sie für den späteren ins Bürgertum aufgestiegenen May ein Raum, in dem er es wagen konnte, "rein deutsche Begebenheiten" [276] in exotischem Gewand zu erzählen, wenngleich verschlüsselt also eine Hinwendung und Auseinandersetzung mit der Realität, seiner eigenen ebenso wie der seiner Um-Welt.
Dabei schließt der Realitätszuwachs keineswegs Fluchttendenzen aus - wie bei der Interpretation der Autobiografischen Ebene II zu sehen war -, doch handelt es sich im Spätwerk nicht mehr um einen räumlichen Eskapismus, der in den Prärien Amerikas etwa einen unbeschränkten Freiheitsraum sieht, in dem ein autarker Mensch sein Glück finden kann, fern der Zivilisation, sondern um einen zeitlichen Eskapismus, der aber nicht reine Gegenwartsflucht, ausblicklos, ist; dieser Eskapismus geht mit der Utopie einher, einer Utopie, die Gestalt annimmt im Dschebel Marah Durimeh und im Mount Winnetou. Des utopischen Charakters war May sich keineswegs bewußt, er - ähnlich ungeduldig wie Comenius - war von der baldigen Realisierung seiner Ideen überzeugt, wie sich zeigt an seiner immer wiederkehrenden Leugnung des Zufalls, begründet durch eine feste Überzeugung von der Existenz Gottes, die in alle Geschicke von Welt und Mensch lenkend eingreift. So heißt es in der Selbstbiografie: "Ich betone hier ein für allemal, daß es für mich keinen Zufall gibt. Das weiß ein jeder meiner Leser. Für mich gibt es nur Fügung." [277] Und in "Winnetou IV": "Wer mich kennt, der weiß, daß es für mich keinen 'Zufall' gibt. Ich führe alles, was geschieht, auf einen höheren Willen zurück, mag man diesen Willen als Gott, als Schicksal, als Fügung oder sonstwie bezeichnen." (23)
Wenngleich weder dogmatisch noch konfessionell festgelegt, ist Mays Gottesglauben entschieden von christlichen Vorstellungen geprägt. Der Mensch ist bei ihm nicht passiver Dulder, er hat aktiv zu sein, sich Leben und Jenseits zu verdienen, indem er sich zum Edelmenschen entwickelt. Mays Spätwerk entspringt der didaktischen Intention, diesen Entwicklungsweg exemplarisch auf-

zuzeigen und ist "ein Aufruf zu Liebe und Frieden, eine Aufforderung an die Menschheit, Menschlichkeit zu üben. Das Bestreben Mays zu belehren mit dem gewiß sehr anspruchsvollem Ziel, die Welt zu verbessern, bestimmt Form und Inhalt der späten Erzählungen." [278]
Aus dieser didaktischen Intention erklärt sich Mays Beibehaltung der äußeren Form der Reiseerzählung auch im Spätwerk, denn er war sich natürlich darüber im klaren, daß er durch eine völlige Aufgabe die weitaus zahlreichsten seiner bisherigen Leser verlieren würde. Diese nur zu berechtigte Befürchtung, die sich dann trotz exotischer Verkleidung des Alterswerks in hohem Maße erfüllen sollte, klingt indirekt auch in der Selbstbiografie an, wo er allerdings behauptet, von Anfang an "Märchen", "Gleichnisse" geschrieben zu haben, sich also auch von Anfang an über das Problem des Exotik-Leseinteresses bewußt gewesen zu sein: Nach den Humoresken und erzgebirgischen Dorfgeschichten "wollte ich zu einem Genre greifen, welches im allgemeinsten Interesse steht und die größte Eindrucksfähigkeit besitzt, nämlich zur Reiseerzählung. ... Ich hatte meine Sujets aus meinem eigenen Leben, aus dem Leben meiner Umgebung, meiner Heimat zu nehmen ... Aber ich mußte diese Sujets hinaus in ferne Länder und zu fernen Völkern versetzen, um ihnen diejenige Wirkung zu verleihen, die sie in der heimatlichen Kleidung nicht besitzen. In die Prairie oder unter Palmen versetzt, von der Sonne des Morgenlandes bestrahlt oder von den Schneestürmen des wilden Westens umtobt, in Gefahren schwebend, welche das stärkste Mitgefühl der Lesenden erwecken, so und nicht anders mußten alle meine Gestalten gezeichnet sein, wenn ich mit ihnen das erreichen wollte, was sie erreichen sollten." [279] Aus dem Zitat ist auch ersichtlich, wie sehr es May daran lag, den Eindruck einer Gesamtwerk-Kontinuität zu erwecken. Eine plötzliche Aufgabe der Reiseerzählung wäre einer öffentlichen Negation seines ganzen bisherigen Lebenswerkes gleichgekommen. Aber nur nach außen bewährt sich diese Kontinuitätsbehauptung. May selbst weiß sehr genau: "Ich trete erst jetzt an meine eigentliche Aufgabe ..." [280]
Die Reiseerzählung nach außen hin war schließlich zur Verschlüsselung notwendig - im Hinblick auf die Autobiografische Ebene II. Nur dadurch, daß er sein Ich ins Weite schickte, fern seiner wirklichen Umwelt, konnte er einen ungefährdeten literarischen Freiraum schaffen, der ihm zur Selbsttherapie und zur Selbstbefreiung im Geheimen diente.
Den Widerspruch zwischen der Beibehaltung der Reiseerzählung und

der Hinwendung zur Realität löste May auf, indem er heimatliche Passagen integrierte, in "Winnetou IV" etwa durch das Anfangskapitel in Radebeul, sowie durch die Einbeziehung seines eigenen Ich, autobiografisch wie als "Menschheitsfrage", in "Winnetou IV" und "Et in terra pax" aber vor allem durch das Einbringen realer Reisebeschreibungen.
Wir haben gesagt, daß die Entwicklung in "Winnetou IV" vom Realen zum Irrealen, Abstrakten geht und es war damit das Unwirklichwerden gemeint. Es muß aber festgehalten werden, daß auch diese Unwirklichkeit als Utopie direkte Bezüge zur damals - und heute - bestehenden Realität menschlichen Daseins hat, denn die Utopie ist die subjektive hoffnungsschwangere Erweiterung der Realität in die Zukunft.
Der entscheidende Schritt zur Vereinbarung von äußerer Form der Reiseerzählung und Thematisierung der realen Um-Welt Mays wie des Lesers war die "Allegorisierung der bisherigen Szenerien und Motive" [281]. Beim Schauplatz Orient war das relativ problemlos, da das Morgenland eben eine lange mythologische Tradition besitzt, als Ursprungsland der Bibel, der Märchen aus 1001 Nacht und insofern für Allegorisierungen offen ist. (Voltaire und Lessing nutzten bereits diese mythologische Tradition.) Zudem gibt es eine ganze Reihe Übereinstimmungen der realen Umwelten des Orients und Europas, die Verschlüsselungen und Gleichnisse ohne Hilfskonstruktionen erlauben. Aus der historisch ähnlichen Entwicklung sind politische, soziale und kulturelle Gemeinsamkeiten gewachsen. "Hier wie dort findet sich eine fest etablierte und weithin in Äußerlichkeiten erstarrte Religion, deren Anhänger, Christen oder Muselmanen, meist nur Lippenbekenntnisse abgeben; hier wie dort gibt es eine Staatsbürokratie, deren teils kleinliche, teils kriminelle Beamten das soziale Elend der Bevölkerung auf dem Balkan oder im Erzgebirge eher vergrößern als verringern; hier wie dort ist die Institution der Ehe ein entscheidender Ordnungsfaktor. All dies kannte die Neue Welt mit ihrer indianischen Naturreligion, ihren auf persönlicher Leistung begründeten Hierarchien und ihren ungebundenen Präriejägern nicht." [282] Die besondere Schwierigkeit einer Allegorisierung des Wilden Westens ist dessen übergroße Trivialisierung in der Literatur, die es dem Leser nur schwer möglich macht, nicht sofort Trivialmythen zu assoziieren. May selbst hat an dieser Trivialisierung entscheidenden Anteil und war sich dessen wohl auch bewußt, weshalb er in seinem Spätwerk

jahrelang diesen Schauplatz mied und ihn erst mit seinem letzten Werk, mit "Winnetou IV", wieder betrat. Die Allegorisierung des Westens mußte dann aber zwangsläufig das bisherige Amerika-Bild Mays zerstören, das geprägt war vom progressiven Gedankengut Rousseaus und der Aufklärung, das May als ideales Gegenbild zur kapitalistischen Gesellschaft entworfen hatte.
Die revolutionären Elemente der frühen Reiseerzählungen sind in "Winnetou IV" durch den Evolutionsgedanken ersetzt. May war überzeugt, daß nur eine stetige Entwicklung von innen heraus die gesellschaftlichen Verhältnisse in Deutschland und Europa verändern könne und für eben dieses Umfeld steht der Wilde Westen dann in "Winnetou IV". Das Gegenbild wurde zum Abbild der industrialisierten kapitalistischen Gesellschaft. Von daher wird es noch verständlicher, daß May zu Anfang des Romans den Wilden Westen überhaupt meidet und seinen Shatterhand zunächst in äußerst zivilisierten Verhältnissen agieren läßt - nicht nur in Radebeul, sondern auch am Niagarafall, einer touristischen Attraktion, die weit davon entfernt ist, exotischer Freiraum zu sein, zumal Shatterhand - wie auch May zuvor - im Luxushotel absteigt.
May ahnte die mögliche Verunsicherung des Lesers durch sein neues Amerika-Bild. Im Roman begründet er daher die Veränderung durch die historische Entwicklung Amerikas, während für die veränderte Darstellung realiter sein neues Verständnis des Westens als Allegorie verantwortlich ist. Indem Shatterhand-May Klara überzeugt, "daß man jetzt zwar noch von einem 'Westen', aber schon längst nicht mehr von einem 'Wilden Westen' sprechen könne" (22), will er auch den Leser davon überzeugen, daß sich nicht das Bild, sondern die Realität selbst verändert hat.
Die Einbeziehung technischer Errungenschaften wie Elektrizität, Flugzeug etc. ist eine äußere Annäherung von Zivilisation und Wildwest, die die allegorische Identität ermöglicht, ebenso wie die Einführung neuer Figuren wie den Enters oder dem Komitee, denen nichts westmännisches oder indianerspezifisches anhaftet, die vielmehr deutlich Repräsentanten der Zivilisation sind.
Doch nicht nur um ein Abbild europäischer Zivilisation, Gesellschaft und Kultur handelt es sich bei "Winnetou IV", sondern auch und vor allem um die Darstellung einer Weltanschauung, die über diese Realität hinauswächst und eine utopische Verbesserung bestehender Verhältnisse propagiert, wie May sie sich wünschte.

Hier wird das Spätwerk zu einem eigenen Mythos, in dessen Mittelpunkt das Märchen von Sitara [283] steht, das nicht nur Abbild der heimatlichen Verhältnisse ist, sondern ein Muster von Welt und Menschheit überhaupt. Wie Sitara der Kern des gesamten Alterswerks ist, der May`schen Philosophie überhaupt, so auch der Kern von "Winnetou IV", wenn Sitara selbst auch kein einziges Mal hier genannt wird. Eine Interpretation der abstrakten Ebene hat also um das Märchen von Sitara zu kreisen und so sei zunächst versucht, die Sitara-Konzeption im Roman festzustellen und offenzulegen, ohne daß es aber möglich wäre, die ganze komplexe und/weil eklektizistische Philosophie Mays, die ja auch in einer Eigenentwicklung steht, hier exemplarisch darzustellen.

2. Das Märchen von Sitara

Der Stern Sitara ist die Erde, aber "nicht geographisch, sondern ausschließlich ethisch betrachtet." [284] Es gibt "nur 2 Erdtheile mit einer einzigen Rasse, die aber nach gut und bös, nach hoch und niedrig denkend, nach auf- oder abwärtsstrebend geschieden ist. ... In Ardistan leben die Niedrigen, die Unedlen, in Dschinnistan die Hohen, die Edlen. Beide sind verbunden durch den schmalen, aufsteigenden Streifen von Märdistan, wo im Walde von Kulub der 'See der Schmerzen' und die Geisterschmiede liegt." [284]
Sitara ist Schauplatz des Romans "Ardistan und Dschinnistan", die Allegorie ist dort nicht noch selbst wieder verschlüsselt. Da May als Schauplatz von "Winnetou IV" den Wilden Westen wählte, war er gezwungen, seine mythische Geografie in die scheinbare Realität Amerikas zu integrieren und damit an die Realität zurückzubinden. Mit anderen Worten: er hatte ein allegorisches Bild der Realität wiederum in der Realität zu spiegeln. Bei diesem Rückwandlungsprozeß ist dann nicht nur eine durchgängige Ardistan-und-Dschinnistan-Landschaft entstanden, die identisch ist mit amerikanischen Reallandschaften, also nicht nur der Weg von der Prärie bis zum Mount Winnetou, sondern auch eine Reihe weiterer Spiegelungen dieser Dualität, von denen die bedeutendste dann der Mount Winnetou und Umgebung ist, da erst hier die Utopie erreicht wird, wo die direkte Auseinandersetzung zwischen Gut und Böse stattfindet, die dann zum erhofften Sieg des Guten führt. Alle vorangegangenen Bilder der Dualität sind mehr oder weniger Zustandsbeschreibung und damit Exposition für die eigentlich wichtigen Vorgänge am Mount Winnetou.

Hier ist vor allem die erste Teufelskanzel zu nennen.
Die östliche Insel steht für Dschinnistan. Sie scheint "vollständig unberührt" (126) von Menschen zu sein, denn "Dschinnistan ist uns unbekannt." [285] Dort sind von der Menschheit noch "ungeheure Gebiete zu entdecken, auf denen die bisherigen Bahnen und Verhältnisse vollständig andere werden." [286] Der Mensch hat sich aber erst vom Gewalt- oder Animamenschen zum Edelmenschen zu entwickeln, denn nur über Märdistan, diese "auffällig scharf" gezogene "Scheidelinie zwischen dem größeren, berührten Teil und dem kleineren, unberührten" (126) kann er nach Dschinnistan gelangen. Die Grenze sieht aus, "als ob ein strenges Verbot herrschte, dieses sehr dicht bewachsene Drittel der Ellipse zu betreten." (126) Denn es ist "Jedermann auf das allerstrengste verboten, Ardistan zu verlassen." [287] "Die schärfsten Strafen aber treffen den, der es wagt, nach dem Lande der Nächstenliebe und der Humanität, nach Dschinnistan zu flüchten. Die Grenze ist besetzt. Er kommt nicht durch. Er wird ergriffen und nach der 'Geisterschmiede' geschafft, um dort gemartert und gepeinigt zu werden, bis er sich vom Schmerz gezwungen fühlt, Abbitte leistend in das verhaßte Joch zurückzukehren." [288] Dieses Verbot, Ardistan zu verlassen, aufgestellt von den "Miasmen", den "Millionen und Abermillionen, die sich in den Sümpfen von Ardistan wohl(fühlen)", um "die Vertrauenden, die Ehrlichen" [289], die sich nach Dschinnistan, nach dem Edelmenschentum sehnen, an der Flucht zu hindern, wird sichtbar in den Verbotstafeln an der östlichen Insel. "Auf der ersten Tafel sahen wir eine männliche Figur, welche hinaufsteigen wollte.(= hinauf nach Dschinnistan) Auf der zweiten erschien oben ein schreckliches Ungetüm, welches diesen Kühnen verschlang, noch ehe er hinaufgelangt war." (= Geisterschmiede) (135)
Die westliche Insel steht für Ardistan, ihr sieht man an, "daß da Menschen verkehrt hatten, und zwar nicht allzu selten" (126), denn "unsere ganze Entwicklung hat sich nur auf Ardistan bezogen. Dieses kennen wir." [290] Die niedrigen Bäume und die kahlen Büsche auf dieser Seite "hatten nur allzuoft das Material zu Lagerfeuern liefern müssen" (133), die Ideale wurden zerstört durch "das rücksichtslose Trachten nach der Materie" [291]. Das war aber nicht immer so. "In uralter Zeit" gab es Menschen, welche "höher standen als die späteren Indianer, oder sagen wir richtiger, als die späteren Generationen." (127)(der Zusatz zeigt, daß May die Indianer exemplarisch für die Menschheit setzt.)

Diese, die von Dschinnistan wußten und nach dessen Gesetz lebten [292], hatten den "Kessel einst in der Absicht hergestellt ..., ihn mit Wasser zu füllen und also eine Art von See zu bilden ..." (126), doch "hatte sich das zu- und abfließende Wasser (im Lauf der Jahrhunderte) so tief eingefressen, daß der Boden des Bassins erreicht und dieses einfach durch Auslaufen und späteres Versiegen des Wassers trocken geworden war." (126) Dieses Bild kann analog dem Fluß Ssul in "Ardistan und Dschinnistan" verstanden werden, könnte also für den Frieden stehen, der der Menschheit entzogen wurde, als sie sich von Dschinnistan, dem Urparadies abwandten. Als "See der Medizinen" ist am Mount Winnetou bereits ein neuer Friedens-See entstanden.
Das eigentliche Geheimnis dieser ersten Teufelskanzel ist, daß hier "der gute Mensch (hört), was die bösen Menschen sagen" (431), so daß er sich retten kann, während auf der zweiten Teufelskanzel am Mount Winnetou "die bösen Menschen (hören), was die guten sagen" und "sich dann gerettet (sehen)." (431)
So belauscht Shatterhand, der auf der abstrakten Ebene für die Menschheitsfrage steht, zusammen mit dem Winnetou-gleichen Jungen Adler an der ersten Teufelskanzel die feindlichen Häuptlinge, die Utahs und die Sioux, die für das Böse, Ardistanische stehen, analog den Sillan im "Silberlöwen", und erfährt so ihre Pläne, vertreibt sie schließlich. "Dieser Sieg freut mich mehr", sagt der Junge Adler, "als wenn wir mit ihnen gekämpft und sie alle erschlagen hätten. Es ist ein Sieg der Wissenschaft..." (155), nämlich der Akustik, und dieses Zitat ein Hinweis, daß May mit der Teufelskanzel einen der drei Wege aufzeigt, die zu Gott führen, die Wissenschaft, die - laut May - "Erkenntniß bringt". Kunst und Religion sind die beiden anderen Wege, "Kunst bringt Offenbarung; Religion bringt Erlösung." [293] Die Wissenschaft soll und muß dem Guten dienen, im Bild Old Shatterhand. Das ist letztlich aber nur deswegen möglich, weil die "Bösen" das Geheimnis der Teufelskanzel, mithin die Wissenschaft nicht kennen. Mit ihrer Abwendung von Dschinnistan, ihrer Meidung der östlichen Insel, haben sie auch das Wissen verloren, das ihre Urahnen - dem Gesetz Dschinnistans gehorchend - noch kannten. Der Gedanke Mays, daß die Wissenschaft nur mit dem Guten einhergeht, ist mehr als illusionär, von der Realität ständig widerlegt, und May selbst beurteilt die Wissenschaft im früheren Alterswerk auch bedeutend negativer und selbst in "Winnetou IV" stellt er noch zwei negative Vertreter

in den Komitee-Professoren vor.
Die entscheidende Aussage, auf die hin die ganze Teufelskanzel-Episode auf der abstrakten Ebene geschrieben zu sein scheint, ist die, daß die rote Rasse (= Menschheit) wieder zu ihrem früheren Wissen zurückfinden muß, um so auf dem Weg der Wissenschaft zu Gott, nach Dschinnistan zu gelangen: "Ich bin so froh und so stolz, heut erfahren zu haben, daß die Ahnen der heutigen roten Rasse in diesem Wissen nicht hinter jenen Völkern (gemeint sind die alten Assyrier, Babylonier und Ägypter) zurückgestanden haben. Es ist unsere Pflicht, alles, was uns seitdem verlorengegangen ist, in die erwachende Seele unserer Nation zurückzurufen." (155)
Schon mehrfach angesprochen wurde die Reise von Trinidad zum Mount Winnetou als Weg von Ardistan nach Dschinnistan. Hier wird die Dualität nicht wie bei der Teufelskanzel antagonistisch einander konfrontiert, sondern einige Entwicklungsstadien werden aufgezeigt, die primär Stationen des eigenen Lebensweges Karl Mays sind, den er exemplarisch verstand. So ist Trinidad der Beginn der May`schen Entwicklung, ist Hohenstein-Ernstthal, damit dann auch Ardistan. Der Kanubi-See mit dem Purgatorio, dem Fegefeuer, ist das Märdistan Pappermann-Mays, wie wir auf der Autobiografischen Ebene II sahen. Der "See der Ebene", des noch Niedrigen, "der aber zwischen himmelhohen Bergen liegt" (101),d.h. bereits Ausblicke auf die Berge Dschinnistans erlaubt, wird zum "See der Schmerzen", der "derselbe See (ist), den ich (May) in meinen Eingangsworten (der Wiener Rede) erwähnte: 'Kennst du den unergründlich tiefen See',,," [294] "...Er heißt seit Anbeginn das Menschheits-Weh/ Und ich, mein Freund, ich bin die Menschheitsfrage." [295] In diesem "Menschheits-Weh", am Kanubi-See, befand sich Pappermann-May nicht nur in der Zeit seiner Persönlichkeitsspaltung:"'Wart Ihr mehrmals da?'... 'Wie oft! - Wie oft!'"(101)
Dem "See der Schmerzen" am nächsten, am tiefsten in Märdistan war May in seinen letzten Jahren; zur Zeit der Niederschrift von "Winnetou IV" stand er Höllenqualen in der Geisterschmiede aus, die ihm seine Feinde bereiteten. Erst später - in der Selbstbiografie - kann er hoffen, jetzt bald die Geisterschmiede überwunden zu haben und Dschinnistan zu erreichen: "Die Zeit des Hammers ist vorüber; es kommt nur noch die Feile, und dann ist es gut." [296]
"Die Wetter gingen vorüber. Zwar rauscht noch hier und da ein trübes Wasser (!), irgend ein Beleidigungsprozeß, eine Staatsanwaltschaftsanzeige, doch auch das geht bald vorbei ..." [297]

Im Roman geht es am Mount Winnetou vorbei, dem Lebensziel Mays, das sich erweitert zur "Höhe des Menschentums", zu Dschinnistan. Hier gibt May in der Ober- und der Unterstadt noch einmal ein Bild der Dualität von Ardistan und Dschinnistan. "Kennt man die Bedeutung von Sitara, so kann man sehen, daß am Mount Winnetou eine kleine Bühne errichtet ist, auf der das Märchen von Sitara spielt." [298] Darauf wird noch näher eingegangen werden.
Die nötige Exposition für die Ereignisse am Mount Winnetou ist die Erzählung des Jungen Adlers am Nugget-tsil, die das orientalische Sitara-Märchen auf den amerikanischen Kontinent erweitert.

3. Die Menschheitsspaltung

Nach dem Märchen des Jungen Adlers kamen einst, "vor vielen, vielen tausend Jahren" (194) Gesandte der Königin Marimeh - "Wir wissen sogar den richtigen Namen der Königin. Sie heißt nicht Marimeh, sondern Marah Durimeh." (198) und ist in Mays Mythologie die Menschheitsseele - aus Dschinnistan - lokalisiert in Asien, weil ein ferner Stern doch zu unzugänglich wäre - über die Beringstraße nach Amerika, "große, herrliche Menschen, die körperlich und geistig wie Riesen gestaltet waren" (194) und brachten den Ureinwohnern Grüße, "köstliche Geschenke" (194) und das Gesetz Dschinnistans, das "Gesetz der Schutzengel". "Nämlich ein jeder Untertan dort hat im stillen der unbekannte Schutzengel eines andern Untertanen zu sein. Wer sich entschließt, der Schutzengel seines eigenen Feindes zu sein, der gilt als Held, denn er hat sich selbst überwunden." (194) Den Urvätern der Indianer gefiel dieses Gesetz, "denn sie waren ebenso edel wie die Bewohner des Erdteiles Asien" (195), und so führten sie es auch in Amerika ein, so wurde auch hier Dschinnistan, der "Himmel wohnte auf Erden" (Amerika steht für die Welt) und das "Paradies stand weit geöffnet", denn "es gab keinen Unterschied mehr zwischen Engel und Mensch, weil jeder Mensch ein Engel war, nämlich der Schutzengel eines andern" (195); die Erdbewohner wurden zu engelsgleichen Edelmenschen. Doch waren sie darauf angewiesen, daß die Verbindung mit der Menschheitsseele aufrechterhalten blieb. Als "die Brücke von Asien nach Amerika" (195) einstürzte, vergaßen sie in ihrer Bequemlichkeit - "Wir wollten glücklich und selig sein, doch ohne Mühe und Anstrengung." (195) - schon bald das Gesetz von Dschinnistan und die "Engel wurden wieder zu Menschen. Der Himmel verließ die Erde. Das Paradies verschwand. Die Liebe

starb. Der Haß, der Neid, die Selbstsucht, der Hochmut begannen wieder zu regieren." (196) Amerika, die Welt, wurde wieder zu Ardistan, wo nicht mehr das "Gesetz der Liebe", sondern nur noch das "Gesetz des Zwanges" herrscht: "Du sollst der Teufel deines Nächsten sein, damit du dir selbst zum Engel werdest!" [299]
Die Menschen hatten nicht erkannt, daß Gott sie durch das Ausbleiben der Gesandtschaft prüfen wollte, daß es den Zweck hatte, sie "aufzurütteln und zur eigenen Tätigkeit zu spornen." (195) Sie taten nichts "für die Erhaltung ihres Paradieses, ihrer Seligkeit, ihres Glücks. Das ist die große, die unverzeihliche Sünde unserer Ahnen" (195f.), es ist das, was die christliche Kirche "Erbsünde" nennt, der Abfall von Gott. "Die einzig mögliche Rettung schien in der Hand der Macht ... zu liegen" und "sie kamen, die Bedrücker, die Zuchtmeister, die Gewaltherrscher" (196) und "regierten mit eisernen Fäusten, aber nur wenige Jahrhunderte lang." Doch "jeder Druck ,..., erzeugt Gegendruck" und dieser "Druck der nur durch Gewalt zusammengehaltenen Wasser" (196), der nur durch Gewalt zusammengehaltenen Menschheit, "wuchs, bis die Ufer nicht mehr widerstehen konnten" (196) und so entstand "der Fall, der fürchterliche, der entsetzliche, der unaufhaltsame Fall, durch den die rote Rasse (= Menschheit) in Atome zerstäubte und noch weiter zerstäubt, wenn nicht aus der Tiefe dieses Sturzes sich ein großer, rettender Gedanke erhebt, in dem die Macht verborgen liegt, die Stäubchen, Tropfen, Wellen und Wasser zu sammeln und im zukünftigen Ontario zur Einheit zurückzubilden." (196) May bedient sich hier des Niagarafalls als Bild für den Fall und die Zersplitterung der Menschheit, die Menschheitsspaltung, für den "Rassensturz und die Rassen- und Sprachzerstäubung" (119). Hier wird ganz deutlich, daß May die rote Rasse exemplarisch für die Menschheit nimmt. Es ist May häufig überheblicher Patriotismus, Nationalismus und Deutschtümelei vorgeworfen worden, und auf seine frühen Reiseerzählungen bezogen sicher nicht zu Unrecht. Im Alterswerk überwindet er all dies weitgehend und entwickelt sein Ideal der "Vereinigung aller einzelnen durch einen einzigen, großen Gedanken", den Gedanken von Dschinnistan, "zu einem einzigen, großen Volk" (118) der Edelmenschlichkeit. Die Zerklüftung lehnt er entschieden ab, verurteilt den "Zug nach Vielheit", der bei dem beginnt, "was man als Menschengeschlecht bezeichnet" und weiter "geht über die Rasse, die Nation, das Volk, die Stadt, das

Dorf" und "immer weiter herab und ... erst beim abgelegenen Einödhof auf(hört), dessen Besitzer sich nur bei gewissen Gelegenheiten darauf besinnt, daß er auch mit zur Menschheit gehört."(118) Es ist der "Weg der nationalen Selbstüberhebung, der politischen Rücksichtslosigkeit" (118), wie er sich zu Zeiten Mays gerade im deutschen Kolonialismus besonders häßlich zeigte und von May auch entsprechend in "Et in terra pax" angegriffen wurde. Für die Menschheitsspaltung und aggressive Selbstvernichtung, die daraus folgt, ist die rote Rasse ein geradezu prädestiniertes Beispiel: "Sie ist es, welche die Zerklüftung, die Zerspaltung am allerweitesten getrieben hat. Nirgends ... ist die einst mächtige, imponierende Einheit in so kleine, winzige, ohnmächtige Brocken und Bröckchen zerrieben und zerkleinert worden wie bei den Indianern." (119) Neben dem Niagara gibt May noch weitere Bilder für die Menschheitsspaltung, für die Zerklüftung; es sei hier nur die erste Teufelskanzel genannt, wo "die Felswände, welche erst ganz gewiß senkrecht und nackt gewesen waren, infolge der Verwitterung nun Risse, Sprünge, Ecken, Kanten, Höhlungen, Altane und andere Abweichungen von der lotrechten Linie (= vom Dschinnistan-Gesetz) zeigten" (125) sowie das Schloß am Mount Winnetou, die Felsenstadt, in der "alle amerikanischen Bauarten und Baustile ... vertreten (sind)" und wo "alle diese Bauwerke trotz ihrer teilweisen Riesenhaftigkeit ... doch so niedrig und so geistesabwesend" sind, "daß sie ... weder imponieren noch ... erfreuen" (291) können. "Es war nichts an ihnen, was zum Himmel strebte." (291)

Die erschreckendste Konsequenz der Menschheitsspaltung ist für May der Krieg, die gegenseitige Vernichtung, die beim Zweikampf beginnt. May, der gerade in seinen Amerika-Romanen den Zweikampf immer wieder neu variierte - was doch wohl für ein Fasziniertsein vom Kampf Mann gegen Mann spricht - , lehnt ihn in "Winnetou IV" ab: "Du bist doch Duellgegner?" fragt Klara. "Sogar sehr!" (368) Für May sind "die Zeiten der Mordtaten, der Faust- und der Zweikämpfe ... vorbei", die er früher so intensiv zu schildern wußte. "Ich bin alt und bedachtsam geworden. Ich verdamme jedwedes Blutvergießen. Ich bin ein Gegner des Zweikampfes - - -" (371)

Die dann stattfindenden Zweikämpfe verdienen den Namen nicht. Kein einziger Schuß fällt, Shatterhand-May steht über diesen Dingen, hat seine Pubertät überwunden und kann das Duell nur mehr als "eine Faxe, ein Schwank, wenn auch mit sehr ernstem Hintergrund" (375) betrachten. Für die Häuptlinge aber ist die Sache blutig ernst, dabei benehmen sie sich trotz Greisenalters wie Kinder, die ihren Aggressionen freien Lauf lassen, sie sind Gewaltmenschen und wissen nichts von Dschinnistan. Sie stehen für die imperialistische und kolonialistische Menschheit. Doch "kein Mensch, kein Volk und keine Rasse (darf) Kind und Knabe bleiben", denn "jede Savanne, jeder Berg und jedes Tal, jedes Land und jeder Erdteil (ist) von Gott geschaffen, ... , um zivilisierte Menschen zu tragen, nicht aber solche, denen es unmöglich ist, über das Alter, in dem man sich nur immer schlägt und prügelt hinauszukommen." (47) Mays Foderung ist, daß der in kindlicher Aggression verhaftete Mensch sich aufraffen muß, "Mann zu werden" (48). "Mann werden, heißt nicht, Krieger werden, sondern Person werden." (48) Person aber kann nur der Edelmensch sein, der das "Krieger- und Indianerspielen" (48) hinter sich gelassen hat. Der logische Fehler, daß Shatterhand einem Indianer vorwirft, das "Indianerspielen" sei ein Beweis, daß die rote Rasse "kindisch geblieben" (48) sei, macht offensichtlich, daß die ganze Menschheit - insbesondere wohl die imperialistischen Staaten Europas - von May angeklagt wird und die rote Rasse nur als Muster dient. Menschheitlich ist auch die umstrittene Textstelle zu deuten, in der May den "Blut- und Länderdurst der Bleichgesichter", also den Imperialismus, als "Zuchtrute in der Hand des großen, weisen Manitou" bezeichnet, deren "Schläge euch aus dem Schlaf zu wecken hatten." (201) Ekkehard Koch vermutet, daß es sich hier um"ein spezielles Problem der roten Rasse" [300] handelt. Tatsächlich ist es ein Bild für die Geisterschmiede, durch die nicht nur der Einzelmensch, sondern auch die Menschheit hindurch muß, wenn sie Dschinnistan ohne Fliegen zu lernen erreichen will. Denn was der richtige Weg zum wirklichen und wahren Glück ist, "das hat die Menschheit noch bis heute nicht erkennen wollen, also muß sie es durch bittere Erfahrung kennenlernen." (118) Ein ähnlicher Gedanke findet sich in einem Aphorismus Mays: "Der Krieg ist ein Ausschlag, durch den sich das Blut der Völker reinigt. Lebten sie nach den göttlichen Vorschriften, so bedürften sie dieser Reinigung nicht." [301] May hoffte - und irrte darin -, daß die bisherigen Apokalypsen der Menschheit ihr endlich den richtigen Weg nach Dschinnistan gezeigt hätten.

Die Rückkehr zum Edelmenschentum ist das große Thema von "Winnetou IV". Sie ist eine Utopie, die auf "ein übermächtiges, weltgeschichtliches Gesetz" baut, "welches befiehlt, daß der mit dem Schwert Besiegte mit dem Spaten dann der Sieger sei." [302]
Die Hauptaufgabe sieht May darin, "daß alle Stämme, Völker, Nationen und Rassen sich nach und nach zusammenzuschließen haben zur Bildung des einen, einzigen, großen, über alles Animalische hoch erhabenen Edelmenschen. Erst dann, wenn die Menschheit sich von innen heraus, also aus sich selbst heraus, zu dieser harmonischen, von Gott gewollten Persönlichkeit geboren hat, wird die Schöpfung des wirklichen 'Menschen' vollendet sein und das Paradies sich uns, den bisher Sterblichen, von neuem öffnen." (8)

4. Der rote Heiland

Der erste beispielhafte Edelmensch war Winnetou; der Clan Winnetou ist die erste Menschengruppe, die sich zum Edelmenschen zusammengeschlossen hat; ihr hat sich nach und nach die ganze Menschheit unter dem Gesetz von Dschinnistan anzuschließen: "Du sollst der Engel deines Nächsten sein, damit du nicht dir selbst zum Teufel werdest!" [303] oder "Du sollst deinen Nächsten lieben wie dich selbst!"
Dieser "große Gedanke" (197) wurde zwar beim Niederfall der Menschheit "mit in das Verderben, in den Sturz, in den Strudel des Niagara gerissen", aber "er wurde nicht zerschmettert ... , sondern ... tauchte ... rein, klar und wie ein Wunder glänzend aus ihren Wirbeln auf, um von den Nachkommen derer erfaßt und festgehalten zu werden, die es einst nicht für wert erachteten, ihn, den Gast aus Dschinnistan, in bleibenden Schutz zu nehmen." (197f.)
In Winnetou kam das Gesetz Dschinnistans zum ersten Mal wieder "zu neuem Bewußtsein" (201), damit wurde er der Protagonist einer neuen Religion, die ihren Ursprung aber schon "in uralten Zeiten" hat. Die Parallele zum Alten und Neuen Testament ist offensichtlich, Winnetou wird zum Erlöser, zum Heiland.
"Winnetou war ... der seelisch direkte Nachfolger des letzten, großen, altindianischen Herrschers, zu dem die Gesandten der Königin Marimeh kamen, um dann nicht wieder zu erscheinen." (201)
Christus hätte sich als König von Juda aufspielen können, Winnetou "sich gar wohl als Held, als Feldherr..." (201) "Er verzichtete darauf, denn er erkannte, daß dies das Ende nur beschleunigt hätte." (201) Wie Christus riet auch Winnetou "zum Frieden, und wohin er

nur kam, da brachte und gab er nur Frieden. Er war der Engel der Seinen! Er war der Engel eines jeden Menschen, der ihm begegnete, ob Freund, ob Feind, ganz gleich!" (201) "War Winnetou nicht ein Vorbild in der Erfüllung aller unserer Gebote und Verpflichtungen?" (203) Karl May schildert Winnetou als den Heiland der roten Rasse, in der Erweiterung auf die Menschheit wird er zu Jesus Christus. Diese Identität hat nichts blasphemisches, denn Winnetou ist keine handelnde Figur, sondern nur Seele: Er "war ... nur Seele und wollte nur Seele sein!" (201) Nicht die Geschichte des Jesus Christus wird von May beschrieben, sondern die Geschichte von Kirche, Christenheit und Menschheit in seiner Nachfolge, ihr jeweiliges Verhältnis zur Lehre Christi, die festgelegt ist im Neuen Testament, das in "Winnetou IV" das neue Testament Winnetous ist.
Mays Vorhaben, im Anschluß an "Winnetou IV" ein "Großes Werk" "Winnetous Testament" zu schreiben, erscheint so geradezu unwahrscheinlich, es wäre wohl das verwegenste Unternehmen der abendländischen Literaturgeschichte geworden, sicher auch von vornherein zum Scheitern verurteilt, hätte es sich doch um nichts Geringeres als das Neuschreiben des Neuen Testaments, der Lebensgeschichte Jesu Christi gehandelt. Spekulationen über dieses Wagnis sind sinnlos - es wurde nicht geschrieben - doch kann man sich denken, daß es sich nicht um eine Neuinterpretation, sondern um eine Neuverschlüsselung gehandelt hätte, mit dem Ziel, die Lehre Christi öffentlicher und verständlicher zu machen. Es schien May, daß das Neue Testament - das doch schon so alte - und seine "himmlische Wahrheit" von den Menschen nicht mehr angenommen würde: "So eine himmlische Wahrheit steigt an den Strahlen der Sterne zur Erde nieder und geht von Haus zu Haus, um anzuklopfen und eingelassen zu werden. Sie wird überall abgewiesen, denn sie will geglaubt sein, aber das tut man nicht, weil sie keine gelehrte Legitimation besitzt." [304] So sah May die Situation des Neuen Testaments, in der sich eben diese Situation auch schon findet, "daß nicht Platz für sie (Maria und Joseph) war in der Herberge" [305]. Die himmlische Wahrheit kehrt zu Gott zurück, der spricht: "Weine nicht! Geh` wieder zur Erde nieder, und klopfe bei dem Einzigen an, dessen Haus du noch nicht fandest, beim Dichter. Bitte ihn, dich in das Gewand des Märchens zu kleiden ... Sie beginnt ihren Gang als Märchen nun von Neuem, und wo sie anklopft, ist sie jetzt willkommen." [306] Dieser Dichter, der die himmlische Wahrheit im Märchengewand verkündet, wollte Karl May sein. So stehen auch die

Gleichnisse, die in allen seinen Spätromanen integriert sind, in der Tradition des Neuen Testaments und von hierher erklärt sich Mays Selbstverständnis als Hakawati, als Märchen- und Gleichniserzähler. Im "Dankbaren Leser" schon, 1902 erschienen, zitiert er das Lukas-Evangelium, das Gleichnis vom Säemann und schreibt dann: "Der Säemann, den ich hier meine, ist Karl May." [307] Eben dieses Gleichnis läßt sich dann auch in "Winnetou IV" ausmachen, bei der ersten Teufelskanzel. Dort stehen die Bäume ohne Pfahlwurzeln für die, "welche das Wort mit Freude aufnehmen, wenn sie es hören, aber sie haben keine Wurzel, für den Augenblick glauben sie, doch in der Stunde der Versuchung fallen sie ab." [308] Der Same, der auf die östliche, dichtbewachsene Kanzel fiel - um im Bild zu bleiben - das "sind jene, die das Wort mit einem edlen und guten Herzen hören und bewahren und Frucht bringen in Beharrlichkeit." [309] Hier ist Dschinnistan, aber auch das Spätwerk Mays, das nicht jeder versteht, weil es in Gleichnissen geschrieben ist: "Euch ist es gegeben, die Geheimnisse des Gottesreiches zu verstehen; den übrigen aber werden sie in Gleichnissen mitgeteilt, so daß sie, sehend nicht sehen und hörend nicht verstehen." [310]

Welche Aussagen macht May, die die Identitätsthese Winnetou-Christus und Winnetous neues Testament-Neues Testament der Bibel erhärten?

In Christus-Winnetou sieht May nicht so sehr den Gottessohn, sondern primär den Menschgewordenen, den ersten Edelmenschen: "Es ist wahrlich keine Herabsetzung, wenn ich von ihm behauptete, er sei nicht Gelehrter oder Künstler nicht Schlachtensieger oder König (!) gewesen, denn er war mehr als das alles: Er war Mensch! Er war Edelmensch!" (200)

Als Tatellah-Satah vom Tod Winnetous erzählt, spricht er verschlüsselt von Tod und Auferstehung Christi: "Winnetou (Christus) starb ... und die Seele seiner Rasse (der Menschheit) war gestorben. So glaubte ich, ich Tor! (Lukas-Evangelium: "Wir aber hofften, daß er es sei, der Israel erlösen würde." [311]) ... Es kamen helle, sonnige Tage. Die Stimme des Lebens drang wieder zu mir herein. Und wo ich sprechen hörte, sprach man von Winnetou (Christus). Er lebte. Er kam vom Hancockberg (Golgatha), wo er erschossen (gekreuzigt) wurde, über Prärien, Täler und Berge in seine Heimat zurück. Immer näher und näher. Er war nicht tot. War er überhaupt gestorben? Seine Taten wachten auf. Seine Worte wanderten von Zelt zu Zelt. Seine Seele wurde laut. Sie begann zu sprechen, zu predigen. Sie schritt durch die Täler. Sie stieg auf die Berge.

Sie kam zu uns herauf, zum 'Berg der Medizinen'. ... Er (Winnetou-Christus) war im Munde aller roten Nationen. Er wurde zur Turmesflamme, die über die Savannen und über die Berge leuchtet. Wer Gutes, Reines und Edles wollte, der sprach von Winnetou (Christus). Wer nach Hohem, nach Erhabenem trachtete, der redete von ihm. Winnetou (Christus) wuchs zum Ideal. Er ist die erste geistige Liebe seiner Rasse (der Menschheit). Ich lernte viel begreifen, was ich früher nicht begreifen konnte." (295f.)

Christus hat sterben müssen, um die Menschheit zu erlösen, ebenso Winnetou: "... er hat sterben müssen. Denn nicht sein Leben, sondern sein Tod hat alle Stämme der Apatschen (Israels) und alle roten Völker (alle Menschenvölker) aufgeschreckt, doch endlich die Augen zu öffnen ... Wir waren blind. Wir sind nun sehend geworden." (301)

Im Zusammenhang mit der Auferstehung Winnetous ist es interessant zu wissen, daß Sascha Schneiders aufstrebender Winnetou, Titelbild zu "Winnetou III" [312] - schon 1904 entstand. Dieses Bild ist eine deutliche Darstellung der Himmelfahrt Christi. Es ist zu vermuten, daß die Idee der verschlüsselten Darstellung Christi durch dieses Schneider-Bild zumindest sehr bekräftigt wurde, wenn May nicht überhaupt von hierher angeregt wurde. May wird sie dann wohl auch bereits 1904 gefaßt haben, in dem Jahr, in dem er im Nachwort von "Winnetou III" bereits den Mount Winnetou nennt. [313]

Für Schneiders direkten Einfluß spricht auch, daß May dem fünf Jahre zuvor entstandenem Bild eine besondere Funktion im Roman gibt und durch die Sascha Schneider`schen Arbeiten, die er im Roman positiv herausstellt, diesem gewissermaßen für seine Anregung dankt. Das Sascha Schneider-Bild ist die Darstellung Winnetous als Seele - "... nicht sein Körper, sondern seine Seele" (348), sagt Tatellah-Satah -, die zum Himmel, zum Kreuz schwebt, den Menschen ein Vorbild gibt, ebenfalls seelisch nach oben, zu Gott, nach Dschinnistan zu streben, alles Irdisch-materielle - die Häuptlingsfeder - hinter sich lassend. "Könnten wir ihn unsern Völkern doch so zeigen, wie wir hier ihn sehen! Könnten wir ihm doch ein Denkmal setzen, welches ihn genauso gibt, wie wir ihn in diesem Augenblick empfinden - als Seele!" (348)

Dieses seelische Denkmal ist das Testament Winnetous, also das Neue Testament, das May noch zu schreiben gedenkt, durch das Shatterhand in "Winnetou IV" aber bereits seine Zuhörer resp. Leser vom wirklichen Christus überzeugen kann. Was im Roman

durch die Lesung gelingt, möchte May in der Realität durch einen weiteren Roman "Winnetous Testament" erst noch erreichen.
Das Neue Testament ist die Lehre vom wahren Christentum - es soll den Lesern durch die Figur Winnetou anschaulicher werden -, das sich entschieden absetzt vom Namenschristentum, welches durch das Komitee vertreten wird, wie noch zu zeigen ist.
Im Testament ist "sein (Winnetou-Christus') Geist und seine Seele enthalten. Während ich lese, tritt aus ihnen seine klare, reine, edle und wahrhaft große Persönlichkeit hervor. Im Innern des Zuhörers bildet sich die seelische, also die wirkliche, die wahrheitsgetreue Figur meines und deines Winnetou (Christus). Und wer diese in sich fühlt, ... der ist für das Komitee (Namenschristentum) ... verloren." (351) Die Botschaft Christi, die Heilsbotschaft, richtet sich an alle Menschen: "Ich bin Winnetou. ... ich schreibe für alle, die da Menschen sind auf Erden." (363) So beginnt das Testament und beschreibt dann im 1.Heft "seine Kindheit, in dem zweiten sein Knabenalter" (364), bezogen aufs Lukas-Evangelium die "Kindheitsgeschichte Jesu" bis zum Auftreten des Zwölfjährigen im Tempel.
Es ließen sich sicher noch zahlreiche Stellen finden, die eine Christusspiegelung in Winnetou belegen, doch scheinen mir die genannten bereits beweiskräftig genug zu sein, will man hier überhaupt von Beweisen sprechen. Es wäre wünschenswert, daß ein Bibel-kundiger May-Forscher einmal eine Vergleichslesung von "Winnetou IV" und dem Neuen Testament unternehmen würde. Nicht nur bei der Bergpredigt werden sich da viele Parallelen finden lassen.
Wie schon bei anderen Figuren ist auch bei Winnetou festzustellen, daß er nicht durchweg für das Gleiche, hier nicht durchweg für den Heiland der Menschheit, Christus, steht. Das hängt hier vor allem damit zusammen, daß die rote Rasse sich zwar fast immer auf die Menschheit erweitern läßt, aber auch eine Eigenwertigkeit besitzt, die sich erklärt aus Mays spezieller Vorliebe für die Indianer. Die Verschlüsselung der Menschheitsprobleme durch "indianische ...und orientalische Gewänder" führte May "ganz selbstverständlich zu tiefem Mitgefühle für die Schicksale der betreffenden Völkerschaften. Der als unaufhaltsam bezeichnete Untergang der roten Rasse begann mich ununterbrochen zu beschäftigen." [314] Aus der abstrakten Ebene kann man also noch eine Ebene herausfiltern, auf der die spezifischen Probleme der Indi-

aner behandelt werden, doch tritt diese Ebene deutlich hinter der menschheitlichen zurück, die immer übergreifend ist.[315]
Auf der Ebene der roten Rasse wird Winnetou reduziert auf den Häuptling der Apatschen, ohne aber dabei seine Erlöserfunktion zu verlieren; lediglich die Christus-Identität wird zurückgedrängt: Winnetou wird gleichsam menschlicher, so daß er in dem Brief an Old Shatterhand schreiben kann: "Du brachtest mir Schätze für Geist und Seele. ... So hab ich mich zu Deinem Schutz zu dir emporgehoben... Du warst mir Geist und Seele, Herz und Wille. Was ich Dir bin, das wurde ich durch Dich." (186f.) May erhebt sich hier keineswegs über Christus, sondern das frühere Verhältnis von Shatterhand und Winnetou wird hier in den Roman eingebracht, um eine Kontinuität des Winnetou-Bildes von der Trilogie bis zu Mays letztem Roman zu suggerieren. Diese schwache Brücke hält die Belastung durch den völlig neuen Christus-Winnetou, wie er sich im übrigen Roman bis auf wenige Textstellen zeigt, nicht aus. Man muß konstatieren, daß Mays Versuch, an frühere Erzählungen anzuknüpfen, "Winnetou IV" sehr geschadet hat, da es so nicht gelingen konnte, ein eindeutiges Winnetou-Bild, Winnetou als Edelmensch Christus, aufzubauen. May fällt sich damit unbewußt selbst in den Rücken, da er eine klare Abgrenzung zwischen dem richtigen und dem falschen, pantherhaften Winnetou durch das Einbeziehen eines dritten, des alten Winnetou verhindert.
Es ist allerdings zuzugeben, daß die Darstellung eines absoluten Christus-Winnetou ohnehin nur möglich gewesen wäre, hätte es sich bei "Winnetou IV" um den ersten Winnetou-Roman überhaupt gehandelt, bei Unvorbelastetsein der Leser also. So aber mußten die Leser in jedem Fall unverständig auf den neuen Winnetou reagieren.

5. Clan Winnetou

Handelt es sich bei Winnetou um die Seele Christi, deren Botschaft im Neuen Testament festgehalten ist, so steht der Clan Winnetou für Christi Apostel und Jünger, denen sich die ganze Menschheit anzuschließen hat, um den Körper zu bilden, dessen Seele eben Winnetou oder vielmehr Christus ist.
Es handelt sich "um die Schöpfung eines großen, edlen, lebendigen Winnetoukörpers, eines sich über ganz Amerika und auch darüber hinaus verbreitenden 'Clan Winnetou', der von seinen Gliedern nichts verlangt, als edle Menschen zu sein, die nur Liebe geben, weil nur diese allein den Menschen edel macht." (428)

Auch hier ist es mehr als offensichtlich, daß Winnetou nicht Indianer, sondern Christusspiegelung ist, denn es wäre bei aller Verwegenheit May'scher Gedankengänge doch zu absurd, anzunehmen, er hätte die Idee gehabt, in Deutschland eine neue Religion unter dem Zeichen des Indianers Winnetou einzuführen. Vielmehr war es Mays Ziel, das Neue Testament und die Botschaft Christi - "Liebet Eure Nächsten!" - wieder in Erinnerung zu rufen, neu zu beleben. Karl Mays Beschreibung des indianischen Clan-Systems ist keine reine dichterische Fiktion, ein Teil der Indianer hat ein solches System tatsächlich gekannt. Allerdings - einen "Clan der Wahrhaftigkeit, der Treue, der Wohltätigkeit, der Beredtsamkeit, der Ehrlichkeit" (119) hat es nie gegeben, sondern nur Familien-Clans, die ihre gemeinsame Abstammung von einem Ahnen - in der Vorstellung der Indianer ein Tier, das Totemtier - herleiteten und sich nach eben diesem Tier benannten. Tiernamen wurden also keineswegs "der leichteren Unterscheidung wegen" (119) gewählt. Diese Clan-Einrichtung, die besonders bei den Irokesen gepflegt wurde, war sozial segensreich, da es auch Verwandtschaftsverhältnisse zwischen einzelnen Stämmen gab und der Clan so dem friedlichen Zusammenleben diente. Eine literarische Darstellung des Clans und seiner Bedeutung als sozialem Schutz findet sich auch bei James Fenimore Cooper, im "Letzten Mohikaner", wo Unkas gerettet wird, weil er zum Clan der "Großen Schildkröte" gehört. [316]

Wie auch in anderen Fällen hat May im Clan-Motiv einen realen indianischen Brauch aufgegriffen, den er aus der Fachliteratur kannte, und ihn dann so abgewandelt, daß er allegorisch in seine Philosophie einzupassen war. May wollte sowohl dem Bild wie dem Abbild einen Eigenwert zukommen lassen. Da es - wie in diesem Fall - nicht immer ohne rigorose Veränderung der Realität möglich war, gewinnen viele Bilder Mays aber eher einen symbolischen Charakter. Inwieweit läßt sich nun die These belegen, daß der Clan Winnetou für die Apostel und Jünger Christi steht?

Wie die Apostel im Zeichen des Kreuzes handelten - das im übrigen im Roman als Blumenkreuz im Passiflorenraum ja auch eine Rolle spielt - so tragen die Mitglieder des Winnetou-Clan den Stern von Sitara als Erkennungszeichen Dschinnistans, der Anhängerschaft Gottes. Der zwölfstrahlige Stern weist auch auf die Zwölfzahl der Apostel hin.

Wie die Christen sich nach Christus nennen,so die Clan-Mitglieder

nach winnetou Winnetous und Winnetahs.
Beide Anhängergruppen, Christen und Winnetous/tahs nennen sich untereinander Brüder und Schwestern.
Beide Gruppen stehen unter der Verpflichtung der Nächstenliebe, die sogar fordert, Todfeinde zu lieben. "Liebet eure Feinde (tut Gutes denen, die euch hassen) und betet für sie, die euch verfolgen." [317] So sagt Christus in der Bergpredigt. Bei May heißt es: "... der Engel eines Verhaßten oder gar Verachteten zu sein, das ist ein schwerer, steiler Weg zur edlen, wahren Menschlichkeit empor." (205)
Beide Gruppen sind "bereit..., die Vergangenheit zu sühnen" (202), d.h. die Erbsünde auf sich zu nehmen.
Beide Vereinigungen sind schnellwachsende: "Bald wurden es zehn, dann zwanzig, fünfzig, hundert; jetzt zählen sie schon auf tausende." (203) Aufgrund der Predigt des Simon Petrus nach dem Kommen des Heiligen Geistes "wurden hinzugenommen an jenem Tage gegen dreitausend Seelen." [318]
Sowohl das Christentum wie der Clan Winnetou sind bestrebt zu missionieren: "Wir wünschen, daß die Nächstenliebe, nach der wir streben, nicht nur uns, sondern die ganze Menschheit vereine."(205)
Der Junge Adler könnte funktional für Petrus, den ersten Jünger, stehen: "Er war 'der erste Winnetou'." (428) Nach der Katastrophe am Mount Winnetou bekehrt er die feindlichen Indianer, die "Heiden" und bewegt sie zum Eintritt in den Clan Winnetou, in die Gemeinde der Christen. "Er ... gesellte sich jetzt zu ihnen, um ihnen zu predigen (!), was ihnen, zumal in ihrer jetzigen Lage, förderlich und heilsam war. An anderen Stellen (in anderen Ländern?) hörte man die Stimmen anderer 'Winnetous'. Sie gingen, um mich eines biblischen Ausdruckes zu bedienen, 'Menschen fangen'.(!)" (428f.) Bei der Berufung des Petrus und seines Bruders Andreas sagt Christus: "Kommt, folget mir nach, und ich werde euch zu Menschenfischern machen!" [319]
Eines der obersten Prinzipien des christlichen Glaubens ist die Verzeihung. Nur, wer die Kraft hat, auch seinem Feind zu verzeihen, kann ein wahrer Christ sein. "Wenn du das tust, bist du ein 'Winnetou', sonst aber nicht!" (429) So söhnt sich Shatterhand schließlich sogar mit den feindlichen Häuptlingen aus, in gegenseitiger Verzeihung und Tangua sagt mit Emphase:"Einander verzeihen! Ihr uns und wir euch! ... Und dann einander helfen!

Ich habe dich gehaßt, nun aber werde ich dich lieben! ..." (430)
Der Winnetou-Clan steht also für das wahre Christentum, für die wahre Nächstenliebe, ganz ebenso wie die beiden anderen großen Schutzengelgemeinschaften im Spätwerk, Shen und Dschinnistan.
In dieses Bild sind katholische Schutzengelvorstellungen miteingegangen, die Organisationsform erinnert zudem auch an die "unsichtbaren Logen" der Freimaurer. Die Freimaurer wollen dem "Mitmenschen soviel als möglich helfen" [320], dabei aber möglichst unsichtbar bleiben. Ihr Ziel ist eine weltumspannende "unsichtbare Loge", die alle Organisationen sichtbarer Logen entbehrlich machen würde.
Der Clan Winnetou - über die ganze Menschheit ausgedehnt - ist Mays utopische Vorstellung von der Vereinigung aller Menschen zum einen Edelmenschen im Geist Christi. So vereint May hier die beiden Wege, die der Menschheitsspaltung entgegenwirken sollen und getrennt schon lange beschritten wurden, nämlich den theologischen und den sozialen Weg. Beides geht zurück auf Bemühungen "großer Medizinmänner der Vergangenheit" (119), war aber getrennt nicht effektiv genug. (Vermutlich denkt May hier an die Trennung von Kirche und Staat) "Der theologische Weg der Vereinigung lag in dem Gedanken 'Großer Geist' oder 'Großer, guter Manitou'(Gott)." "Der soziale Weg der Vereinigung wurde in dem Gedanken der Clans gegeben." (119)(also Familie, Staat etc.) Die Verbindung beider Wege ist der Weg zur weltumspannenden Familie Gottes, wo Dschinnistan zur Realität wird. Diese an sich klare Theorie verwischt sich dadurch, daß May in diesem Konzept der indianischen und der germanischen Rasse eine besondere Stellung einräumt. Mays Vorliebe für die Indianer und sein trotz aller Theorie nie ganz überwundener Stolz, Deutscher zu sein, beeinträchtigen die utopische Vereinigung aller Menschen entschieden, indem die Grundvoraussetzung der Gleichheit - die May an anderem Ort selbst postuliert - negiert wird.

6. Germanisch-indianische Rasse

In seiner Biografie schreibt May über die indianische und die semitisch-mohammedanische Rasse: "An diese beiden Rassen wollte ich meine Märchen, meine Gedanken und Erläuterungen knüpfen." [321]
Er nahm sie also exemplarisch; dabei entstand "tiefes Mitgefühl für die Schicksale der betreffenden Völkerschaften." [322]

Das Elitedenken Mays, das der indianischen und der germanischen Rasse eine Vorrangstellung in Mays "Winnetou IV"-Utopie einräumt, äußert er bereits in "Ardistan und Dschinnistan"; das Zitat zeigt auch Mays Ablehnung des Yankee, des materiell orientierten Menschen, wobei er dieses Urteil aber in "Winnetou IV" wieder teilweise revidierte (Vgl. 45): "Der gegenwärtige Yankee wird verschwinden, damit sich an seiner Stelle ein neuer Mensch bilde, dessen Seele germanisch-indianisch ist. Diese neue amerikanische Rasse wird eine geistig und körperlich hochbegabte sein und ihren Einfluß nicht auf die westliche Erdhälfte allein beschränken. Sie wird sich aller Ideale und aller geistigen Triebkräfte des Abendlandes bemächtigen, und wehe dem alten Europa, wenn es dem nichts anderes entgegenzusetzen hat, als nur die alten Vorurteile, die alte Selbstüberhebung, die alten Kultursünden und - - die alten Kanonen!" [323]

Im Lawrence-Vortrag "Drei Menschheitsfragen" spricht May zwar nicht von einer germanisch-indianischen Rasse - wohl im Bewußtsein der Waghalsigkeit dieses Gedankens - stellt aber die Sonderstellung des Deutschen heraus, dessen Aufgabe sein soll "die Machtstellung der deutschen Nation, aber nicht als Eroberer auf geographischem, sondern auf geistigem und seelischem Gebiete als Makler und friedfertige Vermittler von Volk zu Volk. Der Deutsche hat die Aufgabe, ein Missionar des Friedens, der Völkerliebe, der echten, wahren Humanität zu sein. Und weil die Entwickelung der Menschheit in der Richtung von Ost nach West fortschreitet, so steht die germanische Rasse hier in Amerika an der Spitze der Bestrebung, den Staat der Gewalt in den Staat der Humanität zu verwandeln, und wenn sie diese ihre Aufgabe begreift und kraftvoll in die Hände nimmt, wird uns hier aus der neuen Welt der Völkerfriede kommen, den wir von der alten vergeblich erwartet haben."[324]

Nicht um eine imperialistische Vorherrschaft geht es also, sondern um eine "geistige und ethische Aristokratie" [325], die dem Weltfrieden dienen soll. Die germanische und die indianische Rasse bilden zusammen diese Aristokratie, weil sie "beide ... das (haben), was wohl kein anderer hat, nämlich Gemüt, und das wird sie vereinen." [326]

So entwickelt May eine Theorie "des langsamen, aber sicheren Entstehens einer neuen germanisch-indianischen Rasse jenseits des Atlantic, deren Prototyp Winnetou ist..." [327] "Mein Häuptling

Winnetou ist der Prototyp der soeben jenseits des Atlantik entstehenden germanisch-indianischen neuen Rasse." [328]
Es wurde bereits gesagt, daß auf der Ebene der roten Rasse - einer Ebene, von der man nur sehr bedingt sprechen kann, weshalb sie in dieser Arbeit auch nicht explizit behandelt werden soll - der rote Heiland Winnetou reduziert wird auf den Häuptling, also auf das Haupt der Bewegung, den "Prototyp".
Die Theorie der neuen Rasse erlaubte es May, auch seine frühen Reiseerzählungen in diesem Sinn umzuinterpretieren, schließlich ist die Freundschaft zwischen dem Deutschen Shatterhand und dem Indianer Winnetou seit je Zentralthema der Amerika-Romane Mays gewesen. Aber selbst Klekih-petra läßt sich nun in dieses neue Weltbild integrieren: "Klekih-petra, der deutsche Lehrer Winnetous, ist der Einfluß der deutschen Volksseele auf die indianische Stammesseele." [329] Daß sich nach Mays Ideenwelt die germanische und die indianische Rasse zu vereinen haben, wird deutlich in Winnetous Brief: "Der große, gute Manitou führte uns zusammen. Wir sind nicht zwei, sondern einer. ... Konnten die Bleichgesichter nicht alle so zu uns kommen, wie Du, der einzelne, zu mir, dem einzelnen, kamst? ... wird auch ebenso mein Volk sich zu dem Deinigen erheben, und alle Leiden meiner Nation sind ausgelöscht, ... mein treuer, warmer Puls, der fortan mit dem Deinigen vereint in Deinem Herzen schlägt. Könnte dieser Puls der Puls der ganzen Menschheit sein!" (186f.) Die Namen des Deutschen und des Indianers sind "zum Symbol der Freundes- und der Menschenliebe, der Hilfsbereitschaft und der Aufopferung sogar bis in den Tod" (203) geworden. Der Rote Tatellah-Satah ist "die Sehnsucht der roten Völker, welche nach Osten schauend, auf Erlösung warten" und der Deutsche Shatterhand ist "der anbrechende Tag, der über Länder und Meere wandert, um uns die Zukunft zu bringen." (283)
Trotz zahlreicher weiterer Hinweise auf die Theorie einer germanisch-indianischen Rasse hat May dieses Thema nicht explizit ausgeführt. Der "Lieblingsgedanke" bleibt im Hintergrund, "Winnetou IV" ohnehin Fragment. Eine Ausführung wäre vielleicht von "Winnetous Testament" zu erwarten gewesen, aber nicht zu wünschen, aus oben genannten Gründen und weil das Rassedenken Mays trotz der Verschränkung mit den Friedensidealen in gefährliche Nähe zu Ideen der Rassentheoretiker seiner Zeit, vor allem Chamberlains, gerät; es läuft den Grundgedanken etwa von "Et in terra pax" zuwider, wo es heißt, daß kein Volk "von Gott mit einer speziellen Auszeich-

nung begnadet" [331] wurde.

7. Der falsche Winnetou und seine Anhänger

Für das Winnetou-Denkmal gibt es mehrere Vorbilder: die Freiheitsstatue in New York, das Moses-Denkmal in Albany, das Grabmal Sa-go-ye-wat-has in Buffalo, aber auch die Monumentalskulpturen Klingers [332] und das Bismarck-Standbild Hugo Lederers.
Auf der Autobiografischen Ebene II steht das Denkmal für die von May-Lesern als Krieger falsch verstandene Figur und für den als Abenteuerbuch falsch verstandenen "Winnetou"-Roman.
Auf der abstrakten Ebene erweitert sich dies zum falschen Verständnis des Christusbildes und des Christentums.
Man will den wahren Christus, den wahren Edelmenschen, den wahren Winnetou und seine Botschaft, das Neue Testament, nicht sehen. Statt dessen soll sein Denkmal "auf den kahlen windigen Höhen prahlerischer Öffentlichkeit errichtet werden; es handelt sich also um ein äußerliches Christentum, das auf Effekt beruht, dessen innere Werte verkümmert sind, das nur der Profitgier dient." [333]
Das Denkmal ist ein "Prunkwerk oberflächlicher und kurzsichtiger Denker" (199), die mit ihrem äußeren Christentum prahlen, das auf hohlem Grund gebaut ist und daher unweigerlich zum Einsturz bestimmt, weil die inneren Werte fehlen, nämlich das Wissen um das große Gesetz von Dschinnistan, das Gebot der Nächstenliebe, wie es im Clan Winnetou praktiziert wird.
Statt diese Nächstenliebe zu üben, verband sich das abendländische Christentum zur Zeit Karl Mays mit den Staatsgewalten zu dem Zweck, die "Heiden" zu missionieren, wobei es der Kirche vor allem um eine Ausweitung ihrer Macht ging - Teile der Kirche wurden militant. Dieses militante Christentum, das nur dem Namen nach noch christlich war, wird von May im Winnetou-Denkmal beschrieben und verurteilt. Winnetou-Christus ist da in aggressiver Bewegung dargestellt, mit Waffen behangen, das Gesicht (des Modells) trägt einen "gierigen Ausdruck", der "befremdend" und "abstoßend" wirkt, obwohl "die Schönheit dieses Gesichtes trotz alledem" (311) noch sichtbar ist. Dieser "christliche" Kolonialismus, porträtiert im Denkmal, dient dem Profit und entehrt daher das wahre Christentum: "Wer ihm (Winnetou-Christus) ein sichtbares Denkmal setzt, der erhöht ihn nicht, sondern der zwingt ihn, herabzusteigen. Er entehrt ihn, anstatt ihn zu ehren." (200) Wer wie die "christli-

chen" Missionare nur ein äußeres Christentum gibt, hat nicht das Recht, sich über andere Religionen zu erheben: "Ein Denkmal von Gold oder Marmor, in Riesengröße, auf herrschender Bergeshöhe, weit über Land und Volk hinschauend, würde Lüge, würde Überhebung sein. Überhebung und Lüge von uns (den "Christen"), nicht aber von Winnetou" (203), nicht von Christus, der tolerant war.
Wie ging die "Christenheit" bei ihrer überheblichen, militanten Missionierung vor?
Die "Angelegenheit wurde mit derselben Smartneß behandelt, wie man eine Eisenbahn- oder Ölgesellschaft gründet.(beide waren ja wie die Kolonialisten Landräuber) Man begann sehr zeitig und sehr still. Man legte vor allen Dingen Beschlag auf die herrliche Gotteswelt ... Man will hier eine Stadt gründen ... Man pumpt in der Nähe schon Öl (beutet die kolonialisierten Länder aus). Man hat den einen Wasserfall schon in Ketten geschlagen, um Elektrizität zu gewinnen. Dadurch ist mit der Zerstörung des herrlichen Landschaftsbildes und der Entweihung und Beschmutzung aller Ideale ... begonnen. Man fällt den Wald. Man zerstört ihn durch Steinbrüche, die man in den Felsen schlägt, um Material für den Kollossalbau des Denkmales und der Häuser zu gewinnen." (279) Die Utopie einer einigen Menschheit in der inneren Überzeugung des christlichen Glaubens wird durch das gewinnstrebende äußere überhebliche Christentum zerstört: "Man will sogar das Wunder dieser Gegend, den herrlichen 'Schleierfall' (der für die Zukunft steht, wenn die "Schleier fallen"), vernichten, um Platz für Profangebäude zu gewinnen." (279) Obgleich das abendländische Christentum vorgibt, durch die Missionierung die Menschheit zu vereinen - "alle roten Stämme vereinen zu können" (279) - entzweit es sie "mehr und mehr, innerlich und äußerlich" (279), da es nicht in Liebe kommt. Die Missionare haben die Unterstützung des Staates, die Erbauer des falschen Winnetou "die Genehmigung des Kongresses" und erkennen "eine höhere Autorität" (302), nämlich Tatellah-Satah, die Menschheitsseele, nicht an. Denn sie wollen "mit ihrem Projekt ein 'Geschäft' machen" und sich und "ihre Söhne zu einer Berühmtheit emporschrauben, aus welcher neue Reichtümer zu schöpfen wären." (302f.) Nicht Winnetou-Christus soll also geehrt werden, sondern man will sich selbst ehren, sich überheben und im übrigen handelt es sich "überhaupt um ein ganz gewöhnliches Geschäft"(303).
Zwei Motive gibt es für die Idee der Winnetou-Statue: die Profit-

gier, vertreten durch Surehand und Apanatschka und die Ruhmsucht, vertreten durch deren Söhne, die Künstler sein wollen.
Laut May ist die Kunst einer der drei Wege, die zu Gott führen sollen. Wie "Winnetou IV" zeigt, war May sich sehr wohl bewußt, daß die Kunst seiner Zeit häufig an diesem seinem Ideal vorbeihandelte und sich stattdessen ebenfalls mit ihren kriegerischen Monumentaldenkmalen zum "christlichen" Kolonialismus bekannte. Young Surehand und Young Apanatschka studierten zunächst die "Kolossaldarstellungen der alten Ägypter" (15), ein damaliges Vorbild der deutschen "Bildhauerei". Sie dienen nicht mehr dem Ideal, "Herrgottsschnitzer" [334] zu sein, ihr "künstlerisches Wollen und Können" ist "auf den Abweg des Business hinübergeleitet worden." (14) So können sie auch kein wahres Bild von Winnetou-Christus geben, weil ihre Ideale keine christlichen sind. "Ihr habt also Winnetou niemals verstanden und begriffen. Wie könnt ihr uns da ein Bild von ihm geben, welches wahr und nicht erlogen ist?" (310) Ob May bei diesen Gedanken bestimmte Einzelkünstler im Auge hatte, ist ungewiß. In jedem Fall weiß er, wer für ihn die wahre christliche Kunst vertritt: Sascha Schneider, der "Bilder gibt, die mächtiger und eindringlicher predigen, als Worte predigen können." (349) Schneider steht für eine symbolistische Kunst, die - ebenso wie May selbst - die Ideale des Christentums verschlüsselt zum Vorbild gibt. Die wahre Kunst besteht für May nicht darin, "das Irdische abzukonterfeien, sondern das Himmlische im Irdischen nachzuweisen." (360) Der Naturalismus ist für ihn "totes Bild", der Symbolismus aber aus "Leben, Fleisch und Blut", "lebendig" (360). Man wird einschränken müssen, daß der Symbolismus dies für May nur soweit war, wie er den Weg zu Gott wies, Edvard Munch etwa - kannte er ihn überhaupt - wird er abgelehnt haben.
Im Roman werden Surehand und ihre Söhne von ihrem falschen, profitablen Winnetou-Christus und ihrer falschen Kunst bekehrt: "Das mit dem Riesendenkmal war kein sehr geistreicher Gedanke von uns. ... Das war eine ganz gewaltige Ohrfeige für uns", "als wir unser sogenanntes Kunstwerk plötzlich in die Erde verschwinden sahen." (417) Diesem "Kunstwerk" fehlte beim Einsturz bezeichnenderweise noch der Kopf. Das auf hohlem Grund gebaute Denkmal ist gesichtslos, "eine Kunst ohne Seele und Gedanken" (393). Da hilft auch die Illumination nicht, das Bild zu beleben, zumal es auch dann nichts als ein "belebter Rowdy" (393) wäre.

Das äußere, rowdyhafte Christentum, mag man es noch so verherrlichen, muß einstürzen und für dieses falsche Idol muß der "wirkliche Winnetou (Christus) eintreten, "der Geist, Gemüt und Adel besitzt, und Geist, Gemüt und Adel ... fordert." (393) Bildlich, Vor-bildlich wird dieser Winnetou im Sascha Schneider-Bild gezeigt: "So wie er sollen auch wir nach oben streben, wir, seine ganze Rasse (die ganze Menschheit). Er nimmt uns mit; er zieht uns förmlich hinauf." (393) In der Realität soll das Christentum neu im Clan Winnetou entstehen, in der Bildung des einen Edelmenschen. Im Zeichen Dschinnistans, im Zeichen der Liebe allein darf und muß die Welt missioniert werden, christlich, nicht aber namenschristlich.

Die eigentlichen Vertreter des Namenschristentums sind nicht so sehr Surehand, Apanatschka und ihre Söhne, sondern die Mitglieder des Komitees, die auf der abstrakten Ebene noch einmal neu zu interpretieren sind. Interessanterweise ist allein Paper hier nicht ohne weiteres zu deuten; es hat den Anschein, daß es May nicht möglich war, das verhaßte Individuum Lebius auf eine Geisteshaltung hin zu verschlüsseln, im Gegensatz zur Verschlüsselung der anderen entsprechend dem Satz "So soll ein jeder Mensch zugleich auch die Menschheit (oder doch einen Teil der Menschheit) bedeuten." (283) Paper hat eine Sonderstellung, wie auch ein Zitat zeigt, in dem May das Komitee und Paper nebeneinander nennt, ein Zitat, das zugleich auch Mays Überzeugung ausdrückt, daß das wahre Christentum über das Namenschristentum siegen wird, auch in der Realität und nicht zuletzt dank seines "Winnetou IV"-Romans: "... wer diese (die wahre Winnetou-Figur) in sich fühlt, wer sie geistig gesehen und begriffen hat, der ist für das Komitee und Mr. Okih-tschin-tscha alias Antonius Paper verloren." (351)

Die anderen Komiteemitglieder stehen für bestimmte Geisteshaltungen. Simon Bell, der erste Vorsitzende, trägt das Christliche bereits im Namen, ist wahrer "Namenschrist". Die Kombination Glocke (christliches Symbol)-schwarz-Petrus-Philosophie weist ihn als Personifikation des Christentums aus, möglicherweise speziell des katholisch-orthodoxen, wie Ekkehard Koch vermutet.[335]

Edward Summer - "Sommer erinnert an Sonne und blauen Himmel, also an Bilder für Freude oder Erhabenes"[336] - mit der Kombination Blatt-Buch-Klassikalphilologie könnte für die christliche Dogmatik und Theologie stehen. "Den Vorsitz des Komitees nimmt also das Christentum ein, aber was für ein Christentum! Ein Christentum, in dem ein Agent und ein Bankier vonnöten sind! Der Agent heißt Evening. Was liegt näher, als zu diesem Abend- ein -land zu ergänzen? Dann wird aus dem Komitee die abendländisch-christliche Geisteshaltung, die vor allem von der Jagd nach Profit getragen ist." [337]

Dieses Namenschristentum wird am Ende des Romans aufgelöst, da es nicht das Recht hat, sich auf Christus zu berufen. Die Dogmen, "Satzungen" (277),dieses Christentums können nicht gelten, da es sich selbst eingesetzt hat.

Keine Anhänger des falschen Winnetou sind die Arbeiter. Sie sind an keiner der beiden Winnetou-Alternativen interessiert - sie stehen für Atheismus und Nihilismus.

8. Die feindlichen Häuptlinge

Die Bedeutung der feindlichen Häuptlinge auf der abstrakten Ebene ist nicht eindeutig. Ekkehard Koch meint, daß sie das "Prinzip des Bösen" [338] verkörpern, im Gegensatz zum Clan Winnetou, der das Gute repräsentiert. Das scheint mir nicht falsch, aber doch vereinfachend. Das absolut Böse war für May das Teuflische, als Teufel, als unwandelbare Bösewichte aber werden die Häuptlinge nicht geschildert: das würde die schließliche Bekehrung und Verbrüderung mit ihnen ausschließen. Nicht Teufel sind sie, sondern Gewaltmenschen, die sich dem Teuflischen, dem Bösen verschworen haben, ins Bild gebracht durch die beiden Teufelskanzeln. Bei der ersten Kanzel lagern die Häuptlinge an der Insel, wo der Teufel spricht, bei der zweiten auf der, wo der Teufel hört. Das drückt ihre Teufelsgefolgschaft aus, nicht aber ihre Identität mit ihm. Daß sie nicht eigentliche Teufel in den Augen Mays sind, zeigt die Szenerie am und im Haus des Todes, wo sie als "verschmachtete Seelen" bezeichnet werden, "die nach dem Jenseits ziehen, um dort in ihren leeren, ewigen Jagdgründen vollends zu verhungern." (251) Das Haus des Todes ist dieses Jenseits, aber "keine Begräbnisstätte ..., sondern ein Beratungstempel, in dessen Altar die Medizinen aufbewahrt werden, bis das, was man beraten hat, ausgeführt worden ist." (246) Es ist nicht das endgültige "Inferno", die Hölle - wie Klara meint -,sondern das "Fegefeuer" (257), also Märdistan, die Geisterschmiede, in der sich die Häuptlinge zur Beratung befinden. Die Medizinen sind - wie mehrere Stellen zeigen - Symbol für die menschlichen Seelen. Darauf wird noch eingegangen werden. Die Seelen der Menschen werden in Märdistan, im

Fegefeuer aufbewahrt und von Shatterhand geraubt, der sie erst dann zurückgibt, als die Gewaltmenschen sich am Mount Winnetou zu Dschinnistan bekannt haben, sich im dortigen Märdistan geläutert haben. Bei dieser Läuterung der Gewaltmenschen, die "nur an die Vergangenheit (denken) und ... unfähig (sind), die Gegenwart zu begreifen" (251), hat Old Shatterhand eine besondere Funktion, denn er bringt die Zukunft (Vgl. 283) und die Erlösung, indem er die Häuptlinge in ihrem Märdistan am Mount Winnetou vor die Alternative stellt, in Ardistan zu verharren und damit ihre Medizinen (Seelen) zu verlieren oder ihre Medizinen durch das Bekenntnis zu Dschinnistan zu retten. Im Haus des Todes weist May bereits auf diese Rettung hin: "Was da unten beschlossen werden sollte, war Sünde, ja; aber es hatte nicht unbedingt zur Verdammung zu führen (im Fegefeuer sind ja beide Wege noch begehbar - der in die Hölle und der in den Himmel); wir selbst waren ja da, um ihm ein besseres Ende, einen glücklichen Ausgang zu geben (die Menschen können durch Nächstenliebe andere vor der Hölle bewahren). Mir kamen die Gestalten da unten vor, nicht als ob sie Abkömmlinge vergangener Jahrtausende, sondern die zu erlösenden Seelen jener uralten Zeiten seien, die sich hier versammelt hatten zur letzten, bösen Tat, in deren Schoß die Befreiung aus der Finsternis zu suchen und zu erfassen war." (257f.) Die Befreiung liegt in der "bösen Tat", weil die Indianer, die Gewaltmenschen, durch sie erkennen, daß das Böse, die "böse Tat", ihre Seelen - beim Zweikampf - vernichten würde und sie dadurch dann zur Hölle verdammt wären.
Old Shatterhand ist die Menschheitsfrage: "Dieser Old Shatterhand ... ist als jene große Menschheitsfrage gedacht, welche von Gott selbst geschaffen wurde, als er durch das Paradies ging, um zu fragen: 'Adam, d.i. Mensch, wo bist Du?' 'Edelmensch, wo bist Du? Ich sehe nur gefallene, niedrige Menschen!' Diese Menschheitsfrage ist seitdem durch alle Zeiten und alle Länder des Erdkreises gegangen, laut rufend und klagend, hat aber nie eine Antwort erhalten. Sie hat Gewaltmenschen gesehen zu Millionen und Abermillionen, die einander bekämpften, zerfleischten und vernichteten, nie aber einen Edelmenschen ... So geht ... Old Shatterhand ... durch die Länder, um nach Edelmenschen zu suchen. Und wo er keinen findet, da zeigt er durch sein eigenes edelmenschliches Verhalten, wie er sich ihn denkt." [339] Diese Menschheitsfrage Shatterhand, "die seit Urzeiten den Menschen innewohnende Sehnsucht nach Erlösung" [340], ist auch im Haus des Todes anwesend, wo sie nur "gefallene, niedrige Menschen", "verschmachtete See-

len" sieht, wird aber nicht entdeckt, d.h. wird nicht verstanden. So ist auch die Botschaft auf der "Riesenhaut des längst schon ausgestorbenen Silberlöwen" (Anspielung auf Mays "Im Reiche des silbernen Löwen") und der "Haut des großen Kriegsadlers" (258) den Häuptlingen zwar bekannt, wird aber auch nicht verstanden, ist für sie nicht viel mehr als eine rituelle Formel - in der christlichen Kirche. Die Botschaft des Christentums wird gehört und nicht verstanden. "Bewahret eure Medizinen!" (258), Rettet eure Seelen!, heißt es da, doch die Häuptlinge geben sie preis, der erste Teil der Prophezeiung geht in Erfüllung: Das "Bleichgesicht des Silberlöwen", Shatterhand, die Menschheitsfrage raubt die Medizinen, die "eine große, segensreiche Macht" (261) in seinen Händen sind, weil ihre drohende Vernichtung die Gewaltmenschen auf den Weg nach Dschinnistan, zum Edelmenschentum, weist.
Der zweite Teil erfüllt sich am Mount Winnetou, wo der Junge Adler "die im Verlauf der Jahrtausende verlorengegangenen 'Medizinen' (Seelen)" (262) zurückbringt.
Solange die Gewaltmenschen nicht zu Edelmenschen geworden sind, sind sie "Heiden". Aus dieser Betrachtungsweise löst sich die Inkonsequenz in der Haltung der Häuptlinge zum Winnetou-Denkmal weitgehend auf. Man muß hier in zweifacher Weise von "Heiden" sprechen. In ihrer anfänglichen Ablehnung des Winnetou-Denkmals, des äußerlichen Christentums, sind die Indianer die "Heiden" in den kolonialisierten Ländern, die sich nicht ausbeuten lassen wollen und sich nicht durch äußere Pracht blenden lassen. Sie sind "Heiden" in den Augen des Namenschristentums.
Als die Häuptlinge sich später - materiell nun doch verblendet - mit dem falschen Christentum verbünden, Shatterhand sogar töten wollen, die an sie gerichtete Menschheitsfrage verstummen lassen wollen, um so den profitablen steinernen Winnetou-Christus zu retten, werden sie erst zu wirklichen Heiden in den Augen Mays. "Heidnische Religionen" oder gar Atheismus sind May immer noch lieber als ein überhebliches materiell orientiertes Namenschristentum, das ja nur leere Lüge ist. "Erst habt ihr euch untereinander verbunden, um gegen das Denkmal zu sein, und nun gesellt ihr euch zu dem Komitee, um gegen dessen Gegner zu sein. Ist das eines Häuptlings würdig? Handelt so ein ehrlicher Mensch?" (386)
Läßt sich die Inkonsequenz also auch innerlich und zwischen den Zeilen begründen, bleibt sie doch ein Fehler in der Romanfabel, da sie im Roman selbst, auf der Handlungsebene, nicht aufgelöst wird.

9. Medizinen

Bis zum Spätwerk "Winnetou IV" stand May in seinen Werken dem indianischen Medizin-Mythos und besonders den Medizinmännern mehr als nur reserviert gegenüber.[341]
Der späte Gedanke einer Medizin-Allegorie veränderte dann auch Mays Einstellung zu diesem Teil der indianischen Religion.
Die Umkehr wird besonders deutlich zu Anfang des Romans - dort, wo May auf den späteren Auftritt des großen Medizinmannes Tatellah-Satah vorbereitet. Unter "Medizin" haben wir uns nun "grad das Gegenteil von dem zu denken ..., was wir uns bisher dabei dachten." (18) Medizin ist nun "gleichbedeutend mit dem Wort Mysterium" (18), Medizinmänner sind "Theologen, Politiker, Strategen, Astronomen, Tempelbaumeister, Maler, Bildhauer, Quipu-Entzifferer, Professoren, Ärzte, kurz, alle diejenigen Personen und Stände zusammengefaßt, durch welche die intellektuellen und ethischen Potenzen jener Zeit sich betätigten." (19) (Was natürlich auch umgekehrt zu lesen ist: alle "intellektuellen und ethischen Potenzen" einer Gesellschaft haben "Männer der Seele" zu sein) Diese Medizinmänner sind in der Gegenwart "verschollen" - es gibt in der Gegenwart keine (oder doch nur wenige) großen "Männer der Seele" mehr - , doch "nicht für immer, sondern nur für einstweilen" (19) und einen dieser Männer der Vergangenheit gibt es sogar noch oder wieder, Tatellah-Satah, auf den May in dieser Exposition vorbereitet: "Wenn wir in Tatellah-Satah einen jener alten, hochstehenden Medizinmänner der Vergangenheit kennenlernen, die wie Säulen im Bild eines Tagesscheidens stehen, so war ich als gewissenhafter und wahrheitstreuer Zeichner verpflichtet, den forschenden Blick auf die Betrachtung dieses Gemäldes vorzubereiten." (20)
Nach Mays Vorstellung stellen die Medizinen im indianischen Glauben die sichtbare Verbindung zu Gott dar, die höchsten Werte also, ohne die die Seele nicht in die Ewigen Jagdgründe eingehen kann. Wie schon beim Clan-Wesen verändert May diese Bedeutung und sieht in der Medizin nun ein Symbol für die menschliche Seele selbst. "Keinem Indianer kann es jemals einfallen, seine eigene Medizin zu verletzen. Er gibt sich lieber den Tod, als daß er dieses tut." (374) Es ist schlimmer, die Seele zu verlieren als den Körper, denn "wer seine eigene Medizin erschießt (seine eigene Seele vernichtet), erschießt sein ewiges Leben." (382) Tangua will lieber sterben als "seine Medizin erschießen" und hat nur die eine Bitte:

"... bin ich tot, so leg mir meine Medizin in das Grab!" (385) Shatterhand rettet die fehlgeleiteten Gewaltmenschen durch den Raub ihrer Medizinen vor ihrem eigenen Untergang, bewahrt sie vor dem endgültigen Verlust ihrer Medizinen, macht ihnen bewußt, daß es um ihr Seelenheil geht. Bevor sie die Medizinen schließlich vom Jungen Adler zurückerhalten, werden die Häuptlinge von Shatterhand (an der zweiten Teufelskanzel) geprüft. "Ja. Ich werde euch prüfen. Seid ihr es wert, so bekommt ihr eure Medizinen wieder." (385) Beim Duell retten die Häuptlinge zwar die Medizinen, ihre Seelen vor der Vernichtung, gewinnen sie aber noch nicht für sich zurück, denn sie müssen sie sich erst verdienen. Der Zweikampf auf der Grenze zwischen Ober- und Unterstadt - erstes Märdistanbild am Mount Winnetou - führt noch nicht zur Läuterung der Gewaltmenschen. Erst durch die Katastrophe - das zweite Märdistan am Mount Winnetou - wird Tangua zur Läuterung bewegt, als er befürchtet, daß sein Sohn Pida tot ist. Für die anderen Häuptlinge ist Märdistan ihre Todesverurteilung auf der Teufelskanzel, dem Ohr des Teufels - drittes Märdistan am Mount Winnetou. Ihre Katharsis ist wenig motiviert im Gegensatz zu der relativ durchdachten Läuterung Tanguas, der dadurch, daß er den Tod Pidas mehr fürchtet als den eigenen, wirklich zum Edelmenschen wird, überwindet er doch sich selbst und liebt den Nächsten, seinen Sohn, mehr als sich. May muß die ungenügende Läuterungsmotivation bei den drei anderen Häuptlingen gespürt haben, denn nur Tangua ist bei der großen Schlußversöhnung, der gegenseitigen Verzeihung, Wortführer, während die anderen im Hintergrund bleiben und sich Tangua in jeder Beziehung nur anschließen. Alle aber erhalten sie ihre Medizinen zurück, mag auch nur Tangua sie wirklich verdient haben.

Als die Häuptlinge die Medizinen zurückerhalten, dämmert es; die Menschheitsdämmerung beginnt, wenn der Gewalt- zum Edelmensch wird und sich so seine Seele zurückgewinnt.

10. Der Bewahrer der großen Medizin

"Tatellah-Satah ist die aus tausendjähriger Verborgenheit jetzt deutlich hervortretende Entwicklungsgeschichte der roten Rasse,"[342] d.h. auch die Geschichte der Menschheit, ohne daß das Exempel der roten Rasse die Eigenbedeutung verliert. Tatellah-Satah heißt "Tausend Sonnen", "in seiner Anwendung aber 'Tausend Jahre'." (18)

"Tausend Jahre" steht bei May für die "uralten Zeiten", in denen Dschinnistan, das Paradies, noch auf Erden war. "Der Träger (des Namens) hatte ... ein so ungewöhnliches, ja außerordentliches Alter, daß man die Höhe des letzteren unmöglich bestimmen konnte." (18) "Er gehörte keinem einzelnen Stamm an. Er wurde von allen roten Völkern und Nationen gleich hoch verehrt" (18), also von der ganzen Menschheit, allen Nationen.
Die außerordentliche Ähnlichkeit mit Marah Durimeh spricht dafür, daß auch er analog die Menschheitsseele verkörpert, doch muß man hier etwas einschränken, wenn auch nicht des Geschlechtsunterschiedes wegen: "die Genusfunktion ist erloschen, alle Komponenten gehen in eine rein geistige Funktion über." [343] (So verwundert es auch nicht, daß Tatellah-Satah sagt: "Noch nie berührten meine Lippen ein Weib." 283) Einschränken muß man, weil auch Marah Durimeh im Roman thematisiert wird und vor allem, weil Tatellah-Satah nicht so hoch zu stehen scheint wie Marah Durimeh in "Ardistan und Dschinnistan". Shatterhand kann es sogar wagen, auch ihm den drohenden Einsturz des Denkmals zu verschweigen: "Ich möchte diese Situation allein beherrschen. Es soll mir kein anderer dreinkommen und mich stören oder die Sache gar verderben!" auch Tatellah-Satah nicht...(Vgl. 378) Tatellah-Satah kennt auch das Geheimnis der Teufelskanzeln nicht, sein eigenes Schloß ist nicht himmelstrebend und schließlich weist der Titel "Bewahrer der großen Medizin" (Bewahrer der Menschheitsseele) darauf hin, daß er nicht die Menschheitsseele Marah Durimeh ist, sondern sie bewahrt, d.h. stellvertritt - wobei er als Stellvertreter dann zumindest funktional wirklich zur Menschheitsseele wird.
In einer gedachten Hierarchie stünde Tatellah-Satah in personaler Hinsicht weniges unter Marah Durimeh, funktional aber stünde er auf einer Stufe mit ihr.
Wie wird Tatellah-Satah, der Bewahrer der großen Medizin, sagen wir ruhig die Menschheitsseele, beschrieben?
"Er wurde von einem herrlichen, schneeweißen Maultier getragen, dessen Mähne in langgeflochtenen Zöpfen fast bis zur Erde niederging ..." (281) Will man Arno Schmidt ernst nehmen, handelt es sich hier übrigens um "eine MD (=Marah Durimeh), die auf sich selbst dahergeritten kommt" [344]. Beachtenswerter ist die weiße Farbe des Maultiers, nicht nur bei May Symbol des Friedens - Tatellah-Satah kommt in Frieden, ist Kämpfer für den Frieden.

Auch sein "außerordentlich reiches, starkes, silberglänzendes Haar" (282) ist Friedenssymbol, selbst sein Totem hat die "Weiße des Schnees" (16). Besondere Bedeutung hat der Mantel. "Dieser Mantel war von blauer Farbe, aber von einem Blau, wie ich noch niemals eines gesehen habe und wahrscheinlich auch keines wieder sehen werde." (281) Nach Max Lüschers Farbpsychologie ist "Blau die Farbe der Bindung (z.B. an die Menschheit)(!), der Ruhe und Geborgenheit, des Mitleids, des Friedens und des Heils; im weitesten Sinne ist Blau auch die Farbe des Heilsbringers." [345]
Auch der Heilsbringer, Heiland Christus wird in der Kunst meist mit blauem Mantel dargestellt, ebenso Maria. Der blaue Mantel ist Zeichen der Verbundenheit Tatellah-Satahs mit den Menschen als Menschheitsseele - die in gewisser Weise ja auch Heilsbringer ist. Diese Farbsymbolik des Blau hat Parallelen im übrigen Alterswerk: Abd el Fadl, der Diener der Güte und Merhameh, die Barmherzigkeit, sind blaugekleidet, und auch die blauen Lanzenreiter von El Hadd, die himmlischen Heerscharen, und die blauverschleierten göttlichen Erscheinungen aus Dschinnistan sind hier zu nennen _ sie alle treten für das Gute ein. "Da Karl May farbpsychologische Zusammenhänge unbekannt waren, kann man davon ausgehen, daß er offenbar unbewußt immer wieder diese Farbe im Zusammenhang mit 'Heilsbringern' genannt hat" [346], meint Helmut Klar. Es ist aber auch an einen möglichen Einfluß Sascha Schneiders zu denken, der ja sicher um diese Farbbedeutungen wußte - auch ohne Farbpsychologie. Der Stoff des Mantels ist "von jenem längst verschwundenen sagenhaften Gewebe, von dem man erzählt, daß nur die Frauen der alten, südamerikanischen Herrscher es herzustellen verstanden" (281f.), stammt also aus den "uralten Zeiten" von Dschinnistan, ebenso wie das "unvergleichliche altindianische Federgeflecht" (281), das Symbol geistig-seelischen Fluges, und die inkaperuanischen Bügel aus Gold, Zeichen geistigen Reichtums.
Tatellah-Satahs Wohnung, ein "mit großer Liebe behütetes Heiligtum" (293), ist als "Friedenszelt" (293) eingerichtet; auch hier spielt Weiß als Friedenssymbol eine große Rolle. Die Zeltbahnen bestehen "aus höchst seltenen weißen Biber- und weißen Präriehuhnfellen" (293), als Sitze dienen "schlohweiße Büffelfelle" (293) und auf einer aus "heiligem Pfeifenton" (294) geschnittenen Tischplatte liegt die "wertvollste und unschätzbarste Friedenspfeife" (294), Winnetous Pfeife.

Die Beschreibung, die Ähnlichkeit mit Marah Durimeh, sein Rang als Bewahrer der großen Medizin, all das spricht für eine zumindest funktionale Personifikation der Menschheitsseele. Tatellah-Satah als Menschheitsseele hat eine direkte Verbindung zu Gott - "Ich fragte Gott nach Dir." (16), Gott ist sein einziger Herr (Vgl. 333). Er verehrt Winnetou-Christus und ist der Begründer des Winnetou-Clans, d.h. das wahre Christentum muß aus der Menschheitsseele entstehen. Der erste Missionar der Menschheitsseele ist der Junge Adler, der Lieblingsschüler Tatellah-Satahs, der dann beispielhaft den geistig-seelischen Flug vorexerziert. Die Menschheitsseele zürnt und fürchtet Old Shatterhand so lange, bis sie (er, Tatellah-Satah) aufhört, ihn nur äußerlich zu sehen (Vgl.199) und erkennt, daß er die Menschheitsfrage ist und auf ihrer (seiner) Seite steht. Der Zorn Tatellah-Satahs ist auch ein Bild für die Einsicht Mays, jahrelang - nämlich vor der Entdeckung des eigentlichen Testaments, vor dem Schreiben des Spätwerks - nicht der Menschheitsseele, sondern Materiellem gedient zu haben. In dieser Zeit liebte die Menschheitsseele, Tatellah-Satah,May-Shatterhand nicht, doch "auch hier sind seine (ihre) Gründe edel." (186) Erst als die Menschheitsfrage auf Tatellah-Satah zukommt, verläßt er sein Haus, in das er sich vor den Gewaltmenschen zurückgezogen hat. Diese Begegnung ist ein großer Augenblick (Vgl. 282), Menschheitsfrage und Menschheitsseele sind in der Menschenliebe nun vereint. Bisher war die Menschheitsseele hilflos, "konnte nur vorbereiten und warten" (288), den Bau des Winnetou-Denkmals aber nicht verhindern, da ihr die "initiative Offenheit, die aggressive Ehrlichkeit" (304) fehlte. Der Menschheitsseele fehlt als Seele Initiative und Aggression. Nun aber wird Shatterhand zum Werkzeug der Menschheitsseele - abstrakt als Menschheitsfrage, May-autobiografisch als Schriftsteller. In Liebe erreicht er die Bekehrung zum wahren Winnetou. Durch Gottes Unterstützung - die Katastrophe als ein Gottesurteil - und dadurch, daß Shatterhand gegenüber den Häuptlingen Nächstenliebe walten läßt, gelingt dann auch die Wandlung der Gewalt- zu Edelmenschen. Die Liebe besiegt den Haß.

Es wäre wünschenswert, die Figur Tatellah-Satah einmal in einer gesonderten Arbeit zu behandeln, in der im Vordergrund ein Vergleich mit Marah Durimeh stehen sollte sowie eine ausführliche Untersuchung des Begriffs "Menschheitsseele", der von May selbst nur ungenügend definiert wird. So heißt es in seinen Erläuterungen

zu "Babel und Bibel" lediglich: "Ihre Charakterisierung würde überflüssig sein, denn die Eigenschaften der 'Menschheitsseele' verstehen sich fast ganz von selbst." [347] Dies tun sie aber keineswegs.
Eine genaue Untersuchung im Rahmen dieser Arbeit würde eben diesen Rahmen sprengen.

11. Die Szenerie am Mount Winnetou

> "... was ihr hier an meinem Berg tut, mag es recht oder unrecht sein, das tut ihr nicht für euch und nicht für den heutigen Tag, sondern für Jahrhunderte und Jahrtausende und für die Völker aller Erdenländer!" (283)

a) Mount Winnetou und Umgebung

In einem Interview bezeichnet May den Mount Winnetou und den Dschebel Marah Durimeh als Symbole für die "Höhe des Menschentums" [348]. Da beide Berge für das gleiche stehen, überrascht die Fehlleistung in "Winnetou IV" nicht sehr, wo er einmal vom "Dschebel Winnetou " (45) spricht. In der Selbstbiografie heißt es: "Im Westen soll die Handlung aus dem niedrigen Leben der Savanne und Prairie nach und nach bis zu den reinen und lichten Höhen des Mount Winnetou emporsteigen." [349] Und: "Meine Reiseerzählungen haben ... bei den Indianern von dem Urwald und der Prairie bis zum Mount Winnetou aufzusteigen. Auf diesem Wege soll der Leser vom niedrigen Anima-Menschen bis zur Erkenntnis des Edelmenschentums gelangen." [350]
Am Mount Winnetou findet die Vereinigung der nach dem Fall sich einander befehdenden zersplitterten Indianergruppen im Winnetou-Clan statt, eine Vereinigung, auf die auch schon vorher hingewiesen wird. Athabaska und Algongka, deren Namen aus der Frühzeit der Indianer stammen - die Athabasken und Algongkins waren die beiden größten sich feindlich gegenüberstehenden Sprachfamilien Nordamerikas in der Zeit vor der Entdeckung durch Columbus -, sind Sprachforscher, die nach der Vergangenheit forschen und versuchen, Gemeinsamkeiten der indianischen Dialekte zu finden, also nach Dschinnistan, der Zeit vor dem Fall, suchen und nach endlicher Gemeinsamkeit streben. Schon ihr Zusammensein am Niagara hat große symbolische Bedeutung für die kommende Vereinigung aller Menschen. Als der Junge Adler davon hört, ruft er freudig: "Sie waren beisammen, beisammen! ... Der eine hat die mühselige, weite

Reise zu dem andern gemacht! Dann sind beide nach dem Niagara gekommen, dem großen, erschütternden Bild unserer Vergangenheit und Gegenwart (zu dem Bild der Menschheitsspaltung)." (197)
Die Besonderheit der Verbindung Athabaska - Algongka liegt darin, daß sie gemeinsam zum Mount Winnetou streben, daß ihre Gemeinsamkeit also ein hohes Ziel hat, die "Höhe des Menschentums". Der Junge Adler: "Nach dem Mount Winnetou! Gerettet - - gerettet - - gerettet!" (197) Es ist das Gesetz von Dschinnistan, welches dadurch gerettet wird.

Wie beschreibt May nun den Schauplatz dieser Rettung, den Mount Winnetou und seine Umgebung und was läßt sich daraus ablesen?
Vom Mount Winnetou kommt "in zahlreichen Kaskaden" (263) der Klekih Toli herab, der "weiße Fluß" (263), ein Fluß des Friedens wie der Fluß Ssul. Diesen Fluß reiten Shatterhand und seine Begleiter hinauf, sie kommen in Frieden und zum Frieden.
Der Mount Winnetou selbst überragt alle anderen Bergeshöhen, die "Höhe der Menschheit" ist die höchste Höhe. Es ist ein"gigantischer, weit über tausend Meter (ähnlich wie die tausend Jahre Tatellah-Satahs für ein unbegrenztes Alter stehen, meinen, diese tausend Meter eine unbegrenzte Höhe) aufsteigender Riesendom."(271)
Dieser "Dom" ist keine übliche Metapher: vielmehr ist der Berg tatsächlich ein Dom, aber einer von und für Giganten, den "großen, herrlichen Menschen" Dschinnistans, "die körperlich und geistig wie Riesen gestaltet waren." (194) Ein Dom, ein Gotteshaus, ist der Ort der Verbindung zwischen Mensch und Gott, Gott und Mensch. Ein Mensch, der mit Gott verbunden ist, ist Edelmensch. Das Streben zum Mount Winnetou ist also das Streben zu Gott und zur Edelmenschlichkeit. Der Dom geht nach Westen in andere Türme über, "die in perspektivischer Verjüngung im geheimnisvollen Blaugrau des Westens verschwinden" (271f.), also in die Unendlichkeit weisen, in die Unsterblichkeit, ins ewige Leben.
Der Hauptturm des Mount Winnetou "steigt wie eine von den kühnsten Naturgewalten improvisierte Gotik hoch über die Wolken empor."(272)
In der Architektur der Gotik sollte ja bekanntlich die Verbindung zu Gott symbolisiert werden sowie das Nach-oben-streben des Menschen, seine Sehnsucht nach Gott, der "über den Wolken" seinen Sitz hat. Dazu dienten das Aufwärtsstreben andeutende Pfeiler und Türme, die oft beträchtliche Höhen erreichten, und sich nach oben verjüngende Formen.

Zwischen den Zacken des Mount Winnetou "liegt weißglänzender Schnee, den unaufhörlich die Sonne küßt, bis er sich, in Liebe aufgelöst, aus Wasserstaub in Wasserstrahl verwandelt und dann von Schlucht zu Schlucht zur Tiefe springt." (272) Gott - symbolisiert in der Sonne - steht über Schnee und Wasser mit den Menschen in der "Tiefe" in Verbindung, er sendet ihnen den Frieden, den weißen Schnee, der, durch Gottes Liebe zu den Menschen aufgetaut, zu beweglichem Wasser und schließlich zum Fluß wird, der bis weit in die Ebene zieht, um die Menschen zu erreichen. Zuvor bilden die Wasser einen großen See, den "See der Medizinen", den "See der Seelen" also. Der Frieden Gottes hat in die menschlichen Seelen einzuströmen und einen See zu bilden, der alle die Seelen verbindet und zusammenfaßt, die voll Liebe sind. Dieser Friede ist zunächst in den Seelen, die sich zum Clan Winnetou verbunden haben, wofür der See der Medizinen ein Bild ist. Dieses wahre Christentum, der Clan, hat dann aber den Frieden weiterzugeben; hierfür stehen die beiden Wasserfälle und die beiden Flüsse, die den Domplatz umfassen und sich dann zum Weißen Fluß vereinen. Einer der beiden Wasserfälle wurde durch die Anhänger des falschen Christentums bereits "in Ketten geschlagen" (278), wodurch die Ideale Tatellah-Satahs entweiht und beschmutzt werden (Vgl.279): das Ideal des Winnetou-Clan, der den Menschen Frieden bringen soll und will, wird unterdrückt, "in Ketten geschlagen". In der Tiefe ist der See nicht sichtbar (Vgl. 286), der Mensch muß erst in die Höhe steigen, Edelmensch werden, um ihn zu sehen und damit das Winnetou-Clan-Ideal. Der See der Medizinen (Winnetou-Clan) bildet einen weiteren Wasserfall: den Schleierfall, der Symbol für die Zukunft ist. "Ein Schleier ist gefallen." (393) Zukunft - die May natürlich als Erfüllung seiner Utopien sieht - gibt es nur in der Verbindung mit dem Winnetou-Clan, sie entfließt dem See der Medizinen. "Nur hier, sonst nirgends" (284) gibt es den Schleierfall; er ist das Wunder Tatellah-Satahs - "mein Wunder" (284) - denn er ist der Gründer des Clans. Der Schleierfall ist das Gegenbild zum Niagarafall. Im Gegensatz zu letzterem ist sein "Wasser gleichmäßig verteilt, glatt und eben, wie ein polierter Spiegel." (286) "Seine Glätte wurde an keinem einzigen Punkt getrübt und sein Zusammenhang um keinen Zentimeter unterbrochen." (286) Ist der Niagarafall ein Bild der Menschheitsspaltung, so ist der Schleierfall ein Bild der zukünftigen Gemeinsamkeit aller Menschen im Clan Winnetou, im wahren Christentum.

Diese Zukunft ist äußerst kostbar, das Wasser des Falls scheint "aus flüssigem Gold, Silber und Kupfer und aus fallenden Strömen von Diamanten, Rubinen, Smaragden, Topasen und anderen Edelsteinen" (287) zu bestehen.
"Des Abends oder des Nachts ... ist es, als ob man sich auf einem anderen Stern, in einer anderen Welt befinde, nicht aber auf dieser Erde, der nichts mehr heilig gilt." (287) Das heißt, es ist, als ob man sich auf Sitara befände, in Dschinnistan. Dieses Dschinnistan, das Land der Edelmenschlichkeit, ist bedroht, denn man will es durch ein falsches Christentum, einen falschen Winnetou, entweihen und dadurch zerstören. Dieses Christentum rechnet dabei sogar "auf die jedenfalls großartige, überwältigende Mitwirkung des Schleierfalls." (288) Es täuscht vor, selbst auch die Gemeinsamkeit der Menschen anzustreben, für den der Schleierfall ein (Spiegel-) Bild ist; tatsächlich droht die erhoffte Zukunft durchs Namenschristentum zerstört zu werden, ihm dient der Schleierfall lediglich dazu, den Indianern zu imponieren, um deren Begeisterung materiell auszunutzen. (Vgl. 288)
Nach der Katastrophe entdecken auch die feindlichen Indianer, die Gewaltmenschen, die wahre Schönheit des Schleierfalls, die wahre Schönheit zukünftiger Gemeinschaft im Zeichen der Nächstenliebe: "Eine Magik sondergleichen für das Auge und das Herz, ... Aller Augen und aller Sinne und Gedanken waren nur von dem wie lebend erscheinenden Bild gefesselt, von dem kein Blick sich wenden zu können schien. Und da kamen die ersten Geretteten ... Sie blieben stehen, von dem strahlenden Anblick, der nach so langer und tiefer (geistig-seelischer) Dunkelheit sich ihnen jetzt bot, wie fasziniert." (427) Aber es gibt kein staunendes Verharren, diese glückliche Zukunft will gelebt sein: "Aber vorwärts, vorwärts! Sie mußten weiter, immer weiter!" Auf den Schleierfall ist Sascha Schneiders aufstrebender Winnetou projiziert, ihm heißt es nach oben zum Kreuz nachzustreben, "Empor ins Reich der Edelmenschen!"

Das "breit geöffnete Höhental" (272), das von der östlichen Seite zum See der Medizinen und zum eigentlichen Mount Winnetou führt, nennt May das "Portal" (272) des Domes. "Über diesem Portal erhebt sich der Nebenturm des Mount Winnetou" (272), der "Berg der Medizinen" heißt, weil der Sage nach der Junge Adler dreimal um ihn fliegen wird, um die geraubten Medizinen zurückzubringen. Durch diesen (geistig-seelischen) Flug wird die Menschheit ihre durch den Fall und die Zersplitterung verlorenen Seelen zurück-

gewinnen, "aus ihrem tausendjährigen Schlaf erwachen, und was getrennt war, wird zur geeinigten Nation" (260) werden. Vom Berg der Medizinen wird der Junge Adler auch den Schlüssel zum Berg der Königsgräber holen, der am "Fuß der letzten, höchsten Felsennadel" (403) liegt, also nahe bei Gott.
Am Berg der Medizinen wohnt Tatellah-Satah, hier ist sein Schloß, das eine "Felsenstadt für sich" bildet, in dem "alle amerikanischen Bauarten und Baustile" (291) vertreten sind. Symbolisiert der Mount Winnetou das Aufwärtsstreben nach Dschinnistan, so die indianischen Bauten das Verharren im Irdischen, in Ardistan nach dem Fall. Sie erscheinen "niedrig" und "geistesabwesend", denn "es war nichts an ihnen, was zum Himmel strebte. Wir sahen so wenig Fenster. Es gab kein Verlangen nach freier, gesunder Luft, nach Licht und Tageshelle. Und es gab unter allen diesen Gebäuden kein einziges, welches gleich einer Kirche oder einer Moschee empor zur Höhe strebte." (291) "Die Indianer haben keine Türme, keine Minareh. Sie haben die Winke ihrer Riesenbäume nicht verstanden, sie haben keine Dome gebaut. So sind sie auch geistig an der Erde geblieben." (292) Selbst der Wachtturm, "auf halber Höhe" (272) des Berges gelegen und immerhin aufragend, hat"nicht eigentliche Turmesgestalt" (292), es fehlt ihm die Verjüngung der Form nach oben, der "hinaufweisende Zeigefinger", sein Zweck weist nicht nach oben, sondern nur nach unten. "Er war zur Beherrschung der Tiefe da, nicht aber als Fingerzeig für ein geistiges Aufwärtsstreben." (291) Daß sich an diesem Verharren in Ardistan über die Jahrhunderte nach dem Fall nichts geändert hat, zeigt, daß die Menschheit bisher Kind geblieben ist und den geistig-seelischen Flug nicht erlernte. Doch schon wohnt der Junge Adler im Wachtturm und arbeitet an seinem Fluggerät (Vgl. 291) - die Menschheit beginnt, aus ihrem tausendjährigen Schlaf zu erwachen.

b) Passiflorenraum

Das Erwachen ist eines im Geist Christi; im Passiflorenraum wird der wahre Christus-Winnetou in seinem Testament offenbar.
Die Passifloren sind ein "botanisches Leitfossil" [351] Karl Mays; schon in der Marienkalendergeschichte "Christ ist erstanden" von 1894 kommt ihnen eine sinnschwere Bedeutung zu.
Die Passionsblume ist "Sinnbild des Leidens" [352] Christi, das

Passiflorenkreuz noch eine Steigerung dieser Symbolik. Winnetou hat es zurückgelassen, es ist also von Christus überliefert.
Das Kreuz besteht aus weißblühenden Passifloren: hier verbindet sich das Leiden mit der Friedensbotschaft.
Während May die Passiflorensymbolik in "Winnetou IV" als bekannt voraussetzt, erläutert er sie in der Marienkalendergeschichte: "Die Ranken sollen die Geißeln, die lappigen Blätter die Lanze, der Fadenkranz die Dornenkrone, die fünf Staubbeutel die Wundenmale, der Fruchtknoten den Kelch und die drei Griffel die Nägel des Kreuzes bedeuten." [353]
Das Kreuz ist "Sinnbild des Christentums" (333), steht sowohl für das Leiden Christi wie für die Erlösung, die dadurch in die Welt kam: "Schaut hin auf das Kreuz! Es blüht, um uns zu erlösen. Es nimmt uns Manitou, um Manitou uns zu geben." (335)
Als Tatellah-Satah das Winnetou-Bild Sascha Schneiders, die "Himmelfahrt", ans Kreuz heftet, ergänzt er es durch den Auferstehungs- und Himmelfahrtsgedanken.
Das Passiflorenkreuz soll auch Vorbild sein: "Das Kreuz ruht in der Erde und ragt zu Gott empor. Das ist das eine, was es bedeutet. Aber es breitet seine beiden Arme aus, um jedermann und alle Welt zu umfangen. Das ist das andere, was es bedeutet." (335)

c) Oberstadt und Unterstadt

Oberstadt und Unterstadt sind Projektionen von Ardistan und Dschinnistan, die Bühne der Auseinandersetzung zwischen diesen beiden Prinzipien.
"Weil nun die eine Hälfte der Ebene höher lag (auch geistig) als die andere, zerfiel diese Stadt in eine Ober- und eine Unterstadt." (273) "Die untere Stadt war dichter besetzt als die obere." (273)
Ardistan - die untere Stadt - hat also (noch) weit mehr Anhänger als Dschinnistan, die obere Stadt. Man erinnert sich an die erste Teufelskanzel, ebenfalls Bild der Dualität von Ardistan und Dschinnistan, wo das kleinere Drittel unbetreten ist, während man es den beiden anderen Dritteln sofort ansieht, "daß da Menschen verkehrt hatten" (126).
Die obere Stadt "enthielt nur Zelte", ist also spartanisch eingerichtet - man orientiert sich hier an geistigen Idealen. Auch Zelte sind im übrigen "himmelstrebend". "... in der ersteren (der Unterstadt) gab es auch kleinere Blockhütten und weitläufige

Holzbauten ... Einige von ihnen schienen Lagerhäuser zu sein. Andere hatten das Aussehen von Hotels oder Restaurationen." (273) Es wird dort "gebacken und gebraten" (273).
In der Unterstadt, in Ardistan, stehen die körperlichen Bedürfnisse im Vordergrund, die Gebäude weisen nicht empor, sondern sind "kleiner" und "weitläufig", richten sich nach der Ebene aus, zeugen aber von materiellem Reichtum.
"Ein großer Platz war zu Kampf- und Reiterspielen abgesteckt", ein anderer für "öffentliche Angelegenheiten" (273). Die Gewaltmenschen Ardistans üben sich im Kampf, denn Kampf und Wettkampf gehören zu ihrem Dasein. Der Platz für "öffentliche Angelegenheiten" erinnert an einen Marktplatz, der an Markttagen der Befriedigung "körperlicher Bedürfnisse" dient und ansonsten ein Machtbereich städtischer Gewalten ist.
"Vor den Zelten (die es vereinzelt auch in der Unterstadt gibt) steckten die Lanzen ihrer Besitzer. Zwischen ihnen weideten die Pferde." (273) Lanzen und Pferde sind Statussymbole, "zeugen von Protz und Angabe" [354]. Möglicherweise stehen auch hier die Pferde - wie in der Trinidad-Episode - für Bücher. Das würde heißen, daß man sich in der Unterstadt, in Ardistan, mit Kultur umgibt, um sich damit nach außen hin den Anschein zu geben, hohen Idealen nachzustreben. Der Platz für "öffentliche Angelegenheiten" ist "für das Komitee und andere hervorragende Personen" (273) reserviert: in der Unterstadt herrscht das Namenschristentum. Es besitzt dort sogar eine uniformierte "Ordnungspolizei" (274) - "Ein jeder ... trug ein farbiges Band um den Arm." (274) - , ein Zeichen für das Zusammengehen von Staatsgewalt und äußerlichem Christentum.
"Hier die Unterstadt und dort die Oberstadt. Hier unten haben sich die Anhänger des Denkmalplanes festgesetzt; droben wohnen die Gegner desselben." (279) In Ardistan also die Anhänger des falschen Winnetou-Christus, in Dschinnistan die des wahren.
Natürlich wollen auch Shatterhand und seine Begleiter in der Oberstadt wohnen, ebenso wie die anderen, die um das wahre Christentum wissen und das Gesetz von Dschinnistan kennen - Athabaska, Algongka, die beiden Aschtas, Wakon, der ganze Clan Winnetou.
Die Menschheitsseele selbst, Tatellah-Satah, holt Shatterhand aus Ardistan heraus, holt ihn in der Unterstadt ab. "So ging es aus der Unterstadt hinauf in die Oberstadt ..." (283) Shatterhand wohnt dann im Schloß, wo er mit der menschheitlichen Vergangen-

heit konfrontiert wird. Surehand und Apanatschka verachten diese Vergangenheit, sie sind nicht bereit aus ihr zu lernen: sie wollen nicht ins Schloß kommen, sondern bestehen darauf, daß Shatterhand zu ihnen in die Unterstadt kommt. Aber May ist nicht bereit, noch einmal nach Ardistan zurückzukehren.
Zwischen Ardistan und Dschinnistan liegt Märdistan, "auf der Scheide zwischen der Oberstadt und der Unterstadt" (373) soll der Zweikampf mit den Häuptlingen stattfinden, für die dieser Kampf zum ersten Märdistan wird, in dem ihre innere Wandlung und Läuterung vorbereitet wird: sie erkennen hier, daß das Töten Old Shatterhands sie selbst, ihre Seelen, vernichten würde und sehen - ohne daß es bereits zur Katharsis führt - ,"daß jeder Kampf zwischen den Menschenkindern nichts weiter als eine Torheit ist, über die man lachen könnte, wenn ihre Folgen nicht so traurig wären." (380) Die Beschreibung der Zweikämpfe in Märdistan hat einen Grund in Mays didaktischer Intention gegenüber dem Leser: "Old Shatterhand mag uns diese Torheit zeigen, damit die, welche nach uns kommen, nicht mehr tun, was ihre Ahnen taten." (380) May dachte da auch schon an seine zukünftigen Leser, an uns.

d) Teufelskanzel II

Das vielleicht am schwersten zugängliche Bild am Mount Winnetou ist die Teufelskanzel, das Ohr des Teufels. Zu Recht stellt Kai Riedemann fest, daß "die Aufmerksamkeit, die May diesem Phänomen widmet, ... weit über die dramaturgische Notwendigkeit hinaus(geht)"[355]. Es hat den Anschein, daß sie im Folgeband "Winnetous Testament" noch eine besondere Rolle spielen sollte.
Durch Shatterhand wird die Kanzel zum läuternden Märdistan der Häuptlinge, indem er ihnen dort verkündet, daß sie zum Tode verurteilt sind und vor allem, daß sie ihre Medizinen (Seelen) verwirkt haben. Dies ist für die dem Teufel verschworenen Häuptlinge die Hölle; sie ahnen nicht, daß es nur eine Schein-Hölle ist, das Fegefeuer, die Geisterschmiede, Märdistan, die Shatterhand ihnen zu ihrem Besten bereitet. "Das hatte einen harten Klang, war aber nur gut gemeint. Wir wußten ja alle, daß keiner von uns die Ausführung dieses Urteils wünschte." (425) Die Sorge um ihre Seelen, die Katastrophe und nicht zuletzt das auf den Schleierfall projizierte Sascha Schneider-Bild der "Himmelfahrt Winnetous" - nebst Tatellah-Satah und Marah Durimeh - bewegt die Häuptlinge zur Bekehrung, läßt sie wünschen, Mitglieder des Winnetou-Clans zu werden. Um eine wirkliche Läuterung handelt es sich allerdings - wie

schon gesagt - nur bei Tangua, der sich selbst überwindet, indem er die Geisterschmiede, das Urteil, gering achtet.
Die Teufelskanzel selbst läßt sich zweifach interpretieren: zum einen ist sie "Symbol für die Pflicht eines jeden 'Wissenden' (hier Shatterhand), den 'Unwissenden' (hier den Häuptlingen) ... zu verzeihen und auf dem Weg durch Märdistan, die Geisterschmiede, zu unterstützen." [356] Überhöht drückt sie zum anderen die göttliche Allgewalt des Guten über das Böse aus, den immerwährenden Sieg über das Böse, der nicht in der Vernichtung liegt, sondern in der Wandlung des Guten zum Bösen.
Neben dieser funktionalen Bedeutung der Teufelskanzel II eröffnet Mays Beschreibung weitere Interpretationsmöglichkeiten.
Von oben betrachtet hat das Ohr des Teufels annähernd die Form des Herzsymbols: Es ist ein "freier Platz, der schmal begann, aber nach und nach immer breiter wurde." (285) Die Felsen bilden "zu beiden Seiten ... je einen nicht genau kreisförmigen Einschnitt", die beide einander gegenüberliegen, "eine (Felsennische) so tief und breit und auch genauso abgerundet wie die andere." (285)
Die Geisterschmiede Märdistans liegt bekanntlich im Wald von Kulub. "Kulub ist die Mehrzahl von'Herz'." [357] Ein solches Herz ist die Teufelskanzel II, sie gibt ein Bild dafür, daß "aus dem tiefen Innern, aus dem Herzen heraus ... die Verwandlung des Sinnenmenschen zum Geistesmenschen erfolgen (muß)." [357]
Diese Herzform ist gemeint, wenn May davon spricht, "daß diese Menschenarbeit nicht nur einen besonderen Zweck (den akustischen) hat, sondern auch einen tieferen Sinn ..." (285)
Im Herzen liegen die Prinzipien von Ardistan und Dschinnistan eng beieinander. Wie schon bei der ersten Teufelskanzel stehen die beiden bewachsenen Inseln für Dschinnistan, die beiden anderen für Ardistan. Sowohl in der linken Hälfte der Doppelellipse wie bei den Häuptlingen in der rechten Hälfte gibt es beide Prinzipien, doch ist es natürlich kein Zufall, daß Shatterhand sich auf Kanzel 1 niederläßt, in Dschinnistan, die Häuptlinge aber sich auf Kanzel 3 befinden, wo die Vegetation fehlt, in Ardistan, das Ardistan auf Shatterhands Seite - in seinem Herzen - , die Kanzel 2, unbesetzt bleibt.
In Dschinnistan (Kanzel 1) hört Shatterhand seine Feinde in Ardistan (Kanzel 3) und läßt sie schließlich von dort das Urteil hören. Shatterhand vermeidet es, sich auf Kanzel 2, nach Ardistan zu begeben, wo er die anderen Indianer auf Kanzel 4 belauschen könnte. Der Folgeschluß im Bild - Dschinnistan ist Ardistan immer

überlegen - wäre dann nämlich, daß sich die Situation umkehren müßte: Shatterhand geriete in die Rolle des von den Indianern auf Kanzel 4 - Dschinnistan auf Seiten der Häuptlinge - zu Bekehrenden, was natürlich eine Unmöglichkeit sein muß, die aber in der äußeren Handlungsrealität, vom akustischen Phänomen her, möglich wäre. Wie auch bei der ersten Kanzel, dem Ohr Manitous, ist Mays Symbolik beeinträchtigt durch seinen Versuch, reale akustische Erscheinungen zur Allegorie zu nutzen. Die Dualität von Ardistan und Dschinnistan wäre nur dann ganz ins Bild gefaßt, wenn May die akustische Realität soweit der Bedeutung angepaßt hätte, daß es eben nur in Dschinnistan möglich wäre, also auf den bewachsenen Inseln, zu hören oder zu sprechen. Tatsächlich sind die jeweils korrespondierenden Kanzeln aber in ihren akustischen Möglichkeiten einander gleichwertig. Zwei Gründe mag es für Mays "Fehlkonstruktion" geben: sein genanntes Bemühen der Allegorisierung von Realität und die dramaturgische Notwendigkeit, daß Shatterhand auf seiner jeweiligen Kanzel sowohl sprechen wie hören kann. Eine dritte Möglichkeit ist nicht auszuschließen: daß die obige Interpretation eine Fehlinterpretation ist.
Relativ gesichert scheint mir lediglich die grundsätzliche Deutung der Teufelskanzel II, in dem Sinn, daß sowohl im Herzen Shatterhands Ardistan und Dschinnistan als Möglichkeiten der Selbstverwirklichung nebeneinanderliegen wie auch im Herzen der Häuptlinge, letztere sich für Ardistan entschieden haben, Shatterhand aber für Dschinnistan. Zwei Ausprägungen des Menschseins werden also einander konfrontiert, getrennt durch den Fahrweg, der mit Assoziationen wie Last und Quälerei belegt ist (Vgl. 284), die auch für die Geisterschmiede zutreffen.
Wenn Tatellah-Satah von zwei Ohren des Teufels spricht, von denen eines richtig, das andere aber falsch ist, könnte man das dahingehend interpretieren, daß nur die eine Hälfte des Ohres, die, wo Shatterhand sich auf der Dschinnistan-Kanzel befindet, richtig ist, die wahre Verwirklichung des Menschseins. Ebenso könnte aber auch die Ellipse von Kanzel 1 und 3 das wirkliche Ohr sein, denn nur sie wird benutzt. Hier sind noch viele Fragen ungeklärt. Was waren das etwa für "wichtige Zusammenhänge", die "vor Jahrtausenden" (338) zwischen dem Ohr und der Höhle stattgefunden haben? Nicht nur hier gibt May keine Lösungen.

e) Berg der Königsgräber

So unklar die Symbolik der zweiten Teufelskanzel ist - nicht zuletzt, weil May wohl Auflösungen für den geplanten Folgeband zurückhielt -, so eindeutig ist die des Bergs der Königsgräber, und das, obwohl dieser nach Mays Absicht eine noch viel wichtigere Bedeutung in "Winnetous Testament" bekommen sollte.
Der Berg ist ein "Gigant", "der seine Gipfel so stolz und steil, so scharf und senkrecht erhob (Arno Schmidt-Assoziationen sollten unterdrückt werden), als ob es nie einem menschlichen Wesen gestattet worden sei, seinen Scheitel zu betreten." (402) Doch nur für die jetzigen, körperlich und vor allem geistig-seelisch niedrig stehenden Menschen scheint er unerreichbar: vor dem Fall, bevor die Menschheit "sich in winzige Stämme auflöste" (402), als sie noch "von (körperlich und geistig) gewaltigen Kaisern und Königen regiert" (402) wurde, d.h. von den Edelmenschen Dschinnistans, wurden diese geistigen Herrscher dort begraben, "hoch über den Wolken" (402), bei Gott. "In jeder Gruft liegen, in goldenen Kästen unzerstört erhalten (denn der Inhalt ist äußerst kostbar, es sind "unvergleichliche Reichtümer" 418), die Bücher über jedes Jahr der Regierung dessen, der hier seine letzte irdische Wohnung fand" (402), die "ganze Geschichte der roten Rasse (Menschheit) und sämtliche Berichte und Dokumente ihrer langen, vieltausendjährigen Vergangenheit" (402) bis zum Fall. Die Brücke von der Gegenwart in diese Vergangenheit der dschinnistanischen Menschheit, die Felsenstraße, ist zerstört; ähnlich wie beim Ausbleiben der Gesandtschaft Marah Durimehs, der Zerstörung der Landbrücke zwischen Asien und Amerika, handelt es sich um eine Prüfung, die die Menschheit bisher nicht bestanden hat.
Das Wissen um die Vergangenheit, als auf Erden noch Dschinnistan war, bedeutet zugleich auch die Zukunft der Menschheit in einem kommenden neuen Dschinnistan. Doch dieses Paradies, das sich erst durch das Wissen von der Vergangenheit eröffnen kann, will erkämpft sein. Es gibt einen "Schlüssel" zu dieser Vergangenheit, durch den es möglich ist auf einem steilen Nebenpfad den Berg der Königsgräber zu ersteigen, die Vergangenheit zu entdecken und die Zukunft zu gewinnen. Ist er gefunden - er liegt an der Spitze des "Medizinen-Berges", d.h. in der Seelennähe zu Gott, kann der große Aufstieg nach den (vergangenen und zukünftigen) Höhen der Menschheit beginnen. Nur fliegend ist dieser Schlüssel zu erreichen. Das Fliegen <u>ist</u> der eigentliche Schlüssel.

12. Der Junge Adler und das Fliegen

Karl May war fasziniert vom Fliegen, das zur Zeit der Niederschrift von "Winnetou IV" erste Höhepunkte in Deutschland erlebte. 1907 war der Deutsche Aero-Club gegründet worden, die kühnen Aviatiker erschienen als Helden der Lüfte, Flugveranstaltungen wurden zu wahren Volksfesten. Nach einem Hinweis Hansotto Hatzigs berichtet Klara May "unter dem Datum vom 26.9.1909 ... in ihrem Tagebuch von einer kurzen Berlin-Reise, bei der sie mit Karl May mit dem Auto nach Johannisthal gefahren sei, wo er mit Fliegern gesprochen und sich deren Maschinen angesehen habe." [358]

Obwohl May das Fliegen im Roman symbolisch, besser: allegorisch verstanden wissen will, beschäftigte er sich doch auch intensiv mit Wright, Latham und anderen Flugpionieren der Realität, versuchte dann auch hier, sowohl Realität wie Überhöhung dieser Realität zu geben. So ist es wohl auch kein Zufall, daß der Flugapparat des Jungen Adlers an die seinerzeit sehr populäre Etrich-Rumpler-Taube erinnert; in beiden Fällen handelt es sich um die Nachbildung einer Vogelform, Taube und Adler. Mays Begeisterung über das endliche Fliegen-können des Menschen zeigt sich deutlich darin, daß er den Jungen Adler im Roman gleich sieben Einzelflüge innerhalb kürzester Zeit machen läßt.

Nach Mays Vorstellung hat sich "unser materielles Leben konform mit unserem Geistesleben entwickelt. Das eine ist die Abbildung oder die Materialisation des andern." [359] Die Werke Goethes und Schillers bezeichnet er als "gewaltige Aeröstaten" [359] und sich selbst als "Aviatiker", der mit seinen "Aeroplanen", den Reiseerzählungen, dem Spätwerk die "Zwei- und Dreiradfahrer unserer Literatur" [360], die "Draisinenpoesie" [361] überfliegt. Eben dieser Aviatiker May ist auf der Autobiografischen Ebene II der Junge Adler. Wie dieser unter den Indianern der erste Aviatiker ist, sah May auch sich selbst als den Protagonisten des geistigen Fluges seiner Zeit: "Ich war unter uns der Erste, der es wagte, abseits zu gehen und zu versuchen, ob es nicht vielleicht möglich sei trotz der angeborenen Schwere emporzukommen ..." [362] Kurz vor seinem Tode resignierte der Aviatiker May dann doch noch. [363]

Auf der abstrakten Ebene ist der Junge Adler der seelisch Hochfliegende schlechthin. Beide Ebenen - Autobiografische Ebene II und abstrakte Ebene - verschränken sich hier jedoch besonders stark, eine Isolierung ist kaum möglich.

Der Kampf des Jungen Adlers mit dem Adlerweibchen steht für das zähe Ringen um die Fähigkeit des seelischen Fliegens, sowohl subjektiv des Menschen May wie allgemein. Der Junge Adler wollte sich "aus dem Horst des großen Kriegsadlers seinen Namen und seine Medizin holen."(290) Durch den ersten Flug, seine schriftstellerischen Anfänge im Gedankenfliegen, erhielt May seinen bekannten Namen und gewann - wie er es rückblickend gerne sieht - seine Seele im Seelenflug.

"Wir müssen fliegen, wenn wir die Aufgaben dieses Jahrhunderts erfüllen, die Räthsel der Zukunft lösen wollen", heißt es in der Wiener Rede und "... ich meine hier weniger den körperlichen als den seelischen Flug, obwohl beide enger zusammenhängen, als man gewöhnlich meint." [364] Die Aufgabe des Jahrhunderts ist nach May die Vereinigung der Menschheit unter dem Gedanken der Nächstenliebe, ist Dschinnistan auf Erden und im Roman der Berg der Königsgräber, zu dem der Junge Adler den Schlüssel nur fliegend gewinnen kann. Damit erhebt er sich über "die alt hergebrachten Mauern, Zäune und Schranken der Wissenschaft und Kunst" [365], über die Ebene am Mount Winnetou, über die indianischen Bauten, die Verwirklichungen "althergebrachter Kunst und Wissenschaft" sind. Und er erhebt sich über die Geisterschmiede, über Märdistan in seinen Allegorien am Mount Winnetou, denn dieses "Menschheitsleid" kann man fliegend überwinden. [366] Dann sind auf dem Berg der Königsgräber "ungeheure Gebiete zu entdecken, auf denen die bisherigen Bahnen und Verhältnisse vollständig andere werden. Wer nach diesen Höhen kommen will, ohne durch die Qualen der Geisterschmiede zu müssen, muß fliegen lernen. Die Zeit der auch geistigen Aeroplane ist da. Einige wenige fliegen schon." [367] Der Erste ist der Junge Adler. Die Häuptlinge und die Enters aber müssen noch durch die Geisterschmiede in Märdistan, denn sie haben das geistig-seelische Fliegen nach den Höhen Dschinnistans noch nicht erlernt, bedarf es doch zähen Ringens bis dahin. Doch: "Andere werden es lernen." [368]

In der enthusiastischen Verherrlichung des Fliegens, der "mystischen Begeisterung", offenbart sich nach Claus Roxin auch Mays innerste Lebensproblematik: "Was sich hier in Wahrheit ausspricht, ist die Quintessenz seines Dichtertums: daß dieser Mann die Wirklichkeit nie annehmen konnte, sondern sie zeitlebens überfliegen mußte." [369] Das Leben der Wirklichkeit die immerwährende Geisterschmiede Karl Mays.

Mays Botschaft aber ist: "Hinauf, hinauf! Lernt fliegen!" [370] "Fliegen lernen! Fliegen lernen! Wer das nicht will, bleibt unten, sei er Volk oder sei er Person." (292)
In "Auch 'über den Wassern'" äußert May sich ausführlich zum geistig-seelischen Flug. Hier findet sich auch eine Stelle, die deutlich unsere Interpretation des Bergs der Königsgräber unterstreicht: "... da, wo die höchsten Berge ragen, ist es, als ob hinter ihnen in rosigem Schein die Zukunft des Menschengeschlechtes aufsteigt, um uns, die ihr Entgegeneilenden, zu begrüßen." [371]
Das Fliegen bedeutet auch die Überwindung des Materiellen: "Sie (die rote Rasse = Menschheit) will empor! Sie will fliegen lernen! Sie will nicht nur essen und trinken und daran verhungern, sondern sie will mehr." (296)
Besondere Bedeutung hat die Tatsache, daß der Junge Adler den Flug zum Berg der Medizinen zusammen mit der jüngeren Aschta wagt. Auch die Frau hat die Fähigkeit zum Fliegen und nur Mann und Frau gemeinsam können der Menschheit die Zukunft bringen, indem sie zusammen die Aufgaben der Gegenwart lösen.
Die Verbindung von Aschta und dem Jungen Adler läßt noch eine weitere Deutung zu: Als Schüler Tatellah-Satahs ist der Junge Adler ein Abkömmling der Menschheitsseele; der Vater Aschtas ist Wakon, was bei May soviel heißt wie "Geist". [372] Das Paar Aschta-Junger Adler symbolisiert also die ideale Verbindung von Geist und Seele, von der "ein Segen, ein großer Segen" (115) ausgeht.
In seinen theoretischen Äußerungen zum Fliegen differenziert May nicht zwischen geistigem und seelischem Flug, er scheint dort beide Begriffe mehr oder weniger synonym zu gebrauchen. In "Winnetou IV" aber steht der Junge Adler für den seelischen, Aschta für den geistigen Flug. Die Gemeinsamkeit des Fluges zum Berg der Medizinen ist die Erfüllung der gemeinsamen Foderung an Geist und Seele, einander zu potenzieren und zusammen im geistig-seelischen Höhenflug die Zukunft zu erreichen. Dschinnistan kann weder durch eine seelenlose Wissenschaft noch durch eine geistlose Kunst geschaffen werden.

13. Klara und Pappermann

Einige Figuren sind auf der abstrakten Ebene bisher noch weitgehend uninterpretiert geblieben. Die Bedeutung Pappermanns und Klaras liegt vornehmlich auf den autobiografischen Ebenen.
Das trifft für Klara in besonderem Maße zu.

Mit "Winnetou IV" wollte Karl May seiner Frau ein Denkmal setzen, wie sein Freund Max Dittrich ganz richtig erkannte: "Ich freue mich ... ganz außerordentlich, daß Sie Ihr neues Buch dazu benutzt haben, Ihrem Herzle einen unvergänglichen Lorbeerkranz zu winden, um dieser Frau damit nicht nur Ihren innigen Dank für ihr treues Ausharren an Ihrer Seite in schwerer Zeit auszudrücken, sondern auch ihren Namen und ihre Person der literarischen Welt aufzubehalten. Sie hat es redlich verdient, daß Klara May ebenso wenig vergessen wird wie Karl May, der Schwergeprüfte und doch so Siegreiche." [373]

Gleich auf der ersten Seite von "Winnetou IV" heißt es, daß Klaras Kosename "Herzle" aus den "Erzgebirgischen Dorfgeschichten" stammt. Gemeint ist die vielschichtig-allegorische Geschichte "Das Geldmännle", die in erster Linie autobiografisch ist. Zwei Dinge sind nun sehr bemerkenswert: zum einen, daß May selbst davon spricht, daß es sich bei dem "Herzle" im "Geldmännle" um ein Abbild seiner Frau Klara handelt - "Dieses 'Herzle' ist der, wenn auch nicht körperliche, aber doch seelische Abglanz meiner Frau ..." (7); zum anderen, daß er damit - unbeabsichtigt - seinen eigenen Versuch unterminiert, das "Geldmännle" wie auch "Sonnenscheinchen", die beide erst 1903 entstanden sind, als Frühwerke - als parallel zu den anderen tatsächlich frühen Dorfgeschichten entstanden - erscheinen zu lassen, um so zu beweisen, daß er von Anfang an symbolisch geschrieben habe. Daß es sich aber zumindest beim "Geldmännle" nicht um ein "Erstlingswerk" [374] handeln kann, hätte bereits den Zeitgenossen beim Lesen von "Winnetou IV" auffallen müssen: Im Jahr 1903 schreibt May im Vorwort zu den Dorfgeschichten, sie seien "vor nun fast dreissig Jahren" [375] geschrieben. Zu der Zeit war Klara gerade um die fünfzehn Jahre alt und May ahnte noch nichts von ihr - wie sollte das "Geldmännle"-Herzle, wäre es vor dreißig Jahren geschrieben, da ein Klara-"Porträt" (7) sein?! Die Kühnheit der Herausgeber des Karl-May-Jahrbuchs - von denen man annehmen sollte, daß auch sie "Winnetou IV" kannten -, noch 1926 zu behaupten, das "Geldmännle" sei ein Jugendwerk Mays, um 1876 entstanden, ist erstaunlich.[376] Auch zu der Dorfgeschichte "Sonnenscheinchen", der anderen späten allegorischen Erzählung, gibt es eine Verbindung in "Winnetou IV". Für Tatellah-Satah ist Klara eine "Squaw ... wie Sonnenschein" (283). Im Dorfgeschichten-Vorwort ist das "Sonnenscheinchen" ein "Seelenstrahl, der uns zu leuchten hat." [377] Eben dies ist die Bedeutung Klaras

auf der abstrakten Ebene in "Winnetou IV": Sonnenschein, Seelenstrahl, und nicht zufällig beginnt der Roman mit dem Gleichklang von Sonne und Erscheinen Klaras - "Ein lieber, lieber Sonnenstrahl schaute mir zum Fenster herein ... Da kam das 'Herzle' ... herauf ..." (7). Klara ist eine barmherzige Seele (Vgl. 77 "Ganz wie Nscho-tschi, die stets Erbarmen war"), voll Sorge und Liebe - sie ist und hat "Herz". Aber sie wird im ganzen Roman nirgends zu einem rein geistigen Prinzip, wie etwa Tatellah-Satah, immer bleibt ihre "frische, gesunde Körperatmosphäre" (353) spürbar, immer ist sie in erster Linie Klara May, die Frau und Lebensgefährtin, die May als seinen ganz persönlichen "Sonnenschein" im Alter empfand, die "Herzensfrau" [378], der er literarischen Dank abstatten will. Klara ist die Frau, deren "tapfere, hochstrebende Seele mich wie auf Engelsflügeln über alles Leid erhob" [379].
"Mit einer solchen Frau an der Seite, die mir eine Quelle alles menschlich Reinen, menschlich Edeln und menschlich Ewigen ist, läßt sich in Beziehung auf das Erdenleid Alles erlangen und in Beziehung auf die noch vor mir liegende Arbeit alles leisten, was menschenmöglich ist." [380]
Inwieweit May sich bei diesen überschwänglichen Lobeshymnen in Illusionen verfing, ist eine andere Frage, eine, die hier nicht geklärt werden kann und soll.
Klara wird im wesentlichen realautobiografisch geschildert, wenngleich ihr Bild durch Wunschvorstellungen idealisiert ist.
Pappermann aber ist der autobiografisch-verschlüsselte Mensch Karl May, wie wir bei der Behandlung der Autobiografischen Ebene II sahen. Aus der Tatsache, daß er am Mount Winnetou kaum noch in Erscheinung tritt, und dann auch nur beiläufig erwähnt wird, läßt sich ablesen, daß seine Funktion auf der abstrakten Ebene - der dominanten am Mount Winnetou - gering ist.
Einiges spricht dafür, daß er die Anima verkörpern soll, analog zu Halef in "Ardistan und Dschinnistan", der dort ebenfalls zum Ende hin keine Rolle im Handlungsgeschehen mehr spielt.
Ekkehard Koch meint, "daß Pappermann für die menschlichen Schwächen steht, die durch Herkunft bedingt sind, aber aus eigener Kraft 'abgelegt' werden können ..." [381]. Das entspricht in etwa dem Anima-Begriff Karl Mays, der von ihm allerdings nicht immer konsequent gebraucht wird. Im wesentlichen repräsentiert die Anima bei May die tierlichen, d.h. körperlichen Bestrebungen

des Menschen, das Triebhafte, wozu May etwa Trägheit, Neid, Selbstmitleid, Eifersucht, Eitelkeit, Prahlsucht, Voreiligkeit, Überschwänglichkeit rechnet. All diese Schwächen zeigt Pappermann. Doch verhält es sich bei ihm ähnlich wie mit Klara: Pappermann als Anima ist nie ganz losgelöst von dem Menschen May; nicht Anima als Prinzip wird dargestellt, sondern die ganz spezielle Anima Karl Mays, ganz ebenso wie sie in "Ardistan und Dschinnistan" als Halef erscheint. So heißt es dann auch in der Biografie: "... dieser Hadschi (oder Pappermann) ist meine eigene Anima, jawohl, die Anima von Karl May! Indem ich alle Fehler des Hadschi beschreibe, schildere ich meine eigenen und lege also eine Beichte ab, wie sie so umfassend und so aufrichtig wohl noch von keinem Schriftsteller abgelegt worden ist." [382] Pappermanns Eifersuchtsszene ist dann also beispielsweise als eine Verurteilung von Mays eigener - unbegründeter - Eifersucht gegenüber Klara zu verstehen, einer Eifersucht, die ihn nebenbei manches Mal gequält haben wird - bei einer gut zwanzig Jahre jüngeren Frau nicht sehr verwunderlich. Die Deutung Pappermanns als Mays Anima auf der abstrakten Ebene erklärt auch, weshalb er am Mount Winnetou keine Rolle mehr spielt, nur noch Staffage ist. May-Shatterhand hat auf dem Wege dorthin, zum Edelmenschentum, das Animahafte seines Wesens nach und nach abgelegt und hinter sich gelassen. Er hat "sich nach und nach von allen Schlacken des Animamenschentumes (ge)reinigt." [383] Dieses Ziel hat May indes in der Realität zur Zeit von "Winnetou IV" noch nicht erreicht, andernfalls wäre es überflüssig gewesen, seine eigene Anima überhaupt noch zu personifizieren. Dessen war er sich natürlich bewußt, noch in der Biografie muß er schreiben: "Habe ich in diesem Buche einmal zu hart oder scharf gesprochen, bin ich unbillig oder unfügsam gewesen, so war dies keineswegs beabsichtigt oder gewollt, sondern die immer noch nicht ganz überwundene Anima ist es gewesen, die es mir diktierte." [384]

14. Frauen

Mit dem Spätwerk Karl Mays geht eine entscheidende Wandlung des Frauenbildes einher. Martin Lowsky hat sich mit diesem Thema vor Jahren bereits explizit beschäftigt, so daß es genügt, hier auf einiges Grundsätzliche in Bezug auf "Winnetou IV", ansonsten aber auf Lowskys Arbeit zu verweisen. [385]

Das männliche Prinzip ist bei May vom Geist geprägt, das weibliche von der Seele. Für den Mann sind Eigenschaften wie Strenge, Ehrgeiz,

Gerechtigkeit, für die Frau Eigenschaften wie Friedfertigkeit, Natürlichkeit, Mütterlichkeit, Güte, Barmherzigkeit charakteristisch. Beide Prinzipien sind gleichwertig, das Ideal ist die Verbindung beider, die für May nur in der Ehe gegeben ist. "Millionen haben keine Ahnung davon, was es heißt, daß in der Ehe Geist und Seele sich vereinen sollen, um Geist und Seele zu befreien!"[386], schreibt May. Dieses Paradox formuliert Erich Fromm ähnlich: "In der Liebe ereignet sich das Paradox, daß zwei Wesen eins werden und doch zwei bleiben"[387] und "in der Liebe zwischen Mann und Frau wird jeder der beiden wiedergeboren."[388] Von diesem Ehe-Verständnis sind in "Winnetou IV" die Verbindungen Shatterhand-Klara, Wakon-Aschta I, Junger Adler-Aschta II geprägt, wobei bei letzterer die beiden Prinzipien verschmelzen: von der Charakteristik her ist Aschta Seele, weibliches Prinzip, von ihrer Wakon-Tochterschaft her Geist; beim Jungen Adler ist es umgekehrt. Klara und die beiden Aschtas, die im Namen die "Güte" tragen, haben eine sehr ähnliche, weil typische Charakteristik: sie sind friedfertig, natürlich und selbstbewußt. Sie haben nicht nur erzieherischen Einfluß auf den Mann, sondern greifen auch selbst aktiv ins Geschehen ein. So schließen sich die Indianerinnen unter der Leitung der älteren Aschta gegen ihre eigenen Häuptlinge zusammen und stehen "im Kampf gegen den Unverstand mit allen Frauen der roten Rasse an seiner (Tatellah-Satahs, der Menschheitsseele) Seite." (221) Auch politisch tätig soll die Frau nach May sein: "In Wahrheit hat es schon Indianerfrauen gegeben, welche Häuptlinge gewesen sind."(292) Der damaligen indianischen Realität entspricht dies keineswegs, wohl aber der Weltanschauung und dem Wunschdenken Karl Mays.
Eine revolutionäre Entwicklung dahin lehnte er aber ab, vor allem, wenn sie nicht vom Miteinander mit dem Mann geprägt ist. Von Aschta, der älteren sagt May: "Die ist wahrlich nicht nach dem Mount Winnetou unterwegs, um dort Suffragettenreden zu halten. Die weiß, was sie will!" (225)
Kakho-Oto besitzt die gleichen Charaktereigenschaften wie Klara und die Aschtas, der einzige Unterschied zu diesen Frauen ist ihr Unverheiratetsein. Wenngleich Mays Ideal die Ehe ist, gibt es für ihn doch auch einen edlen Grund, unverheiratet zu bleiben: eine unerfüllbare Liebe. "Sie (Kakho-Oto) wollte und sie sollte deine (Shatterhands) Squaw werden ..., du aber wiesest sie ab. Sie war ... edel, ... Sie lebt noch. Sie ist ledig geblieben. Nie hat ein Mann sie berühren dürfen, und sie ist es, die alle

die vielen Jahre ... dazu verwendet hat, ... Eure Ideale der Edelmenschlichkeit, der Friedfertigkeit und der Nächstenliebe in ihnen (den Kiowas) wachsen und groß werden zu lassen." (237)
Das heißt, Kakho-Oto hat ihre unerfüllbare Liebe zu Shatterhand in der Nächstenliebe erfüllen können. Dabei gibt es für May keinen qualitativen Unterschied zwischen diesen beiden Ausformungen der Liebe: "... die wahre Liebe läßt sich nicht begrenzen, nicht auf Personen beschränken ... Sie läßt sich nicht einteilen in Eltern-, Gatten-, Freundes- und allgemeine Menschenliebe." [389]
Somit steht Kakho-Oto gleichwertig neben den Frauen, die sich mit einem Mann verbunden haben.
Anders verhält es sich mit Kolma Putschi. Auch sie ist "körperlich, seelisch und geistig hochbegabt" (14), ihre - an sich edle - Mütterlichkeit läßt sie aber einen Irrweg beschreiten. Im Gegensatz zu den anderen Frauen hat sie den wahren Christus-Winnetou noch nicht erkannt. Sie sehnt sich aber nach dieser Erkenntnis, schreibt an Klara: "... bring mir ... Deinen Glauben an den grossen, gerechten Manitou, den ich gern ebenso deutlich fühlen möchte, wie Du, meine Schwester, ihn fühlst." (16)
Kolma Putschi ist mit ihren Enkeln Young Surehand und Young Apanatschka "geistig emporgewachsen, aber leider nicht über die Anschauungen und Ansichten dieser Enkel hinaus. Sie schwärmte für die geplante, rein äußerliche Winnetou-Apotheose ..." (345)
May zeigt am Beispiel Kolma Putschis, daß auch Liebe nicht zur Kritiklosigkeit führen darf. Vielmehr soll sie im positiven Sinn erziehend wirken. Als Klara ihr die Liebe, die Güte und den Glauben bringt, ist "Kolma Putschi schon mehr als halb zu unserer Ansicht herüberbekehrt." (346) Als Shatterhand dann energisch und streng auftritt und seine Ansichten und Entschlüsse präzisiert (Vgl. 346), ist sie bald ganz gewonnen. Die Bekehrung Kolma Putschis gelingt durch das Zusammenwirken von Mann und Frau.
Kolma Putschis unkritische Vergötterung der Enkel wandelt sich beim Anblick des Sascha Schneider-Winnetous in die Erkenntnis: "Freilich, einen solchen Winnetou bringt weder Young Surehand noch Apanatschka fertig!" (349)
Abschließend läßt sich sagen, daß May in "Winnetou IV" wie in seinem ganzen Spätwerk ein Bild der Frau gibt, das sie gleichwertig neben den Mann stellt. Damit war May seiner Zeit weit voraus und stand mit seiner Meinung relativ allein.
"Er versprach sich einen grundlegenden Wandel der Gesellschaft von der Gleichberechtigung der Frau." [390] [391]

15. Die Enters und die Erbsünde

An den Brüdern Enters beschreibt Karl May exemplarisch die Entwicklung vom Anima- und Gewaltmenschen zum Edelmenschen.
Die Enters haben damit die gleiche eminente Bedeutung in "Winnetou IV" wie der Mir von Ardistan in "Ardistan und Dschinnistan". In"Winnetou IV" geht May aber noch weiter: er differenziert hier zwischen dem Gewalt- und dem Animamenschen. Für letzteren steht Hariman, für ersteren Sebulon.
Die Namen der beiden scheinen keine besondere Bedeutung zu haben, "Enters" könnte vielleicht das "Eintreten" ins Edelmenschentum andeuten. "Hariman" hat seine nominelle Herkunft eventuell von dem 1909 verstorbenen amerikanischen "Eisenbahnkönig" Edward Henry Harriman - was dem Namen aber keinerlei Symbolik unterschiebt. Theoretisch denkbar wäre auch, daß May bei "Hariman" an "to harry = quälen, martern" dachte. Es handelte sich dann um einen frühen Hinweis im Namen auf die spätere Läuterung in der Geisterschmiede.
Für die Personifikation von Anima- und Gewaltmensch in den Enters sprechen zahlreiche Stellen im Roman. Betrachten wir zunächst Hariman, den Animamenschen.
Er ist an sich "ein guter Mensch" (24) und macht "einen wohlwollenerweckenden Eindruck" (27). Ebenso wie Pappermann, die Anima Karl Mays, ist er mit vielen menschlichen Schwächen behaftet. Sie lassen ihn als den Animamenschen schlechthin erscheinen. Er ist "auch ein wenig Protz" (27), will "sich selbst in das Licht stellen" (32), ist unverschämt (Vgl. 28), ist beleidigend (Vgl. 36) und denkt primär in materiellen Kategorien: er glaubt, daß alles käuflich sei, auch Zeit (Vgl. 28) und Literatur, der "Winnetou". Wie sein Bruder ist er Geschäftemacher und erkennt ideelle Werte nicht an. Folglich glaubt er auch nicht an Gott. Er ist "nicht offen und ehrlich" (33), schreibt May, und nennt ihn gleich darauf dann doch "einen ehrlichen Mann" (33). Denn wie May sich selbst in der Biografie mit seiner Anima entschuldigt, muß er auch Hariman, der Animamensch ist, entschuldigen. Stünde Hariman dagegen für das Prinzip Anima, müßte May ihn verurteilen.
Obwohl Shatterhand Hariman für einen guten Menschen hält, meint er, sich vor ihm in Acht nehmen zu müssen. Das heißt aber, daß nicht der Mensch Hariman gefährlich ist, sondern seine Anima, die ihn jederzeit überwältigen kann: "Liegt in der Niedergeschlagenheit und, ich möchte fast sagen, in dem krankhaften Tiefsinn dieses Mannes nicht etwas Explodierbares, vor dem man sich zu hüten hat?" (36)

Gefährlicher noch als der Animamensch Hariman ist dessen Bruder, Sebulon, der Gewaltmensch. Entschiedener als Hariman ist er Egoist: "Rechtschaffen hat man zunächst doch gegen sich selbst zu sein."(41) Wenn es um Geld geht, ist er sogar bereit, einen Menschen zu töten (Vgl. 55 und 152). Er ist "verbissener" und "unzuverlässiger" (58) als sein Bruder. Zu den Pferdedieben in Trinidad paßt er "viel besser als Hariman" (82). Sein Blick ist "finstern" und "flackernd" (173), ist "falsch, und sein Auge hatte, wenn er sich unbeobachtet wähnte, etwas Lauerndes, etwas zuwartend Drohendes." (162) "Er war eines jeden Verbrechens, sogar des Mordes, gegen mich fähig." (175) Sebulons Raffgierausbruch am Nugget-tsil gleicht einem Exzess, der seinen Höhepunkt in der Drohung hat, Shatterhand mit dem Spaten den Schädel zu zerschmettern. (Vgl. 182) Gewaltsamer läßt sich ein Gewaltmensch kaum schildern.
Diese wenigen exemplarisch angeführten Stellen mögen genügen, die Identitäten Hariman=Animamensch, Sebulon=Gewaltmensch zu belegen. Wichtig ist, daß May beide nicht verurteilt, sondern sie vielmehr entschuldigt: es ist das Erbe ihres Vaters Sander (in der Trilogie heißt er Santer), das sie so hat werden lassen. Von ihm haben sie diesen Mordzwang geerbt, diesen "Dämon", der bei May für nichts anderes stehen soll als für die Erbsünde, das Böse, das seit der Schuld Adams auf die Menschheit gekommen ist und sie aus dem Paradies, aus Dschinnistan, in ihr Ardistan, unsere Welt des Kriegerischen und Niedrigen, verbannte, wo es nur Anima- und Gewaltmenschen gibt. Diese Erbsünde, das geerbte Böse, wirkt zweifach, kann sich der Mensch nicht in Märdistan von ihr befreien: ein Animamensch wie Hariman richtet den Mordzwang, sobald er gegen den Trieb nicht mehr ankämpfen kann, gegen sich selbst, begeht also Selbstmord, um nicht einen anderen Menschen töten zu müssen, was mit der Moralität des Animamenschen unvereinbar wäre. Bei allen Mitgliedern der Sander-Familie, die Selbstmord begingen, muß es sich also um Animamenschen gehandelt haben. (Dafür spricht auch der Selbstmord der Kinder, die ja grundsätzlich noch Animamenschen sind) Ein Gewaltmensch wie Sebulon dagegen richtet den Mordtrieb - der natürlich beispielhaft für den Trieb des Bösen überhaupt steht - gegen einen anderen Menschen. Im Roman kämpft Hariman gegen den Trieb an, Sebulon richtet ihn nach außen: "Ich (Hariman) habe den Mut, zu kämpfen; ... Ich will frei sein von diesem Teufel, der uns besessen hat und auch heute noch besitzt. Er ist ohne Gnade und ohne Erbarmen. Er gebietet uns, ihm zu gehorchen (jemanden zu töten) oder zugrunde zu gehen (Selbstmord

zu begehen). Er fordert von uns das Verbrechen oder den Sühnetod für den Vater. Dir fehlt der Mut, gegen ihn zu kämpfen; darum wählst du das Verbrechen; ich aber wähle ... den Tod." (176)
May gibt hier ein Bild der Menschheit, das bis heute nicht an Relevanz verloren hat, auch wenn die christliche Theologie inzwischen weitestgehend vom Gedanken der Erbsünde abgewichen ist. Auf der Erde überwiegen dumpfe Anima- und aggressive Gewaltmenschen. Nur wenige kämpfen gegen ihr So-Sein an und suchen einen Weg zur Edelmenschlichkeit. Für einen dieser wenigen steht im Roman zunächst Hariman, dann folgt ihm auch Sebulon, der Mir von Ardistan des Wilden Westens. Beim Mir ist der immerwiederkehrende durch die Generationen sich vererbende Traum ein Bild für die Erbsünde, bei den Enters der sich vererbende Mordtrieb. Beide Bilder stehen für die von Adam geerbte Ur-Schuld des Menschen und den Ur-Trieb des Bösen. Sander ist Adam. Er ist der Ur-Sünder, dessen Sünde seine Nachkommen büßen müssen. Das entschuldigt diese Nachkommen - die Enters - in gewisser Weise; sie sind nicht grundsätzlich böse, sondern können sich nur (zunächst) nicht gegen den "Dämon", den "alten Adam" in sich wehren, sie sind psychisch krank. Sebulons Verhalten am Nugget-tsil verdeutlicht dieses Kranksein am intensivsten, aber auch von Hariman heißt es da: "Seine Wangen glühten zuweilen; oft wischte er sich den Schweiß von der Stirn. Er fieberte." (175)
"Sebulon aber arbeitete in einer Weise, als ob er von Sinnen sei." (176) Klara erkennt zuerst das Kranksein Sebulons, das nichts anderes ist als das Hervorbrechen der Erbsünde, des geerbten Bösen: "Das ist Wahnsinn - der offenbare Wahnsinn!" (177) Shatterhand beobachtet das vom "Dämon" bestimmte Verhalten des "wahnwitzigen Menschen" (177) Sebulon interessiert, denn "es handelt sich hier um unendlich wichtige psychologische Vorgänge, die ich in dieser Weise gewiß niemals wieder zu sehen bekomme." (177) Der "alte Adam", der "Dämon", nimmt immer mehr Besitz von Sebulon, bis der die Identität mit sich selbst verliert, ganz in diesem "Dämon" aufgeht. Adam-Sander ist ihm nahe, er ist es, der nun in Sebulon wirkt und handelt: "Es war ein häßlicher, ein überaus häßlicher Anblick, den er bot. Er glich einem Dämon, einem bösen Geist, dessen Betrachtung für sterbliche Augen unerträglich ist." (178) Sebulon ruft entzückt: "Vater, Vater, du bist hier! Du hilfst mir! Ich weiß es, ich fühle es! Ich danke dir; ich danke dir!" (178) Sander, der "alte Adam", raubt dem

Menschen Identität und Verstand. "... der Vater ist da, der Vater! Ich fühle es an der Aufregung, an der Leidenschaft, die mich zersprengen möchte." (180)
Im höchsten Moment der Erregung durch das Böse setzt die Wandlung Sebulons ein. Nicht Shatterhand, der männliche Geist, bewirkt die vorläufige Abkehr des Bösen, sondern Klara, die gute Seele, das Herz, die allein durch ihre gütigen Augen, diese "niederträchtigen unausstehlichen blauen Augen" (183), Sebulon zwingt.
Was hier geschieht ist nichts anderes als ein Exorzismus.
Nicht dem Menschen Sebulon tun die Augen weh, sondern sie "plagen und quälen" (183) den "Dämon", das Böse in ihm, weil sie voll Güte, "des Guten voll" sind. Nur dem Guten gelingt es, "Böses in Gutes zu verwandeln" (183). Die "blauen Augen" haben die gleiche Funktion und die gleiche Kraft gegenüber dem Bösen wie etwa das Kreuz, das Tageslicht u.ä. in den Exorzismusmythen des Vampirismus.
Die Tatsache, daß May noch in "Winnetou IV" einen Exorzismus beschreibt, ist ein Beweis dafür, daß er sich bis zuletzt mit dem Spiritismus beschäftigte, nicht nur zur Zeit von "Am Jenseits".
In der Öffentlichkeit stritt May seinen Spiritismus immer wieder entschieden ab und auch hier, in "Winnetou IV", spricht May nicht zufällig - nur drei Seiten nach der ersten Exorzismusbeschreibung - von "irrer Spiritistenseele" (187). Damit wollte er den beim Leser befürchteten Eindruck, er, May, sei Spiritist, negieren oder doch relativieren. Dieser ohnehin nur dann erfolgreiche Versuch, wenn der Leser den Exorzismus gar nicht als solchen erkennt - was wohl die Regel war und ist -, hat etwas sehr Angestrengtes dadurch, daß May die "Spiritistenseele" ausgerechnet Winnetou in den Mund - oder besser: in die Schreibhand - legt, von dem man einen solchen Begriff eigentlich nicht erwarten sollte.
Der erste Exorzismus - Sebulons "Dämon" wird noch mehrmals mit den gütigen Augen konfrontiert - ist zunächst, also vorübergehend erfolgreich. Der "Dämon", Sander, der Vater des Bösen, verläßt Sebulon, der in diesem Moment fähig ist, das Böse außer sich zu betrachten und zu verurteilen: "Wie sagte ich? Wie habe ich gesagt? Er sei da, unser Vater, unser Vater? Verrückter Kerl, der ich bin! Von dem alten Lumpen ist längst keine Faser, kein Atom, kein Stäubchen mehr übrig! Nur die Schande hat er uns gelassen, die Schande! Und den Trieb zum Bösen hat er uns vererbt, den Drang zum Mord, zur Selbstvernichtung! Das ist alles, was wir ihm zu verdanken haben, alles, alles! Und das will Vater gewesen sein und hat sich Vater genannt! Pfui!" (184)

Mit dieser Erkenntnis hat Sebulon eine erste Stufe auf dem Weg vom Gewalt- zum Edelmenschen erreicht. Sein Bruder Hariman, der Animamensch, ist ihm zur Edelmenschlichkeit bereits vorausgeeilt; von Anfang an kämpfte er gegen den Mordzwang an, besuchte sogar einen Psychiater deswegen. Die Erkenntnis seines Krankseins und der Einfluß Shatterhands läßt ihn schon bald als "ziemlich ... gerettet gelten" (188). Sebulon aber hat noch mit dem "Dämon" in sich zu kämpfen, der ihn nur für kurze Zeit nach dem ersten Exorzismus verläßt. Der Vater, das geerbte Böse, will den Mord an Shatterhand; das Gute in ihm, geweckt durch"diese Frau mit den blauen Augen und mit der Herzensgüte im Gesicht" (189), die ihn mit ihrem "Wohlwollen" und ihrer "Güte" (189) an die Mutter erinnert, kämpft aber nun gegen den Mordtrieb an. Nicht auszuschliessen ist, daß mit Vater und Mutter an dieser Stelle auf der Autobiografischen Ebene II die Eltern Mays gemeint sind, vielleicht speziell ihr jeweiliger Einfluß auf May in seiner Spaltungs-Zeit. Für die abstrakte Ebene ist diese Deutung irrelevant.

Die "blauen Augen", die Güte, siegt auch diesesmal, Sebulon hat einen weiteren Schritt zum Edelmenschen hin getan: "Wahrlich, ich habe große Lust, ihm (dem Vater) das zurückzugeben, ihn so zu betrügen, wie er mich betrügt, ihn mit diesem Old Shatterhand zu betrügen. Vielleicht tue ich es, vielleicht! Sogar wahrscheinlich! Dieser blauen Augen wegen! Und dieses lieben, gütigen Gesichtes wegen!" (189f.) Dieser weitere Sieg über sich selbst äußert sich sogleich im veränderten Verhalten Sebulons und auch Harimans, das bei letzerem, dem "so ziemlich Geretteten", allerdings nicht überraschend ist: "Sie erschienen uns unbefangener als sonst. Sie nahmen an unserem Gespräch bescheiden, aber doch in einer Weise teil, als ob gar nichts zwischen uns und ihnen liege. ... Waren ihre Absichten jetzt weniger feindlich als vorher? Wahrscheinlich!" (192) Die Enters hören nun zum ersten Mal vom wahren Winnetou; ihr vom Vater übernommener Haß auf Winnetou wandelt sich in Achtung. (Vgl. 192) Ganz besonderen Eindruck auf sie macht die Erzählung des Jungen Adlers, durch die sie die wahre Bestimmung des Menschen erfahren, nämlich Edelmensch zu werden und durch Nächstenliebe - im Clan Winnetou - Dschinnistan auf Erden zu schaffen.

Es ist gewissermaßen das Wort Gottes, das sie hören und es bleibt nicht ohne Wirkung. Hariman ist der erste, den das Gute in ihm zu dem Wunsch bewegt, Nächstenliebe zu üben: er will "einen Clan für weiße Winnetous" (206) gründen. Es ist ein innerer Zwang des

Guten, das Sieger über das Böse geworden ist: "Es kommt, ohne daß man es will. Und wenn es da ist, hat man zu gehorchen." (206) "Ich hatte das Gefühl, als ob dabei ein innerer Zwang vorhanden sei." (208) Sebulon, dessen Weg zum Edelmenschentum als Gewaltmensch weiter ist als der seines Bruders, des Animamenschen, liegt noch einmal im Kampf mit dem inneren Bösen, das nun aber endgültig durch den Exorzismus der "blauen Augen der Güte" besiegt wird; der "Dämon" verläßt ihn endgültig: "... seine Aufmerksamkeit hing mehr an ihrem (Klaras) Gesicht als an ihrer arbeitenden Hand. Zuweilen schloß er die Augen, als ob ihm etwas darin wehe tue. Und - - was war denn das? - - ich sah einen Tropfen von seiner Stirn rinnen, und noch einen und wieder einen! Schwitzte er? Seine Hände zuckten nach dem Hasenfelle. Er schien nicht zu wollen, ergriff es aber doch. ... Das geschah so zögernd, so widerwillig, fast wie im Traum." (207f.) Als die Enters den Schwur von Dschinnistan sprechen und damit zu den Schutzengeln von Shatterhand und Klara werden, "schien sich der Wald mit geistergleichen Wesen zu beleben." (209) Bei dieser spiritistischen Reminiszenz handelt es sich um die bösen Geister, die die Brüder verlassen, in den Wald "huschen" und "sterben": "Sie sprangen empor und sanken zu Boden." (209)

Dadurch, daß die Enters sich - wenn auch aus innerem Zwang - zu Winnetou-Christus bekennen, sind sie vom "Dämon" des Bösen befreit, nicht aber von der Erbsünde als zu sühnender Schuld. Die große Schuld des Vaters kann erst in Märdistan, in der Geisterschmiede gesühnt werden und diese Sühne müssen sie freiwillig auf sich nehmen. Durch den Schwur bekennen sie aber bereits ihren Willen, ihre Bereitschaft zur Sühne und zur Wiedergutmachung dessen, was ihr Vater an Bösem in der Welt verschuldet hat. Die Schuld des Vaters ist so groß, daß sie nur durch den Tod der Enters gesühnt werden kann. Durch diesen Tod befreien sie sich selbst von der Erbsünde und den Vater von seiner Schuld - der Tod ist Befreiung. Hariman ahnt beim Bekenntnis zu Dschinnistan von diesem Tod und der Befreiung durch ihn: "Als ich den Namen schrieb, war es mir, als unterschriebe ich mein Todesurteil. Und doch war mir so leicht und so wohl dabei!" (207)

Dadurch, daß die Enters zu Schutzengeln von Shatterhand und Klara werden und schließlich sogar bereit sind, für diese ihr Leben zu lassen, beschützen sie sich selbst, d.h. sie retten dadurch

ihre Seelen, die nur durch die Sühne der Erbsünde zu retten sind. "Wer andere beschützt, beschützt sich selbst. Indem ihr euch vorgenommen habt, die Engel eurer Schützlinge zu sein, sind in Wirklichkeit sie eure Engel geworden." (210)
Von ihrem Bekenntnis zu Dschinnistan an stehen die Enters ganz auf der Seite Shatterhands; mit den feindlichen Häuptlingen verkehren sie nur noch, um Shatterhand und Klara vor Anfeindungen zu warnen, also zu ihrem Schutz. Durch sie erfährt Shatterhand vom Zweikampf und von dem Mordauftrag an die Enters. Nur zum Schein gehen die Brüder darauf ein. "Es fällt uns nicht ein, uns an Euch zu vergreifen. Wir sind Euch treu. Wir werden Euch beschützen, nicht aber ermorden!" (369) Durch diese Worte wird schon früh ahnbar, wessen Schutzengel die Enters sind, auch wenn May dieses "Geheimnis" explizit erst am Schluß des Romans löst. Auch von der Verschwörung der nihilistischen Arbeiter unter der Führung des Niggers, des Bösen persönlich, und des Komitees und der Häuptlinge erfährt Shatterhand durch die Enters.
In der Kantine erleben die Enters dann ihre Geisterschmiede, wo alles Leibliche von ihnen abfällt. "Märdistan ist die Stelle, an der 'das Menschliche' vom Menschen abfällt, so daß dieser als Geist, als Edelmensch nach Dschinnistan gelangt." [392]
Durch ihren Tod sühnen die Enters die Schuld des Vaters, erlösen ihn und befreien sich selbst von der Erbsünde. May versteht die Erbsünde nicht als Fluch, "der vom Vater auf die Söhne erbt" (399), sondern als Segen, denn dadurch, daß die Schuld Adams an seine Nachkommen vererbt wird, ist es möglich, seine Schuld, die der Menschheit das Paradies, Dschinnistan, raubte, auch Jahrtausende nach dem Sündenfall durch seine Söhne oder Töchter noch zu sühnen und auf diese Weise das Paradies wiederzuerlangen. Würde Adams Schuld nicht vererbt, wäre sie auch nicht zu sühnen und das Paradies damit für alle Ewigkeiten verloren. An anderer Stelle schreibt May einmal: "Dschinnistan ist das einstige Paradies, welches Adam verlor, als er gegen Gottes Willen von den schädlichen Früchten Ardistans kostete. Seine Strafe war der Tod; aber die göttliche Barmherzigkeit schenkte ihm dafür die Erlaubnis der Nachkommenschaft, in der er weiterleben durfte, um sich durch fortgesetzte Läuterung das Paradies wieder zu erwerben." [393]
Der Segen der Erbsünde ist, "Geschehenes gutzumachen und dadurch den Vater erlösen zu können." (399) Als Shatterhand den Enters dies sagt, erkennen sie ihre Aufgabe: "So gibt es also doch noch

einen Zweck für uns! Wir wollen es fernerhin tragen!" (399) Dieses "fernerhin tragen" richtet May an alle seine Leser als Aufforderung, das Leiden zu tragen, um so die Schuld Adams zu sühnen. Er fordert den Leser zur "inneren Wandlung" (432) auf. Im Roman erlangen die Enters durch ihren Opfertod die Vergebung für sich und den Vater. Sie sterben froh, denn sie haben sich und den Vater erlöst. Aus dem Gewalt- und aus dem Animamenschen sind Edelmenschen geworden.

Die weltanschaulichen Überlegungen und Überzeugungen Mays können und sollen hier nicht in welcher Weise auch immer kritisiert werden. Nicht Kritik soll Aufgabe dieser Arbeit sein, sondern die Darstellung von Mays Philosophie in ihrer Ausprägung im Roman "Winnetou IV". So sollen hier jetzt auch keine Theorien der Theologie mit Mays Erbsünde-Theorie konfrontiert werden. Ohnehin ist offensichtlich, daß Mays Vorstellungen - nicht nur hier - äußerst subjektiv sind. Daß er sich keiner Schule oder Dogmatik so ohne weiteres einverleiben läßt, spricht für eine Eigenständigkeit, die nicht darunter leidet, daß seine Weltsicht möglicherweise von Theologie oder Wissenschaft als irreal oder irrelevant bezeichnet wird; für May jedenfalls besaß sie subjektive Wahrheit. Daß seine Gedanken, vor allem im Hinblick auf einen alles und alle umspannenden Clan der Nächstenliebe, höchst wahrscheinlich für alle Zeiten Utopien bleiben werden, spricht nicht gegen die Gedanken, sondern gegen die Menschen. "... ich rechnete auf die Menschlichkeit der Menschen, und das war - - falsch!" [394]

C. SCHLUSS

Der Roman "Winnetou IV" gehört zu den bedeutendsten Arbeiten Karl Mays; Heinz Stolte nennt ihn gar das "schönste aller Bücher Karl Mays" und begründet dieses Urteil mit der "ganz eigenartige(n) Schönheit aus Zusammenschau von Sterbendem und Neuwerdendem, Wirklichkeit und Wunschbild, Natur und Märchen, Don Quichotterie und glaubensfreudiger Romantik, örtlicher Bestimmtheit und traumhafter Ferne, Gegenwart und Zeitlosigkeit, alles aber unlöslich miteinander verwoben." [395]
Wertungen sind immer mehr oder minder subjektiver Natur und so verwundert es nicht, daß entgegen Stolte Arno Schmidt "Winnetou IV" "als den allzu zittrig geratenen Swan-Song eines in jeder

Hinsicht Verbrauchten"[396] bezeichnet.
Eine auch nur einigermaßen objektive Wertung wird dadurch erschwert, daß der Roman in nahezu jeder Beziehung einzig-artig in der Literaturlandschaft steht, Vergleiche, eine relative Betrachtung, eigentlich nur mit Mays sonstigen späten Romanen möglich ist. Auch hier hat "Winnetou IV" aber eine herausgehobene Sonderstellung, nicht, weil es Mays letztes Buch ist, sondern weil es das einzige des Alterswerks ist, das als Schauplatz Amerika hat.
Auf die besonderen Schwierigkeiten einer Mythologisierung und Allegorisierung des Wilden Westens wurde ja bereits eingegangen und man kann leider nicht sagen, daß May diese Schwierigkeiten überwunden hätte. Kaum eine der Figuren gewinnt Eigen-Realität auf der äußeren Handlungsebene, sie alle leben nur von ihrer Bedeutungsfunktion her. Ein einfaches Beispiel hierfür ist das Komitee: einem unvorbelasteten Leser dürfte es fast unmöglich sein, sich die beiden Professoren als Indianer zu denken; auch für ihn werden sie zu dem, wofür sie stehen sollen: zu deutschen Professoren. Das entspricht zwar der letztlichen Intention Mays, zerstört aber weitgehend die Allegorik der Figuren, sie werden zu blassen Chiffren.
Am ehesten läßt sich "Winnetou IV" noch mit "Et in terra pax" vergleichen. Jeweils war eine große Reise Anlaß und wurde in den Roman integriert und beide Male litt der Roman unter dem Versuch, sowohl Reisebeschreibung als auch Botschaft zu geben. "Das Doppelanliegen, nämlich die Auseinandersetzung mit hochfliegenden Idealen (Völkererneuerung, Völkerversöhnung etc.) in realen Schauplätzen anzusiedeln, überstieg Mays Kräfte."[397] May gibt nichts von beidem ganz, das "Doppelanliegen" scheitert offensichtlich in "Winnetou IV": den Versuch einer Einheit von beidem gibt May schnell auf, nachdem ihm der Anfang des Romans primär zur Reisebeschreibung geriet, ohne daß er hier auch die Botschaft überzeugend zu integrieren wußte. Nur in zwei Fällen gelingt ihm hier annähernde Einheit: im Niagara-Gleichnis und bei der Szene am Grab Sa-go-ye-wat-has. Alles andere - etwa die Frühstücksbeschreibung - wird zur touristischen Banalität, die nur für den Biografen interessant ist. Aus der Not eine Tugend machend, veränderte May das - anzunehmende - Grundkonzept der Einheit in eines der stetigen Entwicklung von der Realität zur Abstraktion, von der Wirklichkeit zur Wahrheit.

Wirklich bedeutend wird der Roman erst, als der Mount Winnetou erreicht ist, sobald also die Handlung auf einem imaginären Schauplatz spielt, der sich nicht mehr - wie die vorangegangene geografische Realität - gegen eine Allegorisierung sperrt.
Hier erreicht "Winnetou IV" die Qualität der "'Vier Großen' - Silberlöwe III und IV, und A & D I und II" [398] und es ist gewiß kein Zufall, daß eben diese vier das ganze May-Werk überragenden Bände ebenfalls auf imaginären Schauplätzen handeln. (auch das Tal der Dschamikun im "Silberlöwen" ist ja ein phantastischer Eigenkosmos innerhalb des realen Orients)
In "Winnetou IV" ist durchaus nicht "alles ... unlöslich miteinander verwoben" [399], vielmehr hat die Analyse gezeigt, daß im wesentlichen drei große Blöcke nebeneinanderstehen: 1. Der Anfang des Romans primär als Reisebeschreibung (Autobiografische Ebene I); 2. Die Mitte des Romans primär als verschlüsselte Autobiografie (Autobiografische Ebene II); 3. Der Schlußteil des Romans primär als Botschaft (Abstrakte Ebene).
Diese Entwicklung von der Realität zur Abstraktion, von der Ich-Welt zum Weltbild ergab sich - wie gesagt - aus dem Unvermögen, alles zugleich zu geben.
Auch bei "Winnetou IV" war es jedoch häufig notwendig, detaillierte Mehrfachdeutungen zu unternehmen: an diesen Stellen zeigt sich das artifizielle Können Mays, seine "Technik der Synchronisation", wie Wollschläger es nennt, "die unter die ganz raren Erscheinungen der Literatur-Formen zu rechnen ist" [400]. Stehen die großen drei Blöcke auch nebeneinander, im Detail zeigen sich doch immer wieder Mehrfachdimensionen von Figur, Handlung oder Schauplatz.
So ist der Mount Winnetou zwar ein imaginärer Berg, den man vergeblich auf der Landkarte sucht, den May nie sah - die Dimension der (geografischen und) autobiografischen Realität fällt also weg - aber er ist zugleich irgendein Berg "zwischen Arizona und Neumexiko" (302)(Handlungsebene), ein Bild für das Lebensziel Karl Mays (Autobiografische EbeneII) und für die "Höhe des Menschentums" (Abstrakte Ebene). Der Niagarafall etwa ist (geografische und) autobiografische Realität (Autobiografische I), ein Wasserfall (Handlungsebene) und ein Bild für die Menschheitsspaltung (Abstrakte Ebene). Das Winnetou-Denkmal hat alle vier Dimensionen, ist Denkmal (Handlungsebene), inspiriert von realen Denkmalen (Autobiografische Ebene I), Bild für den falsch verstandenen "Winnetou" Karl Mays (Autobiografische Ebene II) und für den falschen Christus (Abstrakte Ebene). Klammert man die Handlungs-

ebene aus, gibt es neben diesen Mehrdimensionalitäten, die "Winnetou IV" zum Kunstwerk machen, gegenüber den vier großen Büchern auch viele eindimensionale Stellen - es sei hier etwa an die Trinidad-Episode erinnert, deren Bedeutungsgehalt allein auf der Autobiografischen Ebene II liegt. Besonders interessant ist in diesem Zusammenhang die Aschta-Episode, wo die Autobiografische Ebene II sich noch einmal in zwei Interpretationsebenen teilen läßt. Global betrachtet fällt der Roman aber durch die relativ häufige Eindimensionalität gegenüber den durchgängiger mehrdimensional komponierten Spätromanen qualitativ ab.
Ein weiterer Mangel von "Winnetou IV" betrifft die Sprache, die "nach dem einen großen Aufschwung im Silberlöwen", wo May sich über weite Strecken einer rythmischen Verssprache bedient, "wieder auf dem früheren Einfaltsniveau" [401] gelandet ist.
Vor allem krankt der Roman unter den zahlreichen Parallelismen zu früheren Altersromanen. Nur bedingt kann man da von - zu rechtfertigender - Variation des gleichen Hauptthemas sprechen, das sich aus Mays gleichbleibender Weltanschauung und Botschaft herleiten läßt. Es ist hier aber nicht das Grundthema "Empor ins Reich der Edelmenschen" gemeint, noch die Übernahme von Figuren aus "Ardistan und Dschinnistan", "Silberlöwe" oder "Et in terra pax" (Um solche Übernahmen handelt es sich bei Pappermann - Halef, Tatellah-Satah - Marah Durimeh, Wakon - Abd el Fadl , Yin - Aschta, Tsi - Junger Adler usw.). Gemeint sind Detailbeschreibungen, Bilder und Symbole, die May aus früheren Werken übernommen hat, weil ihm offensichtlich die Imagination zu Bildneuschöpfungen fehlte. Wo die legitime Variation aufhört und wo das Eigenplagiat anfängt, läßt sich kaum ausmachen und hängt jedenfalls von der subjektiven Meinung des Interpretierenden ab. Für Arno Schmidt ist der "Tatellah-Satah-Ustad als MD verkleidet" [402] schon unzulässig, eine Meinung, der ich - ähnlich wie Ekkehard Koch es tat [403] - widersprechen müßte. Für Koch ist der Winnetou-Clan gar unzulässig, weil er Vorläufer im Reich der Shen oder in Dschinnistan hat. [404] Mir dagegen scheint der Gedanke der Völkervereinigung und der Nächstenliebe sich beinahe notwendig nur im Bild einer Vereinigung von Menschen unter dem Prinzip der Nächstenliebe darstellen zu lassen - ich verstehe den Winnetou-Clan also als eine notwendige Variation des gleichen Themas.
Die Subjektivität wird in ihrer objektiven Unzulänglichkeit

deutlich, daher sei hier nur noch auf eine Beschreibung hingewiesen, die eindeutig aus einer Phantasiearmut entstanden zu sein scheint: die Beschreibung der Bilder-Projektion auf den Schleierfall. Sie stimmt bis in Beleuchtungsdetails mit der Beschreibung überein, die May in "Et in terra pax" vom "Kreuz der Menschheit" gibt. Auf diese Parallelität wies bereits Koch hin.[405] Weitere Einzelfälle sollen hier nicht genannt sein, da es sich immer um eine Frage des persönlichen Standpunktes handelte,[406] wie sie zu beurteilen wären. Daß es - global betrachtet - unverhältnismäßig viele Parallelen gibt, ist ohnehin leicht zu sehen, ebenso daß der Roman dadurch an Eigenwert verliert. Einem "Winnetou IV"-Leser, der keins der anderen Alterswerke kennt, dürfte so manches unklar bleiben, wohl vor allem die Dualität von Ardistan und Dschinnistan. (Bezeichnenderweise wird Ardistan, obwohl es eine bedeutende Rolle im Roman hat als dargestelltes Gegenbild zu Dschinnistan, namentlich kein einziges Mal erwähnt, ebensowenig Märdistan.) May scheint davon überzeugt gewesen zu sein, daß jeder Leser sein Alterswerk so kontinuierlich liest, wie er es geschrieben hat.
Ob man einem Autor ein solches Selbstverständnis vorwerfen kann, ist aber zumindest sehr fraglich. Vorwerfen aber muß man May, daß seine Symbolik oder Allegorik "oftmals mehr gedacht als gestaltet, mehr gewollt als ausgeführt" [407] wirkt, sodaß sie für einen naiven Leser unverständlich sein muß und zwar selbst bei Kenntnis der übrigen Werke. Zu nennen ist hier etwa die abstrakte Symbolik der Teufelskanzeln, die sich auch in dieser Arbeit nicht eindeutig entschlüsseln ließ und die - anders als etwa der Mount Winnetou - dem Leser wohl kaum "eine plötzliche Vertiefung, Durchschau zu einem ideenhaften Hintergrund" [408] gibt.
All diese genannten Schwächen "Winnetou IV"`s - sie sind kaum vollständig genannt - sind nicht immerwiederkehrende Zeichen May`schen Unvermögens - dem widersprechen "Silberlöwe III/IV" und "Ardistan und Dschinnistan" - sondern sind bedingt durch die Situation, in der sich May am Ende seines Lebens, bei der Niederschrift befand: "verfangen in den endlosen staked-plains und Dornenfeldern schäbiger, fast immer unnötiger Prozesse; bis ins Mark erschüttert durch gewissenlos-erpresserische Nekromanten, die seine eigene düstere Vergangenheit, die schon gnädig vergessen geglaubte, lukrativ wieder zu beschwören versuchten. Da ist es ... wieder erstaunlich genug, daß er, reizbar, schlaflos, hinfällig wie ein pausen-

los leicht Fiebernder, überhaupt noch die Kraft fand, etwas zu gestalten." [409] Es ist ihm noch mehr gelungen: ein Roman, der - mit Ausnahme des "Silberlöwen" und "Ardistan und Dschinnistan" - trotz vieler Schwächen an Qualität und Bedeutung bei weitem alles hinter sich läßt, was May zuvor geschrieben hat, ein durchaus würdiger Schlußstein eines Lebenswerkes, das von den literarischen Niederungen Ardistans - Humoresken, Dorfgeschichten, Kolportage - bis zu den literarischen lichten Höhen des Dschebel Marah Durimeh und des Mount Winnetou führt.

Die literarische Bedeutung von "Winnetou IV" läßt sich direkt aus der Bedeutungsvielfalt des Romans ableiten, die es in dieser Arbeit notwendig machte - und für das ganze Alterswerk immer notwendig machen wird - die Interpretation so detailliert wie nur möglich anzugehen. Diese detaillierte Vielfalt gewinnt der Roman durch die verschiedenen Ebenen an den Stellen, wo sich mehrere überschneiden. Dabei ist es irrelevant, inwieweit die Ebenen-Struktur von May bewußt konzipiert wurde, welchen Einfluß das Unterbewußtsein dabei hatte. Entscheidend ist, daß es May gelungen ist, einen Roman zu schreiben, der weit über seine Grenzen hinausgewachsen ist, auf engstem Raum mehrere Interpretationen zuläßt, von denen jede Berechtigung hat, denn man hat, "um sämtliche Lichter- und Schattenschattierungen zu Gesicht zu bekommen, aus verschiedenen Blickwinkeln verschiedentliche Polarisationsfilter nötig." [410] Diese Blickwinkel einzunehmen, wurde in der vorliegenden Arbeit versucht.

Die eigentliche Botschaft des Romans sollte hier nicht kritisch durchleuchtet werden. Festgestellt sei aber, daß Mays gesellschaftliche Utopien im Zeichen der Liebe - so illusorisch sie gestern wie heute sein mögen - dem Menschen Karl May zu höchster Ehre gereichen, entstanden sie doch in einer Zeit, in der nicht die Ideale der Liebe aufs Schild gehoben wurden, sondern die des Hasses, in einer Zeit des Hurra-Patriotismus, des Imperialismus, Kolonialismus, Materialismus und des Egoismus. Von dieser Zeit handelt auch "Winnetou IV" und - es ist mit Erschrecken zu konstatieren - auch von unserer Gegenwart, die noch keinen Schritt von Ardistan nach Dschinnistan getan hat. Karl May hat mit "Winnetou IV" sein Lebensziel, den Mount Winnetou, erreicht.

Uns ist dieser Berg ferner denn je.

D. ANHANG - Werkgeschichte

May begann die Niederschrift von "Winnetou IV" direkt nach dem gewaltsamen Abbruch von "Ardistan und Dschinnistan", also im Spätherbst 1909.
Bereits am 6.Oktober 1909 erschien die 1.Folge des Romanvorabdrucks unter dem Titel "Winnetou Band IV. Reiseerzählung von Karl May." in der Beilage "Lueginsland" der Augsburger Postzeitung Nr.88. Die letzte Folge dieses Vorabdrucks wurde in der Nr.36 vom 27.April 1910 veröffentlicht; spätestens dieser Termin markiert also den Romanabschluß.
Ab Juli 1910 erschien ein nahezu identischer Abdruck in dem in Aachen herausgegebenem "Volksfreund".
Mitte 1910 erschien dann auch bereits die erste Buchausgabe (1.-10. Tausend) bei Fehsenfeld unter dem Titel "Winnetou 4.Band" als letzter Titel der Freiburger Reihe "Karl Mays gesammelte Reiseerzählungen", Nr. XXXIII. Der Band hat einen Umfang von 623 Seiten und ist mit einem Deckelbild von Sascha Schneider versehen, das nach der symbolischen Zeichnung "Die sterbende Menschheit" von 1903 entstand. [411] Es trägt den Untertitel "In hoc signo vinces?!". Bis 1913 gab es auch noch Auflagen mit dem abenteuerlichen Deckelbild der "Winnetou"-Trilogie sowie eine Ausgabe mit der Porträtaufnahme aus "Von Bagdad nach Stambul". [412] Der Text weist gegenüber den Zeitungsvorabdrucken nur geringfügige Varianten auf. Diese Bucherstausgabe ist zugleich auch die Ausgabe letzter Hand.
1913 wurde der Karl-May-Verlag Radebeul gegründet. "Winnetou IV" erschien hier als Band XXXIII der Radebeuler Reihe "Karl Mays Gesammelte Werke" unter dem neuen Titel "Winnetous Erben".
Bis zum 88.Tausend enthält die Ausgabe den Originaltext (623 Seiten); ab 1935 erschien "Winnetou IV" in einer von Dr. E.A.Schmid und Franz Kandolf sehr stark im nazistischen Geist (besser: Ungeist) bearbeiteten Fassung, die einer Verballhornung Karl Mays gleichkommt. Auf diese wahrlich erschreckende Ausgabe ist Arno Schmidt bereits ausführlich in seinem Aufsatz "Winnetous Erben. Karl May und die Frage der Texte." [413] eingegangen, deshalb sei hier nur ein eklatantes Beispiel der Bearbeitung resp. der Zerstörung eines Textes, genannt: Max Pappermann wurde durch die altbekannten Pitt Holbers und Dick Hammerdull ersetzt, so daß nun immer einer der beiden "arbeitslos herumsteht" [414].

Der Wahnwitz dieser Ausgabe geht so weit, daß Mays pazifistische Weltanschauung exakt ins Gegenteil verkehrt wurde.
In einer wiederum rückbearbeiteten Fassung des Karl-May-Verlags Bamberg erschien "Winnetou IV" - weiterhin unter dem Titel "Winnetous Erben" - ab dem 238. Tausend (1960) in der Bamberger Reihe "Karl Mays Gesammelte Werke" als Band 33. Diese bis heute im Handel befindliche Ausgabe entspricht - trotz der Rückbearbeitung - in vielen Details nicht dem Originaltext und ist daher nur als Leseausgabe geeignet. Eine wissenschaftliche Beschäftigung ist mit ihr nicht möglich.
Inzwischen liegt auch der Originaltext wieder vor als 4. Band der Reihe "Reiseerzählungen in Einzelausgaben" des Pawlak Verlages, unter dem Titel "Winnetou Band 4". (Herrsching. o.J.)
Es handelt sich um einen Neudruck, der ungekürzt der Fehsenfeld-Ausgabe folgt. Lediglich die Orthografie ist der heutigen Schreibweise angeglichen worden. Der Umfang beträgt 432 Seiten.
Die Ausgabe ist für die Forschung brauchbar.

ANMERKUNGEN

1 Arno Schmidt: Dya Na Sore. Karlsruhe 1958. S.193.

2 Hans Wollschläger: Karl May. Grundriß eines gebrochenen Lebens. Zürich 1976. S. 153.

3 Ich stütze mich im wesentlichen auf die Monografie Hans Wollschlägers, der Zugang zu zahlreichen, häufig unveröffentlichten Dokumenten hatte, sowie auf die - nicht immer sehr zuverlässigen - Erinnerungen und Berichte Klara Mays, der Ehefrau und Reisegefährtin; hier vor allem auf den Bericht ihrer zweiten Reise nach Amerika im Jahre 1930, "Mit Karl May durch Amerika. Radebeul 1931.", in dem sie sich mehrfach an ihre erste Reise mit Karl May erinnert. Die Aufzeichnungen Klaras sind zwar von geringem Wahrheitsgehalt, ihre vorsichtige Berücksichtigung rechtfertigt sich aber dadurch, daß sie als einzige Zeugin für die ganze Reise anzusehen ist.

4 Karl May: Mein Leben und Streben. Hildesheim, New York 1975. (künftig abgekürzt: L&S) S.144f.

5 Wollschläger. a.a.O. S.151.

6 Zettelnotiz Karl Mays. Archiv Karl-May-Verlag.

7 Gerhard Klußmeier und Hainer Plaul (Hrsg.): Karl May. Biographie in Dokumenten und Bildern. (Der große Karl May Bildband). Hildesheim, New York 1978. S.245.

8 Wollschläger. a.a.O. S.154.

9 Über einen solchen Besuch ist nichts bekannt; er ist aber nicht auszuschließen, da Mays später auf dem Weg von Lawrence nach New York über Boston reisen.

10 Klara May, zit. nach Wollschläger. a.a.O. S.153.

11 Klara May, zit. nach Wollschläger. a.a.O. S.154.

12 Wollschläger. a.a.O. S.154.

13 Klara May: Mit Karl May durch Amerika. Radebeul 1931. S.16f.

14 Werner Raddatz: Das abenteuerliche Leben Karl Mays. Gütersloh 1965. S,157.

15 E.A. Schmid: Karl Mays Tod und Nachlaß. in: "Ich". Karl Mays Leben und Werk. Bamberg 1968. S.337.

16 Klara May, zit. nach Wollschläger. a.a.O. S.154.

17 Wollschläger. a.a.O. S.154.

18 Klara May, zit. nach Wollschläger. a.a.O. S.154

19 Wollschläger. a.a.O. S.154

20 Vgl. zur Christian Science Walter Schönthal: Christliche Rel. und Weltreligionen in Karl Mays Leben und Werk. (Sonderheft der Karl-May-Gesellschaft Nr.5) Hamburg 1976. S.28.

21 Klara May, zit. nach Wollschläger. a.a.O. S.155.

22 Klara May, zit. nach Wollschläger. a.a.O. S.155.

23 Klara May. a.a.O. S.18.

24 ebd. S.17

25 Klußmeier/Plaul. a.a.O. S.255. Hier fälschlich Oaks-Hotel.

26 ebd. S.246.

27 Zitat Klara May. Archiv Karl-May-Verlag.

28 ebd.

29 Thomas Ostwald: Karl May. Leben und Werk. Braunschweig 1974. S.115.

30 Klara May. a.a.O. S.18.

31 ebd. S.19.

32 Klußmeier/Plaul. a.a.O. S.247

33 Zitat Karl May, zit. nach Wollschläger. a.a.O. S.156.

34 Klara May, zit. nach Wollschläger. a.a.O. S.156.

35 Wollschläger. a.a.O. S.156. Folgt man "Winnetou IV", fuhren Mays allerdings mit der Bahn. Vgl. 32.

36 Klußmeier/Plaul. a.a.O. S.248.

37 Klara May. a.a.O. S.19.

38 Vgl. zu Sa-go-ye-wat-ha Berndt Banach: Die Rasse, die nicht groß werden durfte. Karl May und die Indianer. (Sonderheft der Karl-May-Gesellschaft Nr.19) Hamburg 1979. S.13.
sowie T.C.McLuhan: ...wie der Hauch eines Büffels im Winter. Indianische Selbstzeugnisse. Hamburg 1979. S.66-69 und 123.

39 Wollschläger. a.a.O. S.156.

40 Vgl. E.A. Schmid. a.a.O. S.337
W. Raddatz. a.a.O. S.157

41 Klußmeier/Plaul. a.a.O. S.248. Vergrößerter Ausschnitt bei Wollschläger: Karl May in Selbstzeugnissen und Bilddokumenten. Reinbek bei Hamburg 1965. S.125.

42 Übersetzung Hansotto Hatzigs in Kai Riedemann: Aspekte zur Deutung der Winnetou-IV-Symbolik. (Sonderheft der Karl-May-Gesellschaft Nr.17) Hamburg 1979.S.2.:
"Wenn ich nicht mehr sein werde, und man meine Warnungen nicht mehr hört, werden die Einflüsterungen und die Habsucht der Weißen die Oberhand gewinnen. Mein Herz stockt, wenn ich an mein Volk denke, welches zu bald zerstreut und vergessen sein wird."

43 Rudolf W. Kipp, zit. nach Hansotto Hatzig in Kai Riedemann.a.a.O. S.2

44 Vgl. Wollschläger. a.a.O. S.156

45 beide Bilder in Klußmeier/Plaul. a.a.O. S.249.

46 ebd. S.251.

47 Zettelnotiz Karl Mays, Clifton House am Niagara. zit. nach Wollschläger. a.a.O. S.156.

48 Klara May. a.a.O. S.173f.

49 ebd. S.173

50 ebd. S.174

51 Wollschläger. a.a.O. S.157

52 Hans Wollschläger: Karl May in Selbstzeugnissen und Bilddokumenten. Reinbek bei Hamburg 1965. S.127.

53 Wollschläger. a.a.O. S.157.

54 ebd. S.157.

55 Klara May. a.a.O. S.19.

56 Wollschläger. a.a.O. S.157.

57 ebd. S.157f.

58 Klara May. a.a.O. S.25.

59 ebd. S.79.

60 zit. nach Karl May: Abdahn Effendi-Schamah. Zwei Erzählungen. Bamberg, Braunschweig 1977. (Nachdruck aus "Bibliothek Saturn" 1909 und 1911) S.86.

61 Nachwort zu "Winnetou III" wieder abgedruckt in: Mitteilungen der Karl-May-Gesellschaft (künftig abgekürzt: M-KMG) 18. S.22.

62 Foto der Villa in Klußmeier/Plaul. a.a.O. S.124.

63 Vgl. zur Biografie Pfefferkorns Fritz Maschke: Karl Mays Schulfreund Pfefferkorn. in: M-KMG 41. Sept.1979. S.33f.

64 "Der deutsche Herold", Lawrence, Nr.110, vom 10.10.1908. in: Klußmeier/Plaul. a.a.O. S.252.

65 Fritz Maschke: Karl Mays Schulfreund Pfefferkorn. in: M-KMG 41. Sept.1979. S.34.

66 "Der deutsche Herold". a.a.O. S.252.

67 Klußmeier/Plaul. a.a.O. S.219.

68 "Der deutsche Herold". a.a.O. S.252.

69 Klara May, zit. nach Wollschläger. a.a.O. S.158.

70 Foto mit Automobil bei Klußmeier/Plaul. a.a.O. S.252.

71 Fotos vom Den Rock ebd. S.253.

72 Wollschläger. a.a.O. S.158.

73 Fotos bei Klußmeier/Plaul. a.a.O. S.253. und bei Wollschläger: Karl May in Selbstzeugnissen und Dokumenten. Reinbek bei Hamburg 1965. S.129.

74 Wollschläger. a.a.O. S.158.

75 Klara May. a.a.O. S.172.

76 Vgl. dazu Hartmut Schmidt: Karl May und die Neger in: M-KMG 24. Juni 1975. S.11f. und M-KMG 25. September 1975. S.12f.

77 Klara May. a.a.O. S.172f.

78 Vgl. auch Wollschläger. a.a.O. S.159.

79 ebd. S.159.

80 Vgl. ebd. S.160

81 ebd. S.160.

82 Klara May, zit. nach Wollschläger. a.a.O. S.160.

83 Foto bei Klußmeier/Plaul. a.a.O. S.256.

84 "Der deutsche Herold", Lawrence, vom 19.10.1908. in:Klußmeier/Plaul. a.a.O. S. 254.

85 ebd. S.254.

86 "Anzeiger und Post" und "Der deutsche Herold", Lawrence, vom 19.10.1908. Letzterer in Klußmeier/Plaul. a.a.O. S.254f.

87 Wollschläger. a.a.O. S.204. (Anm.282).

88 ebd. S.160.

89 "Der deutsche Herold". a.a.O. S.254.

90 Zitat Karl May, zit. nach Wollschläger. a.a.O. S.160f.

91 ebd. S.161

92 Foto bei Klußmeier/Plaul. a.a.O. S.256.

93 Klara May. a.a.O. S.95.

94 Seltsamerweise leugnet May den Englandaufenthalt in einer undatierten Karte an Otto Denk: "Ich wollte ursprünglich von New-York nach London ... Schließlich bin ich doch direkt nach Hause ..." (abgedruckt in: Jahrbuch der Karl-May-Gesellschaft 1977. S.92.) Andere Karten aus England belegen jedoch den Aufenthalt.

95 Noch etwas anderes hat May mitgebracht: "Ich zog mir da drüben (in Amerika) eine Verletzung zu, die ich nicht beachtete. Sie wuchs sich aber infolge der ungewöhnlichen Reiseanstrengungen so schnell und gefährlich aus, daß ich, um mein Leben zu retten, mich hier in Dresden kurz vor Weihnacht operiren lassen mußte. Man schnitt mir ein großes Stück Fleisch aus der Brust." Brief vom 31.12.1908 an Kommerzienrat Pustet. (abgedruckt in: Jahrbuch der Karl-May-Gesellschaft 1977. S.91.)

96 Ekkehard Koch: Winnetou Band IV. Versuch einer Deutung und Wertung, 1.Teil. in: Jahrbuch der Karl-May-Gesellschaft (künftig abgekürzt: JbKMG) 1970. Hamburg 1970. S.142.

97 L&S. a.a.O. S.215f.

98 Vgl. L&S. a.a.O. S.14.

99 L&S. a.a.O. S.8.

100 Karl May: Im Reiche des silbernen Löwen IV. Gütersloh 1967. S.307.

101 Klußmeier/Plaul. a.a.O. S.55.

102 L&S. a.a.O. S.113.

103 ebd. S.181.

104 Vgl. Arno Schmidt: Sitara und der Weg dorthin. Eine Studie über Wesen, Werk & Wirkung Karl Mays. Frankfurt a.M. 1974. S.204.

105 L&S. a.a.O. S.212.

106 ebd. S.443. (Anm.263)

107 ebd. S.182.

108 ebd. S.315.

109 ebd. S.237.

110 ebd. S.139.

111 ebd. S.201.

112 Ekkehard Koch: Die biografischen Ebenen in Winnetou IV. 1.Teil. in: M-KMG 13.Sept.1972. S.7.

113 L&S. a.a.O. S.110.

114 Karl-Hans Strobl: Mensch und Menschliches. in: "Ich". Karl Mays Leben und Werk. Bamberg 1968. S.557.

115 Ekkehard Koch: Winnetou Band IV. Versuch einer Deutung und Wertung. 1.Teil. in: JbKMG 1970. Hamburg 1970. S.140.

116 Vgl. etwa L&S. a.a.O. S.117.

117 L&S. a.a.O. S.105.

118 ebd. S.106.

119 ebd. S.106.

120 ebd. S.109.

121 ebd. S.111f.

122 ebd. S.112.

123 ebd. S.112.

124 Ekkehard Koch: Winnetou Band IV. (1.Teil). a.a.O. S.141.

125 L&S. a.a.O. S.136.

126 ebd. S.131f.

127 ebd. S.177. Titel eines fiktiven Buches.

128 ebd. S.112.

129 ebd. S.112f.

130 Rudolf Lebius: Die Zeugen Karl May und Klara May. Berlin 1910. S.315.

131 Erinnerungen Pauline Fehsenfelds, zit. nach Ekke W. Guenther: Karl May und sein Verleger Friedrich Ernst Fehsenfeld. in: JbKMG 1978. Hamburg 1978. S.160f.

132 Ekke W. Guenther. ebd. S.155.

133 Hansotto Hatzig: "Die Stadt ist Ostromdscha..." Eine Lesenotiz. in: M-KMG 40. Juni 1979. S.9ff.

134 Hans-Dieter Steinmetz: "Der gewaltigste Dichter und Schriftsteller ist...das Leben." Zur Deutung der Nebatja- und Martha-Vogel-Episode. in: M-KMG 40. Juni 1979. S.12ff.

135 Zit. nach "Wenn sich zwei Herzen scheiden" in: Karl May: Professor Vitzliputzli. Bamberg 1955. S.122f.

136 ebd. S.125.

137 ebd. S.74.

138 ebd. S.134.

139 Vgl. Hans-Dieter Steinmetz. a.a.O. S.15.

140 L&S. a.a.O. S.193

141 Im folgenden stellt sich heraus, daß Aschta eine "Winnetah" ist, also zum Clan der Schutzengel gehört. Das ergibt eine interessante Parallele zu einigen anderen von Steinmetz vermuteten Spiegelungen Helene Ottilies (Vgl. Steinmetz. a.a.O. S.22, Anm. 34.), so zum kleinen Indianermädchen in "Satan und Ischariot", das Shatterhand vor einem Mordanschlag warnt (Bd.XXII S.173f. u. 176f.), zu dem kleinen Mädchen in "Old Surehand III", das geradezu als Schutzengel auftritt (Bd. XVI S.154), sowie zu Nebatja mit der Marienkreuzdistel - Mays Schutzengel heißt Marie! (Vgl. Bd. XXV S.170, Fußnote) - und zu Martha Vogel, die eine "Heimat für Verlassene" gründet. (Bd. XXII S.615)

142 L&S. a.a.O. S.319.

143 ebd. S.319.

144 Vgl. den Vortrag von Dr. Harald Fricke "Karl May und die literarische Romantik", den er auf der Tagung der KMG in Hannover las.(Oktober 1979) Er wird voraussichtlich im JbKMG 1980 erscheinen.

145 Karl May: Winnetous Erben. Bamberg 1960. S.6.

146 Ekkehard Koch: Die biografischen Ebenen in Winnetou IV. 1.Teil. in: M-KMG 13. Sept.1972. S.8.

147 L&S. a.a.O. S.227.

148 Kai Riedemann: Aspekte zur Deutung der Winnetou-IV-Symbolik. (Sonderheft der KMG Nr.17) Hamburg 1979. S.20.

149 L&S. a.a.O. S.300.

150 ebd. S.212.

151 ebd. S.12.

152 ebd. S.80.

153 Riedemann. a.a.O. S.21.

154 Karl May: Empor ins Reich der Edelmenschen. Zit. nach Ekkehard Bartsch: Karl Mays Wiener Rede. Eine Dokumentation. in: JbKMG 1970. Hamburg 1970. S.52f.

155 Riedemann. a.a.O. S.22.

156 ebd. S.22.

157 ebd. S.22.

158 Ekkehard Koch: Die biografischen Ebenen in Winnetou IV. 2.Teil. in: M-KMG 14. Dez.1972. S.10f.

159 ebd. S.11.

160 Karl May: Empor ins Reich der Edelmenschen. a.a.O. S.58.

161 Ekkehard Koch: Die biografischen Ebenen in Winnetou IV. 1.Teil. in: M-KMG 13. Sept.1972. S.8.

162 L&S. a.a.O. S.142.

163 Verfolgt man die Aktivitäten Klaras nach Mays Tod, erscheint es sehr unwahrscheinlich, daß sie ihm realiter seine frühen Abenteuererzählungen vorwarf; eher ist zu vermuten, daß sie dem Spätwerk fremd gegenüberstand. Klaras Einbringung in "Winnetou IV" mag u.a. bezweckt haben, sie für dieses Werk zu gewinnen.

164 Wollschläger. a.a.O. S.174f.

165 L&S. a.a.O. S.314.

166 ebd. S.204f.

167 Koch: Die biografischen Ebenen in Winnetou IV. 1.Teil. a.a.O. S.8.

168 L&S. a.a.O. S.229.

169 ebd. S.319.

170 ebd. S.319.

171 Vgl. Hansotto Hatzig: Karl May und Sascha Schneider. Dokumente einer Freundschaft. Bamberg 1967. S.181. und Hansotto Hatzig: Bertha von Suttner und Karl May. in: JbKMG 1971. Hmbg.71. S.252

172 Hansotto Hatzig: Bertha von Suttner und Karl May. in: JbKMG 1971. Hamburg 1971. S.252.

173 Paul Wilhelm, "Neues Wiener Journal", 2.4.1912. Zit. nach JbKMG 1970. Hamburg 1970. S.90.

174 Koch: Die biografischen Ebenen in Winnetou IV. 1.Teil. a.a.O. S.8.

175 Arno Schmidt: Sitara und der Weg dorthin. a.a.O. S.206.

176 ebd. S.206.

177 Koch: Die biografischen Ebenen in Winnetou IV. 2.Teil. a.a.O. S.9. und Koch: Winnetou Band IV. Versuch einer Deutung und Wertung. 1.Teil. a.a.O. S.145.

178 Gerhard Klußmeier: Ansgar Pöllmann = Antonius Paper? in: M-KMG 42. Dez.1979. S.39.

179 ebd. S.39.

180 Vgl. Ansgar Pöllmann: Neuestes von Karl May.(Kreuz- und Querzüge durch die neuere katholische Poesie) in: Hist.-pol.Blätter für das kathol. Dtschld. 127.Bd. 1901. S.823ff.

181 Vgl. Koch: Die biografischen Ebenen in Winnetou IV. 2.Teil. a.a.O. S.9. und Riedemann. a.a.O. S.24f.

182 Vgl. dazu das Schlußwort in Max Dittrich: Karl May und seine Schriften. Eine literarisch-psychologische Studie für Mayfreunde und Mayfeinde. Dresden 1904; neu abgedruckt in: Schriften zu Karl May. (Materialien zur Karl-May-Forschung Bd.2) KMG-Presse (hrsg. v. Karl Serden). Ubstadt 1975.

183 Karl May: Auch "über den Wassern". in: JbKMG 1976. S.248.

184 Hermann Cardauns: Die "Rettung" des Herrn Karl May. in: Hist.-pol. Blätter für das kathol. Dtschld. 140.Bd.(2) 1907. S.229.

185 L&S. a.a.O. S.291.

186 ebd. S.291.

187 Riedemann. a.a.O. S.24 (Anm.58).

188 Karl May (anon.): "Karl May als Erzieher" und "Die Wahrheit über Karl May" oder Die Gegner Karl Mays in ihrem eigenen Lichte von einem dankbaren May-Leser. (Der dankbare Leser) Freiburg i.Br. 1902. S.52; neu gedruckt (Reprint) als Karl May: Der dankbare Leser. (Materialien zur Karl-May-Forschung Bd.1) KMG-Presse (hrsg. v. Karl Serden). Ubstadt 1974.

189 ebd. S.51.

190 ebd. S.51.

191 ebd. S.33.

192 Offener Brief Mays an Herrn Professer Dr. Paul Schumann. in JbKMG 1972/73. Hamburg 1972. S.142f.

193 L&S. a.a.O. S.257.

194 ebd. S.298.

195 Vgl. Koch: Die biografischen Ebenen in Winnetou IV. 2.Teil. a.a.O. S.9.

196 Offener Brief Mays. a.a.O. S.135.

197 Klußmeier/Plaul. a.a.O. S.205

198 ebd. S.206.

199 Offener Brief Mays. a.a.O. S.135.

200 ebd. S.142.

201 ebd. S.143.

202 Hermann Cardauns: Die "Rettung"des Herrn Karl May. a.a.O.

203 Klußmeier/Plaul. a.a.O. S.216.

204 Rainer Jeglin: Karl May und die Armenier. in: M-KMG 6. S.7.

205 L&S. a.a.O. S.455. (Anm.293)

206 ebd. S.297f.

207 Vgl. Hansotto Hatzig: Karl May und Sascha Schneider. Dokumente einer Freundschaft. Bamberg 1967. S.173f.

208 Arno Schmidt: Sitara. a.a.O. S.202.

209 L&S. a.a.O. S.260.

210 ebd. S.260.

211 ebd. S.261.

212 Max Dittrich: Karl May und seine Schriften. a.a.O.

213 L&S. a.a.O. S.261.

214 ebd. S.262.

215 ebd. S.265.

216 ebd. S.262.

217 Arno Schmidt: Sitara. a.a.O. S. 205.

218 L&S. a.a.O. S.268.

219 Karl May: Herr Rudolf Lebius, sein Syphilisblatt und sein Indianer. in: JbKMG 1979. Hamburg 1979. S.318.

220 L&S. a.a.O. S.269.

221 ebd. S.259.

222 ebd. S.281.

223 Diese "Studie" ist bis heute unveröffentlicht geblieben.

224 L&S. a.a.O. S.256.

225 ebd. S.231.

226 ebd. S.257.

227 ebd. S.290.

228 Koch: Die biografischen Ebenen in Winnetou IV. 2.Teil. a.a.O. S.9.

229 L&S. a.a.O. S.298.

230 Arno Schmidt: Sitara. a.a.O. S.205.

231 L&S. a.a.O. S.38. Namentlich wird er in der Selbstbiografie nicht erwähnt.

232 Koch: Winnetou Band IV.1.Teil. a.a.O. S.145.

233 Riedemann. a.a.O. S.24.

234 Koch: Die biografischen Ebenen in Winnetou IV. 1.Teil. a.a.O. S.9.

235 Wollschläger. a.a.O. S.141.

236 Riedemann. a.a.O. S.29.

237 L&S. a.a.O. S. 255.

238 ebd. S.298.

239 ebd. S.254.

240 ebd. S.253.

241 Vgl. ebd. S.253f.

242 ebd. S.254.

243 ebd. S.249.

244 Arno Schmidt: Sitara. a.a.O. S.206.

245 Nicht uninteressant ist, daß Carl Zuckmayer den Namen "Kiktahan" von May adaptierte und sein zweites Drama "Kiktahan oder die Hinterwäldler" nannte. Vor der ersten und einzigen Aufführung in Berlin benannte er es um in "Pankraz erwacht oder die Hinterwäldler". Das "Erwachen" dürfte ebenfalls noch seine Herkunft von Kiktahan Schonka haben, heißt der Name übersetzt doch "Wachender Hund". Das Drama, das bisher nur als Bühnenmanuskript vorlag, ist neuerdings veröffentlicht in: Carl Zuckmayer '78. Ein Jahrbuch. Frankfurt am Main 1978. Vgl. auch: Dieter Sudhoff: Als wär's ein Stück von ihm. Carl Zuckmayer und Karl May. in: M-KMG 38. Dez.1978. S.21-25.

246 Klußmeier/Plaul. a.a.O. S.197.

247 Vgl. S,117 dieser Arbeit.

248 Wollschläger. a.a.O. S.160.

249 Koch: Winnetou Band IV.1.Teil. a.a.O. S.144.

250 Riedemann. a.a.O. S.27.

251 ebd. S.26.

252 S.142ff. dieser Arbeit.

253 Karl May: Auch "über den Wassern". in: JbKMG 1976. Hamburg 1976. S.240.

254 ebd. S.241.

255 Karl May: Empor ins Reich der Edelmenschen. a.a.O. S.58.

256 ebd. S.58.

257 ebd. S.58.

258 Aufzeichnung Mays kurz vor seinem Tode. Zit. nach Hansotto Hatzig: Karl May und Sascha Schneider. Dokumente einer Freundschaft. Bamberg 1967. S.168.

259 Karl May: Empor ins Reich der Edelmenschen. a.a.O. S.57.

260 ebd. S.58.

261 L&S. a.a.O. S.136.

262 ebd. S.136.

263 Riedemann. a.a.O. S.20.

264 Karl May: Empor ins Reich der Edelmenschen. a.a.O. S.57.

265 Koch: Die biografischen Ebenen in Winnetou IV.1.Teil. a.a.O. S.9.

266 Riedemann. a.a.O. S.23.

267 Die - authentischen - letzten Worte Karl Mays.

268 Koch: Winnetou Band IV. 1.Teil. a.a.O. S.147.

269 Koch: Die biografischen Ebenen in Winnetou IV. 1.Teil. a.a.O. S.6.

270 Wollschläger. a.a.O. S.118.

271 Karl May, Gesammelte Werke Bd.32, Der Mir von Dschinnistan. Bamberg, 102.Tsd. Nachwort S.471.

272 Arno Schmidt: Abu Kital/Vom neuen Großmystiker. in: Der sanfte Unmensch. Frankfurt a.M. o.J. (Ullstein Buch 448) S.44-74 (57)

273 Martin Lowsky: Alterswerk und "wilder Westen". Überlegungen zum Bruch in Mays Werk. in: M-KMG 36. Juni 1978. S.5.

274 Hans Wollschläger:"Die sogenannte Spaltung des menschlichen Innern, ein Bild der Menschheitsspaltung überhaupt". Materialien zu einer Charakteranalyse Karl Mays. in: JbKMG 1972/73. Hamburg 1972. S.11-93.

275 Lowsky. a.a.O. S.5.

276 L&S. a.a.O. S.211.

277 ebd. S.170.

278 Lowsky. a.a.O. S.3f.

279 L&S. a.a.O. S.139.

280 Brief Mays an Fehsenfeld vom 10.9.1900. Zit. nach Wollschläger. a.a.O. S.104.

281 Lowsky. a.a.O. S.9.

282 ebd. S.9.

283 L&S. a.a.O. S.1-7.

284 Karl May: Empor ins Reich der Edelmenschen. a.a.O. S.55.

285 ebd. S.68.

286 ebd. S.68.

287 L&S. a.a.O. S.3f.

288 ebd. S.4.

289 ebd. S.3.

290 Karl May: Empor ins Reich der Edelmenschen. a.a.O. S.68.

291 L&S. a.a.O. S.2.

292 Vgl. Erzählung des Jungen Adlers am Nugget-tsil.

293 Karl May: Empor ins Reich der Edelmenschen. a.a.O. S.53.

294 ebd. S.55.

295 ebd. S.52.

296 L&S. a.a.O. S.310.

297 ebd. S.310.

298 Koch: Winnetou Band IV. 2.Teil. a.a.O. S.275.

299 L&S. a.a.O. S.2.

300 Koch: Winnetou Band IV. 2.Teil. a.a.O. S.281

301 Zit. nach Karl May: Lichte Höhen. Bamberg 1956. S.364.

302 Karl May: Der Mir von Dschinnistan. Hausschatz-Reprint der KMG. S.9a.

303 L&S. a.a.O. S.3.

304 ebd. S.140.

305 Lukas-Evangelium 2,7.

306 L&S. a.a.O. S.140.

307 Karl May: Der dankbare Leser. a.a.O. S.9.

308 Lukas-Evangelium 8,13.

309 ebd. 8,15.

310 ebd. 8,10.

311 ebd. 24,21.

312 Siehe Frontispiz dieser Arbeit.

313 Siehe M-KMG 18. S.22.

314 L&S. a.a.O. S.146f.

315 Vgl. zur Ebene der roten Rasse Koch: Winnetou Band IV. 2.Teil. a.a.O. S.281ff.

316 Vgl. James Fenimore Cooper: Der letzte Mohikaner. (Lederstrumpf-geschichten). Göttingen o.J. S.71ff.

317 Matthäus-Evangelium 5,44.

318 Apostelgeschichte 2,41.

319 Matthäus-Evangelium 4,19.

320 Wer sind die Freimaurer und was wollen sie? 1897. S.34. May besaß diese Schrift.

321 L&S. a.a.O. S.143.

322 ebd. S.147

323 Karl May: Der Mir von Dschinnistan. a.a.O. S.9a.

324 "Der deutsche Herold" vom 19.10.1908. in: Klußmeier/Plaul. a.a.O. S255.

325 Karl May: Erläuterungen zu Babel und Bibel. in: Karl May: Lichte Höhen. Bamberg 1956. S.267.

326 Karl May: Der Mir von Dschinnistan. a.a.O. S.9a.

327 Karl May: Aphorismen über Karl May. Ungedrucktes Manuskript. Archiv Karl-May-Verlag. Zit. nach Wollschläger. a.a.O. S.159.

328 Karl May: Auch "über den Wassern". in: JbKMG 1976. Hamburg 1976. S.239.

329 ebd. S.239.

330 ebd. S.240.

331 Karl May: Und Friede auf Erden. Bamberg 1958. S.27.

332 Etwa das Beethoven- oder Brahmsdenkmal.

333 Koch: Winnetou Band IV. 2.Teil. a.a.O. S.272.

334 Vgl. Karl May: Briefe über Kunst. in: Karl May: Lichte Höhen. Bamberg 1956. S.310f.

335 Koch: Winnetou Band IV. 2.Teil. a.a.O. S.271.

336 ebd. S.271.

337 ebd. S.272.

338 ebd. S.274.

339 L&S. a.a.O. S.144f.

340 Karl May, Gesammelte Werke Bd.32, Der Mir von Dschinnistan. Bamberg, 102.Tsd. Nachwort S.479.

341 Vgl. etwa Karl May: Winnetou I. Gütersloh 1963. S.312.

342 Karl May: Auch "über den Wassern". a.a.O. S.240.

343 Engelbert Botschen: Die Banda Oriental - ein Umweg zur Lösung. in: JbKMG 1979. Hamburg 1979. S.212 (Anm.48).

344 Arno Schmidt: Sitara. a.a.O. S.199.

345 Helmut Klar: Karl Mays Farbpräferenzen. Farbpsychologische Interpretation seiner großen Romane 1898-1908. in: M-KMG 41. Sept.1979. S.7.

346 ebd. S.14.

347 Karl May: Erläuterungen zu Babel und Bibel. a.a.O. S.265.

348 Vgl. Anm.173.

349 L&S. a.a.O. S.144.

350 ebd. S.209

351 Arno Schmidt: Sitara. a.a.O. S.38.

352 Karl May: Christ ist erstanden. in: Christus oder Muhammed. Marienkalendergeschichten von Karl May. Reprint KMG. Hamburg 1979. S.150.

353 ebd. S.150.

354 Riedemann. a.a.O. S.31.

355 ebd. S.35.

356 ebd. S.35.

357 Karl May: Erläuterungen zu Babel und Bibel. a.a.O. S.266.

358 Zit. nach Dr. Franz Zhernotta: Die Wissenschaft in Karl Mays Leben und Werk. in: M-KMG 17.Sept. 1973. S.23.

359 Karl May: Auch "über den Wassern". a.a.O. S.240.

360 ebd. S.241.

361 ebd. S.240.

362 ebd. S.241.

363 Vgl. S.83 dieser Arbeit.

364 Karl May: Empor ins Reich der Edelmenschen. a.a.O. S.54.

365 ebd. S.55.

366 Vgl. ebd. S.57f.

367 ebd. S.68.

368 ebd. S.68.

369 Claus Roxin: Karl Mays "Freistatt"-Artikel. Eine literarische Fehde. in: JbKMG 1976. Hamburg 1976. S.225.

370 Karl May: Auch "über den wassern". a.a.O. S.241.

371 ebd. S.241.

372 Vgl. etwa bei May: Old Surehand II, Fehsenfeld S.297 und 356 Wahkonta = Gott; Helden des westens, Pawlak S.95 Wakon-tonka = böser Geist; ebd. S.160 wakon-schitscha = schlechte Medizin.

373 Brief Max Dittrichs vom 25.6.1910. in Hansotto Hatzig: Karl May und Sascha Schneider. Dokumente einer Freundschaft. Bamberg 1967. S.177.

374 Als "Karl Mays Erstlingswerke" wurde der I. (und einzige) Band der "Erzgebirgischen Dorfgeschichten" deklariert.

375 Karl May: Erzgebirgische Dorfgeschichten. Karl Mays Erstlingswerke Band I. Dresden-Niedersedlitz 1903. (Olms Reprint) Hildesheim, New York 1977.

376 Vgl. Karl-May-Jahrbuch 1926 (hrsg. v. Prof. Dr. Ludwig Gurlitt und Dr. E.A. Schmid). Radebeul 1926. S.479.

377 Vorwort Erzgebirgische Dorfgeschichten. a.a.O.

378 L&S. a.a.O. S.313.

379 ebd. S.312.

380 ebd. S.312f.

381 Koch: Winnetou Band IV. 2.Teil. a.a.O. S.276

382 L&S. a.a.O. S.211.

383 ebd. S.144.

384 ebd. S.301f.

385 Martin Lowsky: Über die Wandlung des Frauenbildes in Mays Werk. in: M-KMG 19. März 1974. S.4-8 und M-KMG 20. Juni 1974. S.4-9.

386 Karl May: Und Friede auf Erden. Fehsenfeld. S.631.

387 Erich Fromm: Die Kunst des Liebens. Frankfurt, Berlin, Wien 1972 (Ullstein-Taschenbuch). S.40.

388 ebd. S.55.

389 Karl May: Am Jenseits. Fehsenfeld. S.175f.

390 Martin Lowsky: Über die Wandlung des Frauenbildes in Mays Werk. 2.Teil. in: M-KMG 20. Juni 1974. S.8.

391 Vgl. zum Frauenbild vor der Wandlung Martin Lowsky: Über die Wandlung des Frauenbildes in Mays Werk. 1.Teil. in: M-KMG 19. März 1974. S.4-8.

392 Koch: Winnetou IV. 2.Teil. a.a.O. S.276.

393 Karl May: Empor ins Reich der Edelmenschen. a.a.O. S.68.

394 Karl May-Aufzeichnung kurz vor dem Tode. Zit. nach Hansotto Hatzig: Karl May und Sascha Schneider. Dokumente einer Freundschaft. Bamberg 1967. S.168.

395 Heinz Stolte: Der Volksschriftsteller Karl May. Beitrag zur literarischen Volkskunde. Radebeul 1936. S.98f.

396 Arno Schmidt: Sitara. a.a.O. S.201.

397 Walther Ilmer: Der Bruch im Bau - kein Bruch im Ich. in: M-KMG 36. Juni 1978. S.30.

398 Arno Schmidt: Sitara. a.a.O. S.201.

399 Heinz Stolte. a.a.O. S.99.

400 Wollschläger. a.a.O. S.117.

401 Arno Schmidt: Sitara. a.a.O. S.202.

402 ebd. S.202.

403 Vgl. Koch: Winnetou IV. 2.Teil. a.a.O. S.286.

404 Vgl. ebd. S.287.

405 ebd. S.287.

406 Vgl. aber ebd. S.286f. und Arno Schmidt: Sitara. a.a.O. S.202.

407 Heinz Stolte. a.a.O. S.95.

408 ebd. S.95.

409 Arno Schmidt: Winnetous Erben. Karl May und die Frage der Texte. in: Die andere Zeitung Nrn.28 und 29, hier Nr.29 vom 15.7.1959. S.11.

410 Wollschläger. a.a.O. S.117.

411 Abbildung bei Klußmeier/Plaul. a.a.O. S.266.

412 Vgl. Heinz Neumann: Karl Mays Buchausgaben bei Fehsenfeld. in: M-KMG 12. Juni 1972. S.10f.

413 Arno Schmidt: Winnetous Erben. Karl May und die Frage der Texte. in: Die andere Zeitung Nrn.28 und 29 vom 8. und 15.7.1959. Hamburg.

414 ebd. Nr.29. S.12.

LITERATURVERZEICHNIS

Abkürzungen: KMG = Karl-May-Gesellschaft
JbKMG = Jahrbuch der Karl-May-Gesellschaft
M-KMG = Mitteilungen der Karl-May-Gesellschaft

I. Texte von Karl May

May, Karl: Winnetou I. Gütersloh 1963.

May, Karl: Christ ist erstanden. in: Christus oder Muhammed. Marienkalendergeschichten von Karl May. Reprint KMG. Hamburg 1979. S.149-159.

May, Karl: Wenn sich zwei Herzen scheiden. in: Professor Vitzliputzli. Bamberg 1955. S.60-156.

May, Karl: Und Friede auf Erden. Bamberg 1958.

May, Karl (anonym): "Karl May als Erzieher" und "Die Wahrheit über Karl May" oder Die Gegner Karl Mays in ihrem eigenen Lichte von einem dankbaren May-Leser. Reprint KMG-Presse (hrsg. v. Karl Serden). (Materialien zur Karl-May-Forschung Bd.1) Ubstadt 1974.

May, Karl: Im Reiche des silbernen Löwen IV. Gütersloh 1967.

May, Karl: Erzgebirgische Dorfgeschichten. Karl Mays Erstlingswerke Band I. Olms-Reprint. Hildesheim, New York 1977.

May, Karl: Erläuterungen zu Babel und Bibel. in: Lichte Höhen. Bamberg 1956. S.249-282.

May, Karl: An den Dresdner Anzeiger. (Offene Briefe). in: JbKMG 1972/73. (hrsg. v. C.Roxin). Hamburg 1972. S.124-143.

May, Karl: Der Mir von Dschinnistan. Bamberg. 102.Tsd.

May, Karl: Der Mir von Dschinnistan. Hausschatz-Reprint der KMG. Regensburg 1976.

May, Karl: Abdahn Effendi - Schamah. Zwei Erzählungen. Karl-May-Verlag/Verlag A. Graff - Reprint. Bamberg, Braunschweig 1977.

May, Karl: Betrachtung und Besinnung. Briefe über Kunst. in: Lichte Höhen. Bamberg 1956. S.302-334.

May, Karl: Winnetou Band 4. Herrsching o.J. (PAWLAK).

May, Karl: Winnetous Erben. Bamberg 1960.

May, Karl: Herr Rudolf Lebius, sein Syphilisblatt und sein Indianer. (Flugblatt). in: JbKMG 1979. (hrsg. v. C.Roxin, H.Stolte u. H.Wollschläger). Hamburg 1979. S.314-321.

May, Karl: Auch "über den Wassern". in: JbKMG 1976. (hrsg. v. C.Roxin, H.Stolte u. H.Wollschläger). Hamburg 1976. S.230-272.

May, Karl: Mein Leben und Streben. Olms-Reprint. (hrsg. v. Hainer Plaul). Hildesheim, New York 1975.

May, Karl: Empor ins Reich der Edelmenschen. Zit. nach Ekkehard Bartsch: Karl Mays Wiener Rede. Eine Dokumentation. in: JbKMG 1970. (hrsg. v. C.Roxin). Hamburg 1970. S.47-80.

II. Sekundärliteratur

Banach, Berndt: Die Rasse, die nicht groß werden durfte. Karl May und die Indianer. Sonderheft KMG Nr.19. Hamburg 1979.

Becker, Sibylle: Karl Mays Philosophie im Spätwerk. KMG-Presse. (Materialien zur Karl-May-Forschung Bd.3; hrsg. v. Karl Serden) Ubstadt 1977.

Botschen, Engelbert: Die Banda Oriental - ein Umweg zur Lösung. in: JbKMG 1979. (hrsg. v. C.Roxin, H.Stolte und H.Wollschläger). Hamburg 1979. S.186-212.

Cardauns, Hermann: Die "Rettung" des Herrn Karl May. in: Historisch-politische Blätter für das katholische Deutschland. 140.Bd.(2) 1907. S.286-310.

Dittrich, Max: Karl May und seine Schriften. Eine literarisch-psychologische Studie für Mayfreunde und Mayfeinde. Dresden 1904. in: Schriften zu Karl May. KMG-Presse. (Materialien zur Karl-May-Forschung Bd.2; hrsg. v. Karl Serden). Ubstadt 1975. S.1-128.

Fromm, Erich: Die Kunst des Liebens. Frankfurt, Berlin, Wien 1972. (Ullstein-Taschenbuch)

Guenther, Ekke W.: Karl May und sein Verleger Friedrich Ernst Fehsenfeld. in JbKMG 1978. (hrsg. v. C.Roxin, H.Stolte u. H.Wollschläger). Hamburg 1978. S.154-167.

Hammerbeck, Elisabeth: Karl Mays Winnetou-Bild. Sonderheft KMG Nr.14. Hamburg 1979.

Hatzig, Hansotto: Register zu "Winnetou I-IV". Sonderheft KMG Nr.15. Hamburg 1979.

Hatzig, Hansotto: Karl May und Sascha Schneider. Dokumente einer Freundschaft. (Beiträge zur Karl-May-Forschung Bd.2; hrsg. v. Univ.-Prof.Dr.Heinz Stolte). Bamberg 1967.

Hatzig, Hansotto: Bertha von Suttner und Karl May. in: JbKMG 1971. (hrsg. v. C.Roxin). Hamburg 1971. S.246-258.

Hatzig, Hansotto: "Die Stadt ist Ostromdscha..." Eine Lesenotiz. in: M-KMG 40. Juni 1979. S.9-11.

Hohendahl, Peter Uwe: Von der Rothaut zum Edelmenschen. Karl Mays Amerikaromane. in:Sigrid Bauschinger, Horst Denkler, Wilfried Malsch (Hg.): Amerika in der Deutschen Literatur. Neue Welt - Nordamerika - USA. Stuttgart 1975. S.229-245.

Huerkamp, Josef: Erläuterungen, Materialien und Register zu Arno Schmidts "Sitara und der Weg dorthin". München:Edition Text u. Kritik, 1979.

Ilmer, Walther: Der Bruch im Bau - kein Bruch im Ich. in: M-KMG 36. Juni 1978. S.26-32.

Jeglin, Rainer: Karl May und die Armenier. in: M-KMG 6. Dez. 1970. S.20-24 und in M-KMG 7. März 1971.S.22-25.

Klar, Helmut: Karl Mays Farbpräferenzen. Farbpsychologische Interpretation seiner großen Romane 1898-1908. in: M-KMG 41. Sept. 1979. S.7-16.

Klußmeier, Gerhard: Ansgar Pöllmann = Antonius Paper? in: M-KMG 42. Dez. 1979. S.39.

Klußmeier, Gerhard und Plaul, Hainer (Hrsg.): Karl May. Biographie in Dokumenten und Bildern. (Der große Karl May Bildband). Hildesheim, New York 1978.

Koch, Ekkehard: Karl May und die indianische Religion. in: M-KMG 6. Dez. 1970. S.3-8.

Koch, Ekkehard: Winnetou Band IV. Versuch einer Deutung und Wertung. Teil 1 in: JbKMG 1970. (hrsg. v. C.Roxin). Hamburg 1970. S.134-148. Teil 2 in: JbKMG 1971. (hrsg. v. C.Roxin). Hamburg 1971. S.269-289.

Koch, Ekkehard: Die biografischen Ebenen in Winnetou IV. Teil 1 in: M-KMG 13. Sept. 1972. S.6-9; Teil 2 in: M-KMG 14. Dez. 1972. S.6-11.

Lowsky, Martin: Über die Wandlung des Frauenbildes in Mays Werk. Teil 1 in: M-KMG 19. März 1974. S.4-8; Teil 2 in: M-KMG 20. Juni 1974. S.4-9.

Lowsky, Martin: Alterswerk und "wilder Westen". Überlegungen zum Bruch in Mays Werk. in: M-KMG 36. Juni 1978. S.3-16.

McLuhan, T.C. (Hrsg.): ...wie der Hauch eines Büffels im Winter. Indianische Selbstzeugnisse. Hamburg 1979.

Maschke, Fritz: Karl Mays Schulfreund Pfefferkorn. in: M-KMG 41. Sept. 1979. S.33-34.

Karl-May-Jahrbuch 1926 (hrsg. v. Prof.Dr.Ludwig Gurlitt und Dr. E.A. Schmid). Radebeul 1926.

May, Klara: Mit Karl May durch Amerika. Radebeul 1931.

Neumann, Heinz: Karl Mays Buchausgaben bei Fehsenfeld. in: M-KMG 12. Juni 1972. S.8-14.

Oel-Willenborg, Gertrud: Von deutschen Helden. Eine Inhaltsanalyse der Karl-May-Romane. Weinheim 1973.

Ostwald, Thomas: Karl May. Leben und Werk. Braunschweig 1974.

Pöllmann, Ansgar: Neuestes von Karl May. (Kreuz- und Querzüge durch die neuere katholische Poesie). in: Historisch-politische Blätter für das katholische Deutschland. 127.Bd. 1901. S.823-833.

Raddatz, Werner: Das abenteuerliche Leben Karl Mays. Gütersloh 1965.

Riedemann, Kai: Aspekte zur Deutung der Winnetou-IV-Symbolik. Sonderheft KMG Nr.17. Hamburg 1979.

Roxin, Claus: Karl Mays "Freistatt"-Artikel. Eine literarische Fehde. in: JbKMG 1976. (hrsg. v. C.Roxin, H.Stolte u. H.Wollschläger). Hamburg 1976. S.215-229.

Schmid, E.A.: Karl Mays Tod und Nachlaß. in: "Ich". Karl Mays Leben und Werk. Bamberg 1968. S.313-352.

Schmidt, Arno: Winnetous Erben. Karl May und die Frage der Texte. in: Die andere Zeitung Nrn.28 und 29 vom 8. und 15.7.1959.

Schmidt, Arno: Abu Kital/Vom neuen Großmystiker. in: Der sanfte Unmensch. Frankfurt a.M. o.J. (Ullstein Buch 448). S.44-74.

Schmidt, Arno: Dya Na Sore. Karlsruhe 1958.

Schmidt, Arno: Sitara und der Weg dorthin. Eine Studie über Wesen, Werk & Wirkung Karl Mays. Frankfurt a.M. 1974.

Schmidt, Hartmut: Karl May und die Neger. in: M-KMG 24. Juni 1975. S.11-14. und M-KMG 25. Sept. 1975. S.12-15.

Schönthal, Walter: Christliche Religion und Weltreligionen in Karl Mays Leben und Werk. Sonderheft KMG Nr.5. Hamburg 1976.

Steinmetz, Hans-Dieter: "Der gewaltigste Dichter und Schriftsteller ist...das Leben". Zur Deutung der Nebatja- und Martha-Vogel-Episode. in: M-KMG 40. Juni 1979. S.12-23.

Stolte, Heinz: Der Volksschriftsteller Karl May. Beitrag zur literarischen Volkskunde. Radebeul 1936.

Strobl, Karl-Hans: Mensch und Menschliches. in: "Ich". Karl Mays Leben und Werk. Bamberg 1968. S.545-579.

Sudhoff, Dieter: Als wär`s ein Stück von ihm. Carl Zuckmayer und Karl May. in: M-KMG 38. Dez.1978. S.21-25.

Wagner, Wolfgang: Der Eklektizismus in Karl Mays Spätwerk. Sonderheft KMG Nr.16. Hamburg 1979.

Wilhelm, Paul: Interview mit Karl May, "Neues Wiener Journal" vom 2.4.1912. in: JbKMG 1970. (hrsg. v. C.Roxin). Hamburg 1970. S.85-91.

Wollschläger, Hans: Karl May in Selbstzeugnissen und Bilddokumenten. Reinbek bei Hamburg 1965.

Wollschläger, Hans: Karl May. Grundriß eines gebrochenen Lebens. Zürich 1976.

Wollschläger, Hans: "Die sogenannte Spaltung des menschlichen Innern, ein Bild der Menschheitsspaltung überhaupt". Materialien zu einer Charakteranalyse Karl Mays. in: JbKMG 1972/73. (hrsg. v. C.Roxin). Hamburg 1972. S.11-93.

Zhernotta, Frank: Die Wissenschaft in Karl Mays Leben und Werk. in: M-KMG 17. Sept. 1973. S.21-25.

Carl Zuckmayer `78. Ein Jahrbuch. Frankfurt a.M. 1978.

Konkordanz

In der linken Spalte sind die Seitenzahlen der Pawlak-Ausgabe aufgeführt (P), nach der in dieser Arbeit zitiert wird. Die rechte Spalte gibt jeweils die entsprechenden Seiten der Fehsenfeld-Ausgabe an (F). Gültig sind diese Seitenzahlen aber auch für die unbearbeiteten Radebeuler Ausgaben (mit Textumfang von 623 Seiten).

P	F	P	F	P	F	P	F
		51 =	65 = 66	101 =	138 - 140	151 =	211 - 213
		52 =	66 - 68	102 =	140 - 141	152 =	213 - 214
		53 =	68 - 69	103 =	141 - 142	153 =	214 - 216
		54 =	69 - 71	104 =	143 - 144	154 =	216 - 217
		55 =	71 - 72	105 =	144 - 146	155 =	217 - 219
		56 =	72 - 74	106 =	146 - 147	156 =	219 - 220
7 =	1 - 2	57 =	74 - 75	107 =	147 - 149	157 =	220 - 222
8 =	2 - 4	58 =	75 - 77	108 =	149 - 150	158 =	222 - 223
9 =	4 - 5	59 =	77 - 78	109 =	150 - 152	159 =	224 - 225
10 =	5 - 7	60 =	78 - 80	110 =	152 - 153	160 =	225 - 227
11 =	7 - 8	61 =	80 - 81	111 =	153 - 155	161 =	227 - 228
12 =	8 - 10	62 =	81 - 83	112 =	155 - 156	162 =	228 - 229
13 =	10 - 11	63 =	83 - 84	113 =	156 - 157	163 =	230 - 231
14 =	11 - 13	64 =	84 - 86	114 =	157 - 159	164 =	231 - 232
15 =	13 - 14	65 =	86 - 87	115 =	159 - 160	165 =	232 - 234
16 =	14 - 16	66 =	87 - 89	116 =	160 - 162	166 =	234 - 235
17 =	16 - 17	67 =	89 - 90	117 =	162 - 163	167 =	235 - 237
18 =	17 - 19	68 =	90 - 92	118 =	163 - 165	168 =	237 - 238
19 =	19 - 20	69 =	92 - 93	119 =	165 - 166	169 =	238 - 240
20 =	20 - 21	70 =	93 - 95	120 =	166 - 168	170 =	240 - 241
21 =	21 - 23	71 =	95 - 96	121 =	168 - 169	171 =	241 - 243
22 =	23 - 24	72 =	96 - 97	122 =	169 - 171	172 =	243 - 244
23 =	24 - 26	73 =	97 - 99	123 =	171 - 172	173 =	244 - 245
24 =	26 - 27	74 =	99 - 100	124 =	172 - 173	174 =	246 - 247
25 =	27 - 29	75 =	100 - 102	125 =	174 - 175	175 =	247 - 248
26 =	29 - 30	76 =	102 - 103	126 =	175 - 176	176 =	248 - 250
27 =	30 - 31	77 =	103 - 105	127 =	176 - 178	177 =	250 - 251
28 =	32 - 33	78 =	105 - 106	128 =	178 - 179	178 =	251 - 253
29 =	33 - 34	79 =	106 - 107	129 =	179 - 181	179 =	253 - 254
30 =	34 - 36	80 =	108 - 109	130 =	181 - 182	180 =	254 - 256
31 =	36 - 37	81 =	109 - 110	131 =	182 - 184	181 =	256 - 257
32 =	37 - 39	82 =	110 - 112	132 =	184 - 185	182 =	257 - 259
33 =	39 - 40	83 =	112 - 113	133 =	185 - 186	183 =	259 - 260
34 =	40 - 41	84 =	113 - 115	134 =	187 - 188	184 =	260 - 262
35 =	41 - 43	85 =	115 - 116	135 =	188 - 189	185 =	262 - 263
36 =	43 - 44	86 =	116 - 118	136 =	190 - 191	186 =	263 - 265
37 =	45 - 46	87 =	118 - 119	137 =	191 - 192	187 =	265 - 266
38 =	46 - 48	88 =	119 - 121	138 =	192 - 194	188 =	266 - 268
39 =	48 - 49	89 =	121 - 122	139 =	194 - 195	189 =	268 - 269
40 =	49 - 51	90 =	122 - 124	140 =	195 - 197	190 =	269 - 271
41 =	51 - 52	91 =	124 - 125	141 =	197 - 198	191 =	271 - 272
42 =	52 - 53	92 =	125 - 127	142 =	198 - 200	192 =	272 - 274
43 =	54 - 55	93 =	127 - 128	143 =	200 - 201	193 =	274 - 275
44 =	55 - 56	94 =	128 - 130	144 =	201 - 203	194 =	275 - 277
45 =	56 - 58	95 =	130	145 =	203 - 204	195 =	277 - 278
46 =	58 - 59	96 =	131 - 132	146 =	204 - 206	196 =	278 - 279
47 =	59 - 61	97 =	132 - 134	147 =	206 - 207	197 =	280 - 281
48 =	61 - 62	98 =	134 - 135	148 =	207 - 208	198 =	281 - 282
49 =	62 - 64	99 =	135 - 137	149 =	208 - 210	199 =	282 - 284
50 =	64 - 65	100 =	137 - 138	150 =	210 - 211	200 =	284 - 285

P	F	P	F	P	F	P	F
201	= 285 - 287	361	= 372 - 373	321	= 460 = 461	381	= 547 - 548
202	= 287 - 288	362	= 373 - 374	322	= 461 - 462	382	= 548 - 550
203	= 288 - 290	263	= 375 - 376	323	= 463 - 464	383	= 550 - 551
204	= 290 - 291	264	= 376 - 378	324	= 464 - 465	384	= 551 - 553
205	= 291 - 292	265	= 378 - 379	325	= 465 - 467	385	= 553 - 554
206	= 293 - 294	266	= 379 - 380	326	= 467 - 468	386	= 554 - 556
207	= 294 - 295	267	= 381 - 382	327	= 468 - 470	387	= 556 - 557
208	= 295 - 297	268	= 382 - 383	328	= 470 - 471	388	= 557 - 559
209	= 297 - 298	269	= 383 - 385	329	= 471 - 473	389	= 559 - 560
210	= 298 - 299	270	= 385 - 386	330	= 473 - 474	390	= 560 - 562
211	= 300 - 301	271	= 386 - 388	331	= 474 - 476	391	= 562 - 563
212	= 301 - 303	272	= 388 - 389	332	= 476 - 477	392	= 563 - 564
213	= 303 - 304	273	= 389 - 391	333	= 477 - 479	393	= 565 - 566
214	= 304 - 305	274	= 391 - 392	334	= 479 - 480	394	= 566 - 567
215	= 305 - 307	275	= 392 - 393	335	= 480 - 481	395	= 567 - 569
216	= 307 - 308	276	= 394 - 395	336	= 482 - 483	396	= 569 - 570
217	= 308 - 310	277	= 395 - 396	337	= 483 - 484	397	= 570 - 572
218	= 310 - 311	278	= 396 - 398	338	= 484 - 486	398	= 572 - 573
219	= 311 - 313	279	= 398 - 399	339	= 486 - 487	399	= 573 - 575
220	= 313 - 314	280	= 399 - 401	340	= 487 - 489	400	= 575 - 576
221	= 314 - 316	281	= 401 - 402	341	= 489 - 490	401	= 576 - 578
222	= 316 - 317	282	= 402 - 403	342	= 490 - 492	402	= 578 - 579
223	= 317 - 319	283	= 404 - 405	343	= 492 - 493	403	= 579 - 581
224	= 319 - 320	284	= 405 - 407	344	= 493 - 494	404	= 581 - 582
225	= 320 - 321	285	= 407 - 408	345	= 495 - 496	405	= 582 - 583
226	= 322 - 323	286	= 408 - 409	346	= 496 - 497	406	= 584 - 585
227	= 323 - 324	287	= 410 - 411	347	= 497 - 499	407	= 585 - 586
228	= 324 - 326	288	= 411 - 412	348	= 499 - 500	408	= 586 - 588
229	= 326 - 327	289	= 412 - 414	349	= 500 - 502	409	= 588 - 589
230	= 327 - 329	290	= 414 - 415	350	= 502 - 503	410	= 589 - 591
231	= 329 - 330	291	= 415 - 417	351	= 503 - 504	411	= 591 - 592
232	= 330 - 332	292	= 417 - 418	352	= 505 - 506	412	= 592 - 594
233	= 332 - 333	293	= 418 - 420	353	= 506 - 507	413	= 594 - 595
234	= 333 - 335	294	= 420 - 421	354	= 507 - 509	414	= 595 - 597
235	= 335 - 336	295	= 421 - 423	355	= 509 - 510	415	= 597 - 598
236	= 336 - 337	296	= 423 - 424	356	= 510 - 512	416	= 598 - 600
237	= 337 - 339	297	= 424 - 426	357	= 512 - 513	417	= 600 - 601
238	= 339 - 340	298	= 426 - 427	358	= 513 - 514	418	= 601 - 602
239	= 341 - 342	299	= 427 - 429	359	= 515 - 516	419	= 603 - 604
240	= 342 - 343	300	= 429 - 430	360	= 516 - 517	420	= 604 - 605
241	= 343 - 345	301	= 430 - 431	361	= 518 - 519	421	= 605 - 607
242	= 345 - 346	302	= 432 - 433	362	= 519 - 520	422	= 607 - 609
243	= 346 - 347	303	= 433 - 435	363	= 520 - 522	423	= 609 - 610
244	= 348 - 349	304	= 435 - 436	364	= 522 - 523	424	= 610 - 611
245	= 349 - 350	305	= 436 - 438	365	= 523 - 524	425	= 611 - 613
246	= 350 - 352	306	= 438 - 439	366	= 525 - 526	426	= 613 - 614
247	= 352 - 353	307	= 439 - 441	367	= 526 - 528	427	= 614 - 616
248	= 353 - 354	308	= 441 - 442	368	= 528 - 529	428	= 616 - 617
249	= 355 - 356	309	= 442 - 443	369	= 529 - 530	429	= 617 - 619
250	= 356 - 357	310	= 444 - 445	370	= 530 - 532	430	= 619 - 620
251	= 357 - 359	311	= 445 - 446	371	= 532 - 533	431	= 620 - 621
252	= 359 - 360	312	= 446 - 448	372	= 533 - 535	432	= 622 - 623
253	= 360 - 362	313	= 448 - 449	373	= 535 - 536		
254	= 362 - 363	314	= 449 - 451	374	= 536 - 538		
255	= 363 - 365	315	= 451 - 452	375	= 638 - 539		
256	= 365 - 366	316	= 452 - 453	376	= 539 - 541		
257	= 366 - 367	317	= 454 - 455	377	= 541 - 542		
258	= 367 - 369	318	= 455 - 456	378	= 542 - 544		
259	= 369 - 370	319	= 457 - 458	379	= 544 - 545		
260	= 371 - 372	320	= 458 - 460	380	= 545 - 547		